"오랜만에 뵙습니다."

교회 개혁을 진행하는 '여명의 추기경'
토트 콜

현랑과 행상인의 딸
뮤리

성 크루자 기사단 분대장
클로드 윈트셔

"호오. 그것 참 영광이로군요."

"내 이름은 토트 콜.
또 다른 이름은
여명의 추기경이라 합니다."

성 크루자 기사단 견습기사
칼 로즈

CONTENTS

서   막 ------------------------------ 11

제 1 막 ------------------------------ 15

제 2 막 ------------------------------ 79

제 3 막 ------------------------------ 149

제 4 막 ------------------------------ 207

제 5 막 ------------------------------ 275

종   막 ------------------------------ 331

늑대와 향신료의 새로운 이야기

늑대와 양피지

Ⓥ

eXtreme novel

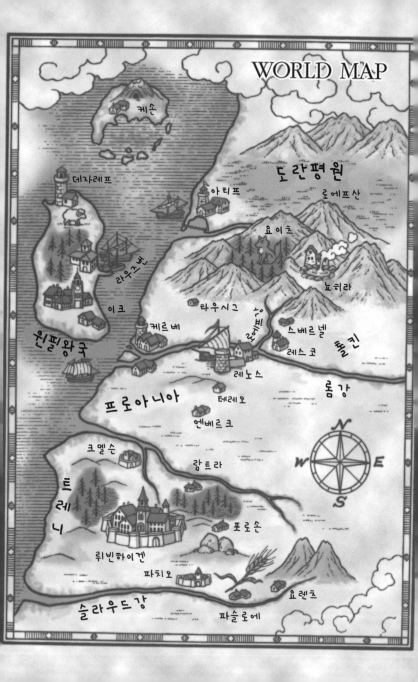

늦은 오후의 다소 나른한 시간대. 방 안 침대에는 한창나이의 소녀가 엎드려 콧노래를 부르면서 다리를 파닥파닥 흔들고 있다.

손에는 나무 펜을 들고, 밀랍을 바른 판자에 그림을 그리느라 정신이 없다.

그런 소녀의 얼굴 옆에서는 소녀가 거리에서 주워 온 강아지가 흥미로운 듯 그림을 들여다보고 있었다.

활짝 열린 나무창 너머로 싸늘한 겨울의 끝을 알리는 푸른 하늘이 펼쳐지고 초봄의 보드라운 산들바람이 소란스런 거리 소음과 함께 방 안으로 들어왔다.

문득 보니 가냘픈 소녀의 다리가 움직임을 멈췄다. 편안하고 태평하게 잠든 숨소리가 들려오고, 강아지는 잠에 빠진 소녀의 모습에 고개를 갸웃거리다가 마찬가지로 배를 깔고 엎드려 잠이 들었다.

온화하고, 고요하고, 평화로운 시간.

소녀의 뺨으로 쏟아진 머리카락을 손가락으로 쓸어 올리고, 이어서 머리를 쓰다듬으니 그 머리 위에서 세모꼴의 귀가 움찔 움찔 움직인다. 강아지와 똑같은 짐승의 귀. 허리께에 난, 멋진 털을 자랑하는 꼬리도 봄바람에 나부꼈다.

들고 있는 나무빗으로 늑대 소녀의 뭉친 겨울털을 빗어 주면서 덩달아 하품을 하다, 쓴웃음을 지으며 꾹 참았다.

늑대와 양피지

제 1 막

"오라버니! 여기야, 여기!"

혼잡하기 짝이 없는 항구의 소란에도 결코 지지 않는 뮤리의 목소리가 울려 퍼지고 인파 너머로 간신히 그 손이 보였다. 아직 살아 있는 생선을 잔뜩 실은 짐수레를 지나치고, 밧줄로 묶인 닭들의 행렬을 뛰어넘어 간신히 뮤리가 있는 곳 아래에 도착하자 벌써 상인들과의 교섭이 시작된 참이었다.

"이 아마포를 서른 필, 사바 산(産) 양털로 짠 모직물을 스무 필. 요르드 직물은? 이걸로 열다섯 필 준비해 줄 수 있어?"

뚱뚱하게 살이 찐 장년의 상인 세 명이 뮤리와 대치하고 있었다. 세 사람은 각각 팔에 여러 종류의 천을 걸쳐 들었다.

뮤리는 그 한 장 한 장을 확인하며 거침없이 주문해 나갔다.

"그리고 미가공 백모직물이 스무 필 필요한데… 덤으로 삼베 열 필 줄 수 있어?"

뮤리의 말에 상인들이 눈을 휘둥그렇게 뜨며 입을 모아 불평을 늘어놓았다. 체중도 연령도 자신의 두 배 이상 되어 보이는 상인들이 마구 몰아세우는데도 뮤리는 손톱만큼도 겁먹지 않고 대꾸했다.

"뭐? 그럼 됐어. 빨강이랑 보라색 염색천은 딴 데 가서 사면 되니까."

그러고는 들고 있던 계약용지를 둘둘 말아 버린다.

"오라버니, 다음 가게로 가자."

그리고 내 손을 잡고 잽싸게 걸어가 버리려 했다. 넋이 나간 포목상들은 순간적으로 내 쪽을 쳐다보았다. 지금은 외출용 상인풍 복장을 입고 있으니 뮤리의 상사로 보였는지도 모르겠다. 하지만 사람 보는 안목이 있는 상인들은 주도권이 뮤리에게 있다는 사실을 바로 알아차리고, 서로 눈짓을 교환하더니 뮤리에게 애원하다시피 말을 걸었다.

상인들을 등지고 있던 뮤리는 내게만 보이게끔 웃은 뒤 걸음을 멈추고 몸을 돌렸다.

"그럼 빨강이랑 보라색 염색천에 금실하고 은실도 주문할 테니까 덤으로 삼베 열다섯 필!"

상인들은 일제히 입을 다물었으나 조개 내장으로 염색한다는 보라색 천은 어마어마하게 비싸기 때문에 그만큼 떨어지는 이득도 크다. 아득히 머나먼 곳에서 가져오는 나무껍질로 물들이는 빨간색 천 역시 고가의 물건으로, 그냥 놓치기에는 아쉬울 터였다.

포목상 세 사람은 뮤리 앞에 거의 무릎을 꿇을 기세로 매달리며 덤 삼베를 최소한 열 필로 낮춰 달라고 애원했지만, 자신이 유리하다는 사실을 확신한 뮤리는 능구렁이처럼 대처하여 결국 열세 필로 결론을 봤다.

뮤리는 만족스러운 표정으로 상인들에게 종이에 각자 이름을 쓰게 한 뒤, 계약을 끝냈다.

"자, 다음 상품은 뭐였더라?"

산전수전 다 겪은 상인들을 상대로 너무나도 쉽게 승리를 거둔 뮤리는 그렇게 말하며 귀에 깃펜을 꽂았다. 평소 입는 옷이 아니라 상회의 도제와 똑같은 차림인 탓에 온전히 제몫을 하는 상인으로 보였다.

그런 뮤리의 뒤를 따라 항구를 돌아보니 라우즈번에 가득한 활기에 눈이 핑핑 돌 지경이었다. 윈필 왕국에서 둘째가는 항만 도시이니 수많은 사람이 드나드는 건 당연한 일이었고, 나 스스로도 워낙 오랜만의 외출인 데다 추운 겨울이 끝나고 햇살이 봄의 그것으로 바뀌어 가는 시기라서 더욱 그랬던가 보다.

하지만 거리가 활기찬 데는 햇살과 굉장한 인파 외에 마을 사람들의 밝은 표정도 한몫 거든다는 사실을 나는 알아차렸다. 웃음소리가 끊이지 않고, 항구에서는 당연한 듯 들려오는 고함소리조차 왠지 희극 같은 느낌이 난다. 바로 얼마 전까지 징세인과 무역상인 조합이 무기를 들고 서로 으르렁거렸다는 사실이 믿어지지 않을 정도였다.

뿐만 아니라 무장봉기를 일으킨 징세인들이 대성당 앞에 집결하고, 원거리 무역을 하는 대상인들이 술집의 조용한 방에서 음모를 꾸미고, 윈필 왕국이 군대를 끌고 와서 하마터면 많은 사람들에게 슬픔과 고통이 내릴 뻔했다.

그 상황을 해결하고 알력을 전부 해소시킬 수 있어 정말 다행이었다고, 마을을 둘러보며 생각했다. 그 해결의 실현에 부분적으로나마 일조한 입장으로서 다소간의 자랑스러움은 느껴도 되겠지.

세계가 부디 평화롭기를.

날씨가 좋고 시끌벅적한 거리 풍경을 바라보며 두 손 모아 신께 감사드리지 않을 수가 없었다.

"이것 봐, 오라버니!"

바다를 향해 기도를 올리고 있는데 뮤리가 방금 쓴 계약서를 내 가슴으로 마구 들이밀었다.

"자! 주석 식기류도 사 왔어!"

"아, 그, 그래요. 수고가 많았어요."

거기에는 수십 세트의 식기류를 파격적인 가격으로 구매한다는 계약이 기록되어 있었다.

"나 참, 오랜만에 밖으로 나왔네 했더니 계속 그렇게 멍하니 있을 거야?"

계속 이러고 있었던 건 아닌데… 하고 생각했지만, 혼잡하기 짝이 없는 항구 안을 활기차게 뛰어 돌아다니는 뮤리 입장에서는 그래 보였을 수도 있겠다.

"사실 오라버니는 내 구매를 더 많이 칭찬해 주고, 꼭 끌어안아 줘야 한다고 생각하거든? 원래는 내가 이런 일을 할 의리도 없으니까."

뮤리는 허리에 양손을 짚고 책망하는 눈빛으로 말했다.

그 점에 대해서는 뮤리에게 고마운 마음, 그리고 어느 정도 미안한 마음이 있다.

나와 뮤리가 거리에서 다양한 물자들을 사들이고 있는 이유는 여행 준비도, 상회 일의 보조도 아니었다. 이것은 전부 지난번 소동 뒤처리를 위해 건설하게 된 수도원에서 쓸 물건들이다.

성직자들의 숨겨진 자식이자, 부친에게 버림받은 과거를 지닌 자들이 모여든 라우즈번의 징세인 조합은 원한을 풀기 위해 대성당으로 쳐들어갔다. 아무리 그 분노에 동정의 여지가 있다 해도 교황 입장에서는 자신들의 조직에 대한 명확한 공격이었다. 특히 징세인들이 대성당 습격의 근거로 왕국이 발행한 징세권을 내건 탓에, 왕국과 교황 사이에 전쟁이 일어날 가능성이 단숨에 치솟아 버렸다.

전쟁을 피하기 위해서는 그 습격을 어떻게든 얼버무려야 했고, 거기서 떠오른 것이 이것은 습격이 아니라 열정적인 탄원이라고 주장하는 방법이었다.

징세인들은 독자적으로 고아원을 운영하고 있지만 재정 기반이 허약하기 때문에 그 부분을 해결할 필요가 있다. 그래서 고아원을 위한 수도원 시설을 대성당이 인정해 주었으면 좋겠다고, 너무 열정적으로 호소하고 말았던 것이라는 주장이었다.

기만도 이런 기만이 없지만 징세인 조합의 장인 샤론과, 그런 샤론을 지원하는 거리의 작은 교구사제 클라크는 실제 자비로 고아원을 운영하고 있었으며 그곳에서 사는 고아들은 성직자들의 사생아이므로, 확실한 근거도 있고 대성당 측에서도 죄책감을 느끼는 상태였다.

이렇게 사소하지 않은 진실을 파악하고, 가능한 한 이야기를 부풀려서 그 커다란 사태를 덮어씌웠다.

결과적으로 사태는 진정되고 뒤에는 수도원 건설이 남았다.

그리고 그 수도원장에는 클라크가, 고아원 원장에는 샤론이 취임하여 둘이서 힘을 합쳐 갈 곳 없는 아이들이나 비슷한 처지의 사람들을 돕기로 했다.

"그 닭이랑 모자란 오라버니 같은 인간은 수도원에서 행복하게 살았습니다… 인 거지!"

뮤리가 일부러 그러는 것처럼 내 쪽을 빤히 쳐다보았다.

무심코 시선을 피하고 말았다. 내게도 그럴 만한 이유가 있었기에.

"오라버니도 수도원을 만든다며언~ 나랑 오라버니랑 둘이서 살 수 있을 텐데에~"

뮤리는 혼잣말치고는 너무 큰 목소리로 그렇게 말하며 몸을 마구 들이밀었다.

오빠와 여동생이 아니라 한 이성으로서 나를 좋아한다며 이 여행에 따라온 뮤리. 하지만 나는 뮤리가 동생으로밖에 보이지

22

않고, 하물며 성직자를 지망하는 몸이기에 결혼도 할 수가 없다. 뮤리도 그 점을 납득한 줄 알았는데 거기서 갑자기 수도원이 튀어나왔던 것이다.

수도원이라면 성직자가 되겠다는 오라비의 꿈도 이룰 수 있고, 자기가 상상하는 결혼생활과 비슷한 삶도 누릴 수 있겠다고 생각한 모양이다.

내 입장에서는 울타리를 둘러 양이 도망치지 못하게 하는 시설로밖에 보이지 않았지만, 아무리 그래도 그런 불순한 동기로 수도원을 만들 수는 없다. 하물며 석벽 안에 틀어박히기에는 아직 못 다한 일이 너무 많다.

나는 여명의 추기경이라 불리는 존재가 되어서 내가 원하든 원치 않든 세상에 커다란 영향을 미치고 있다. 틀어박힌다 해도, 책임이 있으니 최소한 그 영향력을 끝까지 지켜본 후에 물러나야 한다.

이미 그런 설명은 열심히 했지만 뮤리는 틈만 나면 이렇게, 살짝 깨문다고 하기에는 다소 아픈 공격을 한다.

하지만 그런 뮤리에게 세게 나갈 수 없는 건, 뮤리와의 관계를 확실히 하지 않는 데에는 내게도 책임이 있다는 사실을 알고 있기 때문이다. 뮤리는 지금까지의 여행에서 아무렇지도 않게 목숨까지 내버릴 기세로 자신의 마음이 진지하다는 사실을 증명했다. 그 마음을 받아들이든 받아들이지 않든, 우리 둘의 관계를 확실히 하고 뮤리를 납득시키는 것이 그 마음에 대한 대답으로서 내가 다해야 할 책임이라는 사실을 물론 알고 있다.

하지만 그렇다면 막상 어떻게 해야 하나, 하고 생각하기 시작하면 그야말로 진흙탕 늪으로 빠져들게 된다.

"수도원의 문제는 한 번 들어가면 이렇게 커다란 거리에는 못 오게 돼 버린다는 점이네."

뮤리는 가볍게 깨무는 공격을 멈추고 그렇게 말했다. 수도원 이야기를 진심으로 밀고 나가지 않는 데에는 이 이유가 큰지도 모르겠다.

"가끔은 밖에 나올 수도 있겠지만 기본적으로는 궁벽한 지역에 짓게 되겠죠."

"질식할 것 같아."

뮤리가 자기 목을 졸랐다.

"오라버니는 전혀 신경 안 쓰겠지만. 몇 날 며칠을 방에만 틀어박혀 지내면 곰팡이가 필 거야."

뮤리는 이야기하면서 내 등을 손으로 팡팡 쳤다. 지금 입고 있는 옷은 하이랜드에게서 빌린, 상회의 젊은 주인 느낌의 옷이기 때문에 당연히 곰팡이가 피어 있지는 않다.

하지만 외출 자체가 일주일 만인 건 사실이었다.

라우즈번 대소동을 마무리하고 수도원 건설이 결정되어 문제가 해결된 후, 그 뒤처리 때문에 나까지 무척이나 바빴다. 수도원을 설립하려면 수도규칙과 설립이념 등 그럴싸한 체제를 갖출 필요가 있는데, 나는 자금 충당과 건설을 위한 사전교섭 쪽에서는 도움이 되지 않는 만큼 그쪽에서 애를 썼다.

사실은 그 작업이 끝난 후 휴식을 취할 수 있었지만 대성당의 야기네 대주교에게서 직접 부탁받은 일이 있었다. 성전의 세속어 중에서 아직 번역이 되지 않은 내용 중 꼭 옮겨 줬으면 하는 부분이 있으니 이곳에 있는 동안 해 줄 수 있겠냐는 부탁이었다.

한동안 번역 작업을 못 했고, 앞으로 또 다른 거리로 이동하느라 시간을 낼 수 없을지도 모른다. 하이랜드가 빌려준 저택은 집필 환경으로서는 그야말로 최고인 데다 라우즈번이라는 도시는 뮤리를 혼자 내보내도 괜찮을 만큼 넓고 번화했다.

그런저런 다양한 조건들이 겹쳐서 요즘은 완전히 작업에만 몰두했었다.

그리하여 겨우 번역이 끝나고, 어젯밤. 정확히 말하면 산천초목이 잠든 깊은 밤, 볼일을 보러 일어났던 뮤리와 엇갈려 침대에 누운 나는 오랜만에 책상이 아닌 장소에서 잠이 들었다.

그리고 눈을 뜬 뒤 같이 거리에 나가지 않으면 울면서 소란을 피우겠다고 뮤리에게 협박을 당해, 지금에 이른 것이다.

"앞으로 얼마나 더 사야 하나요?"

"응? 목록은 이건데, 이제 거의 다 끝났어."

뮤리가 들고 있던 종이다발을 보니 방대한 양의 비품이 적혀 있었다.

수도원이라고 하면 왠지 돌로 지은 건물과 양초만 있으면 충분할 것 같지만 사실 그건 말도 안 되는 이야기다.

수도사가 입는 의복만 해도 계급마다 정해진 복장이 다르고, 허리띠에 사용되는 색도 다르다. 심지어 천의 질도 다른데 그러려면 사용되는 실부터가 달라야 한다. 그만큼 물건을 살 때 섬세하게 신경을 써야 하고, 가구류도 필요하고, 양초를 꽂아 두는 촛대와 기도할 때 피우는 향로 등의 필수품만 해도 벌써 세다 세다 지칠 정도로 종류가 많다.

수도원에 드는 비용은 에이브가 자금을 지원해 줬지만 그렇게 세세한 비품까지 다 알아봐 줄 수는 없다고 하기에, 뮤리가 그 역할을 맡기로 했다.

구입한 물품에는 줄을 그어 지우고, 그 옆에 개수와 가격과 상인과 직인 이름을 적어 놓았다.

"…이미 훌륭한 상인이군요."

내가 감탄하며 중얼거리자 뮤리는 눈썹을 살짝 치켜올렸다가 의기양양하게 웃었다.

"에헤헤."

오랜만에 햇빛 아래에서 보는 뮤리가 왠지 조금 어른스러워진 듯했다.

"그치만 누구 씨 때문에 점심은 항상 혼자 먹어야 했거든."

뮤리는 그렇게 말하며 내 팔을 옷 위로 살짝 꼬집었다.

늘 생떼만 쓰는 것 같아도 내가 무언가에 몰두해 있으면 가만히 내버려 두는 배려도 할 줄 아는 아이다.

뮤리가 원망스러운 눈길로 쳐다보자 나는 항복했다는 뜻으로 웃으며 그 손을 잡았다.

"하지만 오늘부터는 다시 둘이네요."

뮤리는 보석처럼 붉은 눈동자를 크게 뜨더니 생긋 웃었다.

"그럼 나 먹고 싶은 게 있어!"

"그래요, 그래."

나는 뮤리에게 이끌려 바닷새가 우는 항구의 파란 하늘 아래를 걸어갔다.

뮤리가 나를 끌고 간 곳은 항구 근처에서 흔히 볼 수 있는, 아무거나 다 기름에 튀겨 파는 노점이었다. 그곳에서는 항구에서 잡은 인기 없는 생선이나 요리하고 남은 살 붙은 뼈 등을 기름에 튀겨 매우 싼 가격으로 제공했다.

절약이라는 개념 따위가 없는 뮤리는 당연히 싸다는 이유로 그곳을 찾은 게 아니었다.

그곳에서는 거의 한 아름은 될 만한 거대한 가자미 뼈를 쇠갈

고리로 들어 올려, 펄펄 끓는 기름을 끼얹어 대고 있었다. 원래 그런 구경거리인 듯, 말하자면 분위기를 돋우는 일이라고나 할까.

뮤리가 그걸 사겠다고 소리를 지르는 바람에 가게 주인이 깜짝 놀랐다가 웃으면서 '용감한 아가씨에게 박수!' 하고 외치자, 다른 손님과 구경꾼들도 덩달아 부추겼다.

"혼자는 힘들어 보여서 오라버니랑 같이 도전하고 싶어."

활짝 웃으며 그렇게 말하니 차마 싫다고 할 수가 없다. 큰 도움이 되지 않을 것 같다는 기분은 들었지만 그래도 동화 두 개를 건네고 가자미 뼈를 받아 들었다. 예상대로 가슴지느러미와 갈빗대 뼈 몇 개만으로 느끼함에 질리고 만 나와는 다르게 뮤리는 굵직한 뼈의 단단한 식감과 달콤한 기름 맛, 그리고 진한 소금 맛이 너무나 좋은 모양이었다.

사람 없는 잔교로 나와 바다를 향해 걸터앉은 뮤리는 기분이 좋은 듯 두 다리를 신나게 흔들어 대며 얼굴의 세 배는 되어 보이는 가자미 뼈를 머리부터 와작와작 씹어 먹기 시작했다.

"보기만 해도 속이 느글느글해지는데요⋯."

"응~?"

오랜 시간 꾸준히 기름을 머리부터 계속 끼얹어 튀긴 생선뼈는 기름을 아주 넉넉히 머금고 있었다. 뮤리의 입술이 기름으로 번들거리는 걸 보니, 위장에 자신이 없는 몸으로서는 뮤리의 그

다부짐에 존경심마저 들 정도였다.

"자, 여기 빵도 사 왔어요."

"고마워!"

뮤리는 길에서 산 빵을 받아 들고 입술에 묻은 기름을 닦기라도 하듯 덥석 베어 물었다. 그 모습에 새삼 '늑대의 딸이구나' 하는 감상을 느끼며 나도 뮤리 옆에 앉아 빵을 먹었다.

하늘이 맑고 화창한 데다 바람도 산들산들 불어오는 항구는 평화 그 자체였다. 먼바다에서는 커다란 돛을 펼친 선박들이 북적이며 거룻배 무리와 짐을 주고받았다.

바다에 떠 있는 커다란 저 배들이 하나같이 대단한 고생과 모험을 거쳐 여기까지 항해해 왔을 것을 생각하니, 세계란 알고 보면 상상 이상으로 넓으리라는 인상이 느껴지는 광경이었다.

"있잖아, 있잖아, 오라버니."

가자미 뼈도 꼬리와 거기에 이어지는 약간의 등뼈만이 남았을 무렵, 가죽주머니에 든 물을 실로 맛있게 마시고 나서 뮤리가 말했다.

"다음엔 어떤 도시로 갈 거야? 더 남쪽으로 내려가?"

말끝에 끄으, 하는 트림이 붙었다. 다 큰 아가씨가 버릇없게, 하고 얼굴을 찌푸려도 뮤리는 그냥 웃음으로 얼버무렸다.

숙녀의 행동거지를 배우려면 아직도 한참 멀었구나 싶다.

"글쎄요. 하이랜드 님이 돌아오시면 다음 지시가 내려올지도 모르겠네요."

"흐응. 오늘쯤 돌아올 거라고 저택 사람들이 그랬으니까 그때 물어보면 되겠네."

"어, 그랬던가요?"

내가 무심코 묻자 뮤리는 어처구니가 없다는 듯 어깨를 으쓱했다.

"오라버니는 내가 없으면 진짜 세상 살기 힘들 거야!"

실제로 여러 가지 문제를 뮤리에게 맡겨 둔 면이 없잖아 있으므로 부정할 수 없다.

좀 더 야무지게 행동해야겠다고 생각하고 있는데 뮤리가 몸을 웅크리고 생선뼈를 덥석 깨물어, 얼굴 모양이 바뀔 정도로 크게 베어 물고 와작와작 씹은 뒤 꿀꺽 삼켰다.

"아참, 그렇지. 오라버니."

"…뭐죠?"

그 호쾌한 먹성에 더욱 느글느글해지는 가슴을 쓸어내리고 있는데 뮤리가 말했다.

"직인들한테 들었는데, 오늘부터 대성당 앞에 가게가 잔뜩 선대."

"아, 드디어 시작되는군요."

그 화제는 알고 있었다.

윈필 왕국이 교황에게 납세하기를 거부하자 교황은 그 앙갚

음으로 성직자들 전원에게 왕국에서의 성무를 정지시켰다. 라우즈번도 예외는 아니어서 대성당은 수 년 동안 문을 닫고 성무에 관련된 모든 일을 방치했다.

그랬던 것이 얼마 전 소동을 계기로 다시 문을 열게 되어 몇 년 만에 열린 예배에는 나도 참석했다. 도시 사람들은 커다란 환성으로 예배 재개를 축하하고, 수많은 사람들이 물밀듯이 쏟아져 들어왔다.

그리하여 대성당 정문 앞 시장도 부활시키자는 이야기가 나왔다.

그것이 오늘 재개된다는 모양이었다.

"낭비하면 안 됩니다."

시장 하면 노점이고, 노점 하면 군것질이다.

가죽주머니에 든 물을 마시던 뮤리가 입을 떼고 나를 쳐다보았다.

"네에~"

소맷자락으로 입을 닦은 뮤리의 그 대답은 도무지 신용할 수가 없었다.

라우즈번 대성당의 정문이 활짝 열어젖혀지고, 수많은 사람들이 그 문을 통해 끊임없이 오갔다. 그 광경은 지난번 예배 때도 이미 보고 소란스러움에 가슴이 따스해진 적이 있지만 오늘 보니 그것은 새 발의 피에 불과했다는 사실을 바로 이해할 수 있었다.

유명한 양고기 요릿집이 늘어서는 등 원래도 북적거리던 대성당 앞 대광장에 노점들이 즐비하고, 말 그대로 사람의 바다였다.

"굉장하다, 오라버니!"

잔뜩 들뜬 뮤리를 앞에 두고도 내가 다소 안심할 수 있었던 건, 군것질 파는 노점이 많지 않았기 때문이었다.

대부분이 예배용 양초나 기도용의 작은 석상 등 신앙에 관련된 물건이었다. 그래도 교회와 분쟁이 있었던 왕국 안을 여행할 때는 보기 힘든 상품이었기 때문에 뮤리는 흥미로운 표정이었다.

특히 교회의 문장이 수놓아져 있는 벽걸이 장식과 장갑, 외투, 심지어 두건까지 파는 가게에서는 큰 관심을 보였다. 신앙심이라고는 손톱만큼도 없는 대신 멋 부리는 데에는 열심인 뮤리는 술 장식이 잔뜩 달린 두건을 써 보거나, 교회 문장이 빨간색으로 염색된 숄을 어깨에 둘러 보며 잔뜩 신이 났다.

설교는 마이동풍이지만 치장에서부터 신앙이 시작될 수도 있겠다는 생각에 "뭐 사 줄까요?" 하고 유도하자 뮤리는 고개를 가로저으며 숄을 가게 주인에게 돌려주었다.

"됐어. 오라버니 지갑에 부담을 주면 안 되니까, 괜찮아."

숄을 돌려받은 가게 주인은 뮤리의 그 말에 기특한 아가씨라며 감동한 눈치였으나 내 입장에서는 당연히 쓴웃음밖에 나오지 않는다.

"그 말은 군것질거리 노점 앞에서 해 주면 참 기쁠 텐데요."

내 왼손을 잡은 뮤리에게 그렇게 말하자, 왈가닥 소녀는 어깨를 으쓱했다.

"그럼 의미가 없잖아. 맛있는 걸 먹으려고 절약하는 건데!"

이제 와서 놀랄 일도 아니지만 한숨은 나온다.

"정말이지 뮤리는…."

"에헤헤."

뮤리는 장난스럽게 웃으며 몸을 들이대면서도 이렇게 말했다.

"게다가 진짜 보고 싶은 가게는 따로 있거든. 직인들은 대성당 앞에 가게를 낼 거라고 했지만…."

"군것질은 안 됩니다."

쓸데없는 저항이라고 생각하면서도 못을 박자 뮤리는 이잇, 하고 이를 드러낸 뒤 갑자기 제자리에서 폴짝 뛰었다.

"저기 있다!"

그러더니 내 손을 마구 잡아당기며 걸어 나섰다.

도착한 곳은 엄지손가락 크기에서부터 손바닥 정도 되는 크기의 천을 파는 가게였다.

"여긴…."

뮤리는 금방이라도 귀와 꼬리가 튀어나올 기세로 가게에 진열된 수많은 조각 천 더미에 얼굴을 들이댔다. 두툼하게 짠 모직물도 있고, 얇지만 튼튼해 보이는 삼베도 있었다. 거기에는 당연히 파는 교회 문장 외에도 남성과 여성의 얼굴, 게다가 동물 그림까지도 적잖은 수가 놓여 있었다.

그것들은 전부 하나의 목적을 위해 존재하는 물건들이었다.

"부적 가게로군요. 이런 곳에는 왜 온 건가요?"

뮤리는 교회에 대한 신앙심도 없고, 수호성인에게 의지할 성격도 아니다.

부적 천을 열심히 들여다보던 뮤리는 그중 한 장을 집어 들고 내게 들이댔다.

"여기, 여기. 이것 좀 봐, 오라버니. 거북이래!"

거기에는 배의 돛을 주둥이에 문 거북이 그림이 그려져 있었다. 이런 부적도 있었던가, 하고 나는 다소 놀랐다. 자연물 숭배는 이교신앙으로 이어지기 때문에 교회는 썩 달가워하지 않을 텐데… 하고 생각하고 있는데 가게를 보던 젊은 상인이 말을 걸었다.

"그건 율란 기사단의 문장(紋章)이야. 해전에 능하다고 일컬어지는, 옛날 왕국에 존재했던 오래된 기사단이지. 해난수호에 딱이야. 게다가 해적을 피하는 데도 최고고!"

기사단의 문장.

그런 걸 부적으로 삼는구나, 하고 놀라고 있는데 뮤리가 가게 주인의 이야기에 덥석 달려들었다.

"그거야, 그거! 문장 보러 왔어! 또 어떤 게 있어?"

"호오, 그렇다면 이쪽에 여러 가지가 있지. 원하는 대로 골라도 돼!"

잡아야 할 손님이라고 생각했는지 주인은 가게 안쪽에서 나무상자를 통째로 들고 나왔다. 거기에는 다종다양한 조각 천이 꽉 차 있었고, 어처구니없을 정도로 많은 종류의 문장들이 염색되어 있었다.

"와~ 굉장해! 있지, 있지! 이거 전부 다 기사단 문장이야?"

눈을 반짝이며 뮤리가 묻자 가게 주인은 에헴, 하고 헛기침을 했다.

"오래전 왕국에는 수많은 기사단이 존재했었지. 그 이유를 알고 있나?"

연극조의 말투에 뮤리는 잔뜩 설레는 얼굴로 고개를 가로저었다.

"자, 들어 보시라. 이곳 윈필 왕국은 아주 먼 옛날, 야만족의 지배를 받던 암흑의 섬이었다네. 그러던 어느 날 고대의 제국을 다스리던 대왕이 교회 병사와 함께 기사단을 편성하여 쳐들어온 것이, 왕국으로 이어지는 긴 이야기의 시작이지."

"우와! 오라버니, 알고 있었어?"

왕국의 역사는 대충 주워들은 정도밖에 모른다. 나는 뮤리의 머리를 꾹 눌러 진정시키면서 가게 주인에게 눈짓을 했다. 주인은 알아들었다는 듯 바로 이야기꾼이 되어 입을 열었다.

"어흠! 고대의 제국을 다스리는 대왕과 교회에서 온 정예 기사라고는 해도, 섬에서 야만족을 몰아내는 전투는 그야말로 격렬하기 그지없었다네. 글쎄 왕국 안에는 네 개의 세계가 있다고 일컬어질 정도로 지역에 따라 환경이 달랐기 때문일세. 당시에는 그 지역마다 왕이 여럿 존재하는 군웅할거의 상태였지. 즉, 북쪽을 다스리며 눈과 얼음의 싸움을 장기로 하는 왕들과, 동쪽을 다스리며 해전에 능한 왕들. 또 평원에서의 싸움에 익숙한 남쪽의 왕들과 험준한 바위산에서 잘 싸우는 서쪽의 왕들이 있었던 것이야. 그 모두가 싸우는 방식이 서로 달랐고, 특기도 달랐지. 그 때문에 대제국과 교회기사들도 긴 싸움을 하던 중 거기에 맞춰 분열되어 갔던 걸세. 그때 각각의 기사단이 사용했던 게 이 문장이라네."

나도 몰랐던 왕국의 역사 이야기에 뮤리는 당장이라도 꼬리가 튀어나올 것만 같았다.

"하지만 각 지방의 기사단들이 전부 지금 국왕폐하의 선조님으로 통일됐기 때문에 결국 남아 있는 건 문장뿐이야."

"그랬구나…. 와~ 전부 다 멋지다아~"

뮤리의 모습에 가게 주인은 나라 자랑을 할 수 있어서 그런지 득의만만한 표정이었다.

"있잖아, 있잖아. 문장이란 건 다 의미가 있다고 들었는데."

"아, 물론이지. 예를 들어 이건 방패 앞에 사슴 그림이 있잖아. 왕국의 서쪽에서 산간 요새를 지키던 기사단의 문장이거든. 방패는 방어를, 사슴은 산길에 강하다는 것을 뜻하지. 하늘에 둘러진 띠에 쓰여 있는 글귀는 이 기사단의 신조이고, 사방에 놓인 소품은 신분과 가문을 드러내고 있어. 이건 오른쪽 아래에 성배가 있으니까 교회 관계자, 그리고 이쪽은…."

뮤리는 귀를 기울이고 설명을 열심히 들었다. 이런 데에만 그렇게 관심을 보이다니 어이가 없었지만, 그래도 여길 오고 싶어 하던 이유는 알았다.

"나도 문장을 만들고 싶은데 어떻게 하면 돼?"

며칠쯤 전, 수도원의 규칙이니 뭐니 이것저것 만들기 위해 대성당과 저택을 매일 왕복하며 자는 시간도 줄여 작업하던 때의 일이다. 샤론네 수도원은 신설이기 때문에 그 상징으로 새로운 문장을 만들 필요가 있다는 이야기가 나왔다. 모험담을 좋아하는 뮤리에게 새 문장을 만든다는 이야기를 들려준 건 마치 들개에게 살점이 붙은 뼈다귀를 보여 준 것이나 다름없었다. 하지만 문장 제작은 간판 제작과는 다르다. 작정하고 덤벼들면 보통 일이 아니기 때문에 결국 나무판과 밀랍, 그리고 나무 펜을 건네

주고 마음대로 그리라고 하고 대충 얼버무렸다.

"뭐야, 장래에 낼 가게에 쓰려고?"

뮤리는 상회의 도제 차림이었기 때문에 가게 주인도 그렇게 생각한 모양이었다.

"뭐, 그런 거지. 그래서 다양한 그림들을 참고하고 싶어서."

"흐음… 하기야 혼자 새하얀 종이에 처음부터 그려 나가는 건 쉬운 일이 아니지."

"그런가? 그럼 역시 직인에게 맡기는 게 빠를까? 나는 잘 안 그려져서…."

"아니, 그게 아니고."

상인은 머리를 긁적이며 조각 천 한 장을 집어 들었다.

"예를 들면 이건 왕국에서 가장 유명한 문장인데."

"양이네?"

"그래. 왕국의 황금 양 기사단 문장이지만 이 양 도안을 마음대로 썼다가는… 이거야."

상인은 자기 목에 손날을 대 보였다.

"문장은 신분을 표시하니까. 왕가의 문장을 멋대로 이용했다가는 일가친척이 몽땅 처형당해도 이상하지 않아. 이 부적도 진짜 문장과는 다른 형식이고 그나마도 부적용으로 허가를 받은 거야. 예를 들면 신조를 다르게 쓰거나, 배치된 소품이 다르거나. 오른쪽 아래에 라우즈번 도시를 나타내는 문장이 있잖아.

이 그림을 판매하는 데에도 특별한 허가가 필요해."

"흐응…."

"대충 아무 문장이나 만들어서 의기양양하게 내걸었다가 재수 없이 어느 귀족 나리네 문장이랑 겹쳤다가는 대참사가 일어난단 말이지."

"겹치면 바로 들켜?"

"그야 당연하지. 큰 도시에 가면 보통 문장관이 있어서 틈틈이 순찰을 나오거든. 게다가 귀족처럼 문장을 내걸고 있으면 질투를 사게 돼. 그러니 쉽게 밀고당하지."

복잡한 세상 구조에 뮤리는 얼굴을 찌푸렸다.

"뭐, 이 노점 하나 운영하는 것만 해도 보통 일이 아닌데 가게 간판도 아니고 심지어 문장을 내건 상회를 갖는다는 건 그야말로 아득한 꿈이지. 그래도 꿈꾸는 건 자유니까 참고로 한 장 사는 게 어때?"

가게 주인의 구매 유도에 뮤리는 다소 의기소침해진 표정을 지으면서도 마음에 드는 한 장을 찾기 시작했다.

방금 전 그렇게나 커다란 가자미 뼈를 먹어 치우고 심지어 빵까지 먹었으면서, 뮤리는 대성당 앞의 거대한 돌계단에 걸터앉아 벌꿀을 바른 딱딱한 빵을 우물거렸다.

하지만 그렇게 의기양양한 태도는 아니었고 우물우물 갉아먹다 한숨을 내쉬고, 또 한입을 깨물고 하는 상태였다. 응석을 받아 주면 안 된다고 생각하면서도 풀이 죽은 뮤리의 모습을 보니 단것을 사 주지 않을 수가 없었다.

뮤리가 이렇게 된 이유는 두 가지.

하나는 문장 이용에 관한, 대단히 복잡한 세상 구조를 마주했기 때문이다.

또 하나는 그렇게 많은 종류의 부적을 파는 가게에서 뮤리의 눈에 차는 한 장을 찾아내지 못했기 때문이다.

"독수리는 있었는데… 독수리는 잔뜩 있었는데…."

뮤리는 중얼중얼 혼잣말을 하면서 허망한 눈으로 돌계단 너머를 바라보았다. 그 부적 파는 노점에는 그야말로 상상할 수 있는 모든 그림이 다 있을 듯했다. 사슴과 거북이 외에도 흔히 등장하는 사자도 있고, 특이하게 토끼나 물고기까지 있었다. 게다가 최근 새롭게 만들어졌다는 백합, 올리브, 월계수 등 식물 문장도 적지 않았다.

뮤리는 가게를 구석구석 샅샅이 다 뒤져 본 뒤 이렇게 물었다.

'늑대는 없어?'

가게 주인은 의아한 표정을 짓더니 폭소를 터뜨렸다. 왜냐하면 이곳은 윈필 왕국, 세상이 다 아는 양의 명산지. 왕을 지키는 직속 기사단의 이름도 황금 양 기사단일 정도이니 그 천적인 늑대의 문장이 있을 리가 없다.

고대의 제국 시대라면 그 신비로운 힘을 신성하게 여겼겠지만 지금은 가축을 습격하고 사람을 해치기 때문에 용맹함을 무기로 내세우는 용병단이 즐겨 사용하는 정도의 상징이 된 듯하다. 귀족 중에서 늑대를 문장으로 삼는 곳은 고대의 제국 시대부터 내려오는 극히 일부의 오래된 가문뿐이라는 모양이었다.

한편 자신이 닭이라고 부르며 으르렁거리던 샤론, 즉 독수리는 수많은 종류가 있고 심지어 요즘 인기가 있는 상징이라는 사실을 안 뮤리는 더한층 풀이 죽었다.

"문장도 유행했다 없어졌다 하나 보네요."

심기를 건드리지 않으려 조심조심 말하자 뮤리는 크게 숨을 들이마셨다가 한숨을 내쉬었다.

그런 뮤리를 보고 쓴웃음을 지으며 나는 말을 이었다.

"늑대의 문장은 보기 드물어도, 간판은 꼭 그렇지만도 않잖아요?"

특히 온천마을 뇨히라에서는 늑대 간판을 내세운 온천이 수많은 노포들을 누르고 가장 인기가 있다고들 한다.

하지만 뮤리에게는 그런 문제가 아닌 모양이었다.

"간판 같은 건 싫어…."

뮤리가 말라붙은 목소리로 나지막이 중얼거렸다.

"그 문장 형식이 멋있단 말이야…."

부적 가게 주인이 설명했던 대로 문장에는 정해진 형식이 있다. 유래가 되는 동물이나 식물 등의 상징, 그 문장을 사용하는 자들의 신조, 그리고 그들이 어떤 내력을 지닌 인물인지를 가리키는 다양한 소품들.

하기야 형식적인 의식에는 무어라 형언키 힘든 박력이 있으며, 형태에 구애받지 않는 간판과 문장은 크게 다르다.

"게다가 자유롭게 사용할 수 없다는 것도 몰랐어."

어디의 누군지를 표시하는 것이 문장, 실제로 아무나 자유롭게 사용해서야 의미가 없다.

뮤리는 토라진 채 빵에 화풀이라도 하듯 와작와작 물어뜯었다.

모험담을 무척이나 좋아하고, 특히 기사가 나오는 이야기라면 눈빛이 달라진다.

그런 뮤리이니 문장 역시 강렬하게 동경할 터였다.

어린애란 참 다양한 것에 집착하는 법이야, 하고 재미있게 여기고 있는데 문득 몸을 움직이는 찰나 내 가슴팍에서 흔들리는 무언가의 존재를 깨달았다. 교회의 문장이었다.

올바른 신도라면 반드시 몸에 착용해야 하는 물건이다. 나는 그 문장을 집어 들고 뒤를 돌아보며 고개를 들었다.

거기에는 돌로 지은 대성당이 우뚝 솟아 있었고, 정문 바로 위 지붕에도 문장이 내걸려 있었다. 사람들은 그것을 바라보며 자신이 지닌 문장을 손에 쥠으로써 신과 이어져 있음을 느끼고, 신앙을 새로이 다지곤 한다.

그렇다면….

"오라버니?"

뮤리가 부르는 통에 나는 퍼뜩 정신을 차렸다.

"왜 그래?"

툭하면 깊은 생각에 잠기는 습관이 있는데, 뮤리는 그런 내 버릇을 조금 무섭다고 인식하는 모양이었다. 아무것도 없는 장소를 가만히 응시하고 있는 고양이와 맞닥뜨린 인간이 느끼는 묘한 찝찝함과 같다고, 전에 설명을 들은 적이 있었다.

지금도 살짝 고개를 움츠린 뮤리를 보고 나는 표정을 누그러뜨리며 그 얼굴로 손을 뻗었다.

"입에 꿀 묻었어요."

검지로 닦아 주자 뮤리는 귀찮은 듯 한쪽 눈을 감았다.

"문장, 만들어 볼까요?"

"뭐?"

의아한 얼굴의 뮤리를 향해 내가 지은 것은, 순수한 미소는 아니었다.

"문장 말이에요. 갖고 싶잖아요?"

뮤리는 하고 싶은 말이 목구멍에 딱 막혀 나오지 않을 정도로 기뻐하려다가 문득 동작을 멈췄다.

"…가, 갑자기 왜?"

양고기 꼬치구이 하나를 먹으려 해도 낭비하면 안 된다, 과식이다, 하고 잔소리를 해 대던 나였다.

무척이나 골치 아픈 규칙이 있는 듯한 문장을 덥석 만들자고 하다니, 대체 무슨 대가를 요구하려는 걸까.

경계하는 뮤리를 보고 나는 쓴웃음을 지으며 자백했다.

"뮤리의 마음에 응해 주지 못하고 있잖아요."

"어… 응… 으응?"

"내 안에서 뮤리는 여전히 동생일 뿐이지만 실제 피가 이어져 있는 것도 아니고, 뮤리도 그냥 동생이기는 싫잖아요?"

뮤리는 갑자기 울음을 터뜨릴 듯한 표정을 지었다. 갑자기 이런 이야기가 튀어나오는 바람에 불안해진 모양이었다.

어쩌면 여행의 끝을 상상했는지도 모른다.

하지만 반대로 말하면 그만큼 이 문제는 해결할 수 없는 부분이라고 생각했다는 뜻도 된다.

뮤리의 마음은 어린아이의 일시적인 착각이라 하기에는 너무나도 실례될 만큼 진지했다. 문제 자체는 제쳐 두고서라도 뮤리는 무척이나 괴로울 것이 분명했다.

포기라는 뚜껑으로 덮어 두었던 것은 분명, 지금 내 눈앞에 있는 뮤리의 마음이었으리라.

"문장은 규칙에 의해 보호받죠. 한 번 정해진 문장은 그 누구도 완전히 똑같이 쓸 수 없어요.”

가게 주인에게서 들은 설명을 보충하자 뮤리는 몸을 움츠리며 살짝 내 눈치를 보았다.

“그리고 문장의 사용 허가는 특권층에게서 보호를 받아요. 예를 들면 귀족이나 시의 참사회가 사용하는 사람에게 특별한 허가를 내리는 거죠. 그러니까 우리만을 위해 문장을 만들면 그걸 쓸 수 있는 사람은 이 세상에 우리뿐인 거예요.”

그 말에 뮤리는 눈을 커다랗게 떴다.

사람이 넋이 나가 동작을 멈추는 모습을 두고 ‘마녀가 재채기를 했다’고 표현하는 관용구가 있다.

뮤리는 그 말 그대로 완전히 움직임을 멈추고 석상처럼 굳어 버렸다.

“어때요? 나는 무슨 일이 있어도 뮤리의 편이 되겠다고 맹세할게요. 그걸 결혼 같은 형식으로 보증할 수는 없지만, 이 문장이 그것을 대신할 수 있겠다는 생각이 들더군요. 앞으로도 뮤리와 함께 여행을 이어 나가고 싶은데, 일단 이걸 하나의 단락으로 삼고….”

거기까지 말하다가 뮤리가 갑자기 뛰어드는 바람에 말이 끊겼다.

그야말로 늑대답게 아무런 전조도 없이, 정신을 차리고 보니 하늘이 뒤집히고 나는 쓰러져 있었다.

목에 매달려 거의 내 어깨를 깨물 기세로 얼굴을 들이민 건 그만큼 감동해서였을까. 귀와 꼬리가 튀어나오지 않도록 필사적으로 참고 있는지도 모른다.

간신히 몸을 일으키니 지나가던 상인들이 의아한 표정으로 쳐다보고 있었지만, 햇볕 잘 드는 대성당 앞에서 만남을 즐기는 젊은 두 사람의 모습은 그리 드문 풍경도 아니다.

게다가 뮤리가 이렇게나 기뻐한다면 전 세계의 모든 사람들에게서 비웃음을 산다 해도 나는 상관없었다.

그래서 뮤리의 작은 몸을 마주 껴안으며 귓가에 속삭였다.

"우리 둘만이 사용할 수 있는 문장이에요. 이거라면 뮤리가 시집을 가더라도 혼수품으로서, 특권이라는 형태로 가져갈 수 있어요."

그 말에 녹아서 흘러내릴 것 같던 뮤리의 붉은 눈동자가 나를 노려보았다.

"오라버니 말고 딴 사람하고는 결혼 안 해."

그것만은 죽어도 싫다는 듯 노려보던 그 눈에서 결국 힘이 빠지고, 뮤리는 고개를 숙인 채 두 소맷자락으로 얼굴을 벅벅 문질렀다.

그리고 고개를 드니 이미 웃는 얼굴이었다.

"하지만 기뻐. 오라버니, 고마워!"

뮤리를 바라보며 덩달아 웃으니 뮤리는 또다시 내게 안겼다.

꼬리가 나와 있었다면 그야말로 요란스럽게 파닥여 대지 않았을까 싶은 상황이었지만, 뮤리는 한바탕 내게 안긴 후 마치 한숨 돌리려는 물새처럼 고개를 들었다.

"그런데 어떻게 만들 거야?"

"네?"

"문장이란 건 귀족의 허가? 같은 게 있어야 만들 수 있다면서?"

뮤리가 농담이 아니라 진심으로 의문을 품은 것 같았기에 다소 어이가 없었다.

그건 평소 권위 따위를 신경 쓰지 않는다는 증거이기도 했다.

"무슨 말이에요. 우리가 지금 누구 덕분에 라우즈번의 멋진 저택에 묵고 있는데요?"

"…아! 금발!"

하이랜드는 틀림없는 진짜 왕족이다.

부탁하면 문장의 사용 허가 정도는 얼마든지 내려 줄 것이다.

나는 그렇게 생각하면서 뮤리의 뺨을 꼬집는 것도 잊지 않았다.

"금발이 아니라 하이랜드 님."

"하, 하히해흐 히…."

"나 참."

그리 세게 꼬집지도 않았던 손을 떼자 뮤리는 일부러 그러는지 아프다는 얼굴로 뺨을 쓸어내리다가 또 감동을 곱씹듯 나를 껴안았다.

이래저래 바쁜 소녀라니까, 하고 어이없어 웃음이 나왔다.

"그럼 저택으로 돌아갈까요? 오늘 밤에는 하이랜드 님이 돌아오신다고 했죠?"

"아, 맞다! 문장에 쓸 도안을 정해 놔야지!"

"바로 정할 필요는 없을 것 같은데요."

"오라버니, 빨리! 얼른 저택으로 돌아가자!"

자리에서 일어나자 뮤리는 내 옷자락을 잡아당겼다.

기운을 되찾아서 다행이기도 하고, 아주 조금은 내 책임을 다했다는 생각도 든다.

뮤리에게 손을 잡혀 돌계단을 내려가던 중 나는 문득 고개를 돌려 성당을 바라보았다.

그리고 신께 감사하고 나서, 뮤리의 뒤를 쫓아갔다.

침대에 엎드려 두 다리를 파닥거리며 밀랍을 바른 나무판자에 문장의 도안을 그리던 뮤리는 마차 소리에 귀를 쫑긋 세우고 침대에서 뛰어내렸다.

요즘은 그래도 꽤 허물없는 사이가 되었다고는 하지만 하이랜드는 아직 뮤리와의 사이에서 약간의 거리감을 느끼고 있을

터였다. 그런데 마차에서 내리자마자 느닷없이 활짝 웃는 얼굴로 마중 나온 뮤리를 마주치니 하이랜드는 기뻐하면서도 다소 당황스러운 표정이 되었다.

뮤리는 짐 나르는 일까지 솔선해서 맡았고, 하이랜드는 어째서인지 그걸 도우려다가 하인들에게 제지를 당했다.

왠지 그 모습이 미안하게 느껴져서 "실은 긴히 부탁드릴 일이 있습니다." 하고 말하자 하이랜드는 겨우 이해가 된 모양이었다.

"아아… 그랬군. 무슨 일인가 했다."

하이랜드는 오히려 안도한 표정을 지으며 즐겁게 웃었다.

"그렇다면 저것이 바로 세간에서 말하는 '무언가를 조르기 위해 일을 돕는 어린애'라는 것이군."

열심히 짐을 나르는 뮤리를 보고 하이랜드는 다정한 미소를 지었다. 나는 창피해서 쥐구멍에라도 들어가고 싶었다.

"내가 어렸을 때, 아버지가 집에 오신 적이 몇 번 있었지."

"?"

갑작스러운 말에 고개를 돌리니 하이랜드가 먼 곳을 보는 눈을 하고 있었다.

"귀염성 없는 어린애였다더군. 나는 본가의 인간이 아니니 최선을 다해 나 자신을 다스릴 줄 아는 어엿한 모습을 보이려 했지만, 사실은 솔직하게 어리광을 부리는 게 정답이었던 건가."

뮤리는 솔직하다기보다는 단순히 무례한 게 아닌가 하는 생각이 들었지만 하이랜드는 오래된 문제의 답을 맞춰 보듯 뮤리를 바라보고 있었다.

"사실은 나도 어리광을 부리고 싶었다."

하이랜드는 왕족이지만 서출이다. 흔한 이야기로는 푼돈을 쥐여 주고 어머니와 함께 어디 촌구석으로 쫓아내는 경우도 있고, 왕위계승에 문제가 있는 나라라면 죽임을 당할 수도 있는 처지였다.

방계라고는 해도 왕족이라는 이름을 이을 수 있었던 건 어디까지나 하이랜드가 우수했기 때문이겠지만, 그래도 꾹 참아야하는 일도 많았으리라는 사실을 그 모습을 통해 유추할 수 있었다.

"아, 아니. 재미없는 이야기를 했군."

"아뇨, 그렇지는….."

어떤 말을 해도 실례가 될 것 같아, 나는 그렇게만 대답했다.

"그나저나 대체 어떤 부탁일까, 무척이나 기대가 된다."

"아, 그게…."

"아니, 아직 말하지 않아도 괜찮아. 후후. 험상궂게 생긴 대귀족들이 조카 앞에서 채신머리없이 웃는 모습을 보고 신기한적이 있었는데, 그렇군. 이런 느낌이었나."

하이랜드는 반가운 표정으로 감개무량해 했다.

"나 역시 낭보…라고 말해도 좋을지 어떨지 모르겠지만, 그대에게 전할 말이 있어. 저녁 식사 때 다시 보자고."

전할 말이 있다는 것에 약간 긴장했지만 나쁜 이야기는 아닌 듯했다.

"알겠습니다."

그렇게 대답하자 하이랜드는 금세 시선을 뮤리에게 돌렸다. 열심히 착한 아이인 척하는 잔머리꾼 뮤리를 바라보며, 그 모습 전부가 다 즐거워 견딜 수가 없다는 표정을 짓고 있었다.

그 후 저녁 식사 자리에서 바로 문장 이야기가 화제로 올라왔다.

하이랜드는 난색을 표하기는커녕 할 말을 잊을 정도로 놀라더니 기꺼이 받아들여 주었다.

특히 뮤리의 연심과 내 신앙심을 알고 있기 때문에 문장이 갖는 의미를 금세 알아들은 모양이었다. 하이랜드의 입에서 마치 결혼식에 입회하는 것 같다는 말까지 나와, 뮤리는 강력하게 동의했고 나는 부정했다.

아무튼 문장의 사용 특권을 하사하는 데에는 아무 문제가 없을 모양이었다. 하이랜드는 신묘한 표정으로 새삼스럽게 "내게 맡기도록." 하고 선언했다.

상인처럼 계약서를 쓰거나 악수를 나눌 필요도 없었다.

고귀한 신분을 지닌 인물의 약속은 그 한마디만으로도 이미 성립된다.

뮤리도 무척 기뻐했고, 하이랜드 역시 기쁜 표정으로 그 모습을 지켜보았다.

그리고 마치 덤처럼 하이랜드가 궁정의 상황을 설명해 주었다. 라우즈번에서 교회와 전쟁을 벌일 가능성이 높아졌지만, 그 문제에 대해서는 신중론자가 더 많다는 이야기였다.

특히 여명의 추기경이 등장함에 따라 세간의 분위기가 크게 달라졌는데 그 영향에는 좋은 것도 있고 나쁜 것도 있다고 했다. 좋은 면은 교회에 대한 여론이 거세져 대륙 쪽에서는 스스로 개혁을 시작하고, 너무 많이 쌓아 두었던 재산을 방출하는 교회까지 생겨났다는 일이었다.

나쁜 면은 이 이상 과격하게 공격하면 교회 측에서도 강경한 반발이 예상된다는 점이다.

그래서 경솔하게 교황을 자극해 전쟁을 초래하기보다는 빵반죽처럼 일단 재워 두는 게 어떻겠느냐는 이야기가 나왔다고 한다. 교회라는 조직이 스스로 바뀌면 교황도 생각을 바꾸리라고 말이다.

그래서 잠시간의 휴전이 채택되었다. 특히 하이랜드에게는 콕 집어서 여명의 추기경을 얌전히 있게 만들라는 명령이 내려왔다고 했다.

하이랜드는 우리가 졸병이 아니라 확실하게 전력으로 인식되었다는 사실이 오히려 기쁜 듯했고 나 역시 흥분되어 몸이 떨릴

지경이었다.

그렇다 해도 성전의 세속어 번역 작업도 남아 있고, 뮤리의 문장 일도 있으니 휴가가 내려졌다는 건 무척이나 고마운 일이었다.

만찬은 이렇게 아무 탈 없이 진행되었고 뮤리가 하이랜드에게 술을 따라 주는 장면도 연출되는 등, 웃음이 끊이지 않는 시간이었다.

다소 과음했다 싶은 밤이 지나가고 다음 날 아침, 눈을 뜨니 나무 창문 틈새로 희미한 서광이 비쳐 들었다. 시각은 아침 예배가 이루어질 즈음이었기에 하루하루의 습관과 신앙심에 의해 저절로 눈이 떠졌다고 주장하고 싶지만, 사실은 아침 예배를 알리는 대성당의 종소리를 오랜만에 들었기 때문이었다.

나무창을 열자 조금 쌀쌀하지만 바닷가 도시 특유의 연무 속으로 장엄한 종소리가 울려 퍼져 마음이 편안해졌다. 역시 거리에는 종소리가 없으면 쓸쓸한 법이다.

나무창 앞에서 무릎을 꿇고 기도를 올리며 오늘도 또 하루가 시작되었음에 감사했다.

여운을 남기듯 종소리가 스러진 후 자리에서 일어난 나는 '그럼…' 하고 한숨을 내쉬었다.

"뮤리는 아침부터 대체 어딜 간 걸까요?"

눈을 떴을 때는 이미 침대에서 사라진 후였다.

빠진 꼬리털이 남아 있는 것을 보니 한밤중에 제멋대로 내 침대에 기어들어 왔다는 사실은 알 수 있었지만, 어딘가로 떠나는 날도 아닌데 군이 일찍 일어난 이유를 모르겠다.

배가 고파서 아침 식사를 재촉하러 간 건가, 하고 생각한 나는 의자를 끌어당겨 책상에 앉았다. 그리고 성전 번역을 위한 도구가 아니라 편지용의 얇은 종이와 깃펜을 꺼냈다. 라우즈번에 도착한 후로는 쭉 대혼란의 연속이어서 한참을 못 썼는데, 슬슬 뇨히라에 보낼 편지를 쓸 때가 되었다.

특히 하이랜드에게서 문장의 사용 허가를 받았기 때문에 그 일도 보고해야 했다. 특권 하사는, 또 어떤 의미에서는 그 특권을 발행하는 자와 강력한 연결고리가 생긴다는 뜻도 된다. 하지만 이번 일은 보다 흔한 장사 면에서의 특권이 아니라 문장의 사용 허가다.

만일 전쟁의 불꽃이 화려하게 타오르던 시기였다면 왕족 다음가는 가신의 신분을 얻었다 해도 과언이 아닌 일이고, 출세하기 위해 살던 곳을 떠난 젊은이라면 가슴을 펴고 고향에 돌아갈 수 있을 정도다.

물론 하사받은 문장을 사용해 무슨 짓을 할 생각은 없다는 것을 하이랜드에게 확실하게 설명해 놓았다. 그것은 어디까지나

나와 뮤리 사이의 관계 확인일 뿐이라고.

하지만 그것은 동시에 로렌스와 호로에게도 보고해야 할 일이었다.

"그나저나…."

나는 깃펜을 쥔 채 멈춰 버렸다.

뇨히라에 있는 그 사람들에게 대체 어떻게 보고해야 좋을까.

하이랜드는 문장 이야기를 하자 금세 거기에 담긴 의미를 알아차렸다.

그럼 뮤리의 아버지인 로렌스에게 그 일을 보고하면 어떻게 될까?

지금까지의 편지에서는 표면상으로 뮤리가 세상 구경을 하고 싶어 했다거나, 뮤리에게 무척 큰 도움을 받고 있다는 이야기를 동행의 이유로 삼았더랬다.

물론 어머니 호로는 뮤리의 마음을 알고서 재미있어하며 보내 준 느낌이었기에, 뮤리의 마음을 이미 호로가 로렌스에게 다 설명했다 해도 이상하지 않다. 하지만 그렇다고 뮤리가 내게 연심을 품고 있다는 사실을 내가 직접 로렌스에게 확실히 말해도 좋을지 어떨지는 무척이나 고민되는 문제였다.

그렇다면 문장에 담긴 의미에 대해서는 언급하지 않고 그냥 지나가듯 전하는 정도로만 끝낼까, 하자니 그것도 이상하다. 왜냐하면 그렇게 설명했을 경우 갑자기 웬 문장? 하고 뜬금없게 느껴질 테고, 중요한 부분은 대충 얼버무린 것이나 마찬가지니 너무 불성실해 보인다. 오히려 로렌스와 호로가 뮤리의 연심을 알고 있을 경우 설명이 없으면 괜한 오해를 불러일으킬 수도 있다.

깃펜을 들고 종이 앞에서 생각에 잠겨 있자니 점점 더 불안해졌다.

뮤리와 나만이 쓸 수 있는 문장.

처음 떠올렸을 때는 명안이라고 생각했는데, 오히려 더 의미심장하고 불경한 느낌마저 든다.

뮤리는 틀림없이 문장을 소중히 아끼겠지.

그렇기 때문에 더더욱.

"이제 와서 취소하자고 할 수도 없겠지요…."

뮤리는 화를 내며 미쳐 날뛸 테고 하이랜드도 실망하리라.

아니면 그냥 내 생각이 너무 과한 걸까, 하고 신음할 때였다.

"아~ 배고파~!"

기세 좋게 문을 열어젖히고 뮤리가 방으로 뛰어들었다.

나는 심장이 입으로 튀어나올 정도로 깜짝 놀라 깃펜을 떨어뜨리고 말았다.

"응? 왜 그래, 오라버니?"

뮤리는 의아한 표정을 지었지만 나는 "갑자기 문을 그렇게 열면 안 돼요…."라고밖에 대답할 도리가 없었다.

"그보다 오라버니, 아침 먹으러 가자! 배고파!"

뮤리는 상인풍의 차림으로 손에는 종이다발을 들고, 귀에는 깃펜을 꽂고 있었다.

"혹시 새벽부터 비품 사러 다녀온 거예요?"

"오라버니, 항구의 아침은 이른 법이야."

뮤리가 내게 깃펜 끝을 들이밀었다.

"직인들도 해가 뜨기 전까지는 느긋하니까. 수도원 비품 구매 나머지를 해치우고 왔지."

"어… 고생 많았어요…."

말투에 다소 망설임이 섞인 이유는 왜 그렇게 일찍 일어나면서까지 비품 구매를 끝내고 싶어 하는지 알 수가 없기 때문이었다. 라우즈번에 잠시 체재하게 되었으니, 오히려 대낮까지 늦잠을 자는 게 더 뮤리다운 일인데.

멋지다는 이유로 꽉 졸라맨 허리띠를 느슨하게 풀고, 대충 묶은 머리도 풀어헤치는 모습을 바라보고 있자니 당사자인 뮤리가 말했다.

"오라버니, 아침 먹고 나가자!"

"나가자니, 어딜요?"

뮤리는 허리에 손을 짚고 의기양양한 웃음을 띠었다.

"시정청사!"

그런 곳은 대체 왜 가자는 건지, 애초에 그런 단어는 언제 배웠는지, 수많은 의문은 전부 아침 식사 자리에서 설명을 듣고 풀렸다.

　해가 뜨고 바다에서 솟아난 연무가 걷히기 시작할 무렵 나와 뮤리, 그리고 하이랜드와 종자까지 총 네 사람은 거리의 광장 부근에 있는 시정청사로 향했다. 대성당 앞에는 아침 예배를 드리러 온 사람들을 노리고 노점이 잔뜩 열려 있어서 오늘도 시끌벅적한 하루가 될 성싶었다.

　"그럼 나는 이쪽에서 수속을 확인하도록 하지. 문장 특권 하사 같은 건 처음이라서."

　"알겠습니다."

　"점심은 '황금 양치'지?"

　뮤리가 묻자 돌바닥이 깔린 복도를 걸어가려던 하이랜드가 뒤를 돌아보고 장난스럽게 한쪽 눈을 끔벅했다.

　"가자, 오라버니."

　뮤리가 내 손을 잡아끌며 하이랜드와는 반대 방향으로 나아갔다.

　그곳은 대성당이나 인기 있는 양고기 음식점 '황금 양치'가 늘어선 라우즈번의 광장이면서도 바깥의 소란과는 격리되어 있는 중후한 공간이었다. 건설된 지 2백 년 이상이 되었다는 전체

석조 건물로, 내부 역시 돌과 시간의 무게로 묵직하게 채워져 있었다.

　이곳은 라우즈번의 시정을 관장하는 시정청사의 일부이자 문장을 관리하는 부문이었다. 하이랜드는 새로운 문장 신청 수속을 확인하기 위해, 뮤리는 문장의 도안을 정하기 위해 찾아온 참이었다.

　"책을 다루어 본 경험은 있소이까?"

　교회를 방불케 하는 청동문 앞에서 서고 관리를 맡은 문장관(紋章官)이 물었다. 길게 기른 수염을 달걀 흰자로 굳힌, 어떻게 봐도 고위관리 같아 보이는 인물이었는데 뮤리는 그 수염을 만져 보고 싶어 근질근질한 모양이었다.

　"성서 필사 경험이 있습니다."

　"호오, 신께서도 기뻐하실 일이군요. 훌륭합니다, 훌륭해요."

　문장관은 그렇게 말하며, 어른 손으로 쥐어도 커 보이는 열쇠로 문을 열고 우리를 안으로 들여보내 주었다.

　"우와…."

　그 순간 뮤리는 숨을 들이켜는 것과는 다른, 약간의 공포마저 배어나는 탄성을 질렀다.

　그곳은 그리 넓지 않은 공간이었지만 사람 키의 서너 배는 되어 보이는 높이의 천장에 이르기까지 바닥에서부터 책이 빽빽하게 쌓여 있었다. 바닥은 오각형에 가깝고, 천장을 올려다보면 마치 책의 우물에 떨어진 느낌마저 들었다.

위쪽에 있는 책은 이동식 사다리로 꺼내 오는 모양이지만 나는 솔직히 올라갈 자신이 없다.

"조사할 때는 반드시 그 서견대(書見台)에서 펼쳐야 합니다. 책을 든 채 그냥 펼치면 안 돼요. 안내도는 저 벽에. 대략적인 문장 일람은 저쪽 태피스트리에."

"알겠습니다."

문장관은 만족스러운 듯 고개를 끄덕이더니 "그럼 이만." 하고 방에서 나가 버렸다.

"문장이란 게… 대체 전부 몇 개나 될까?"

뮤리는 겨우 정신이 돌아왔는지 그렇게 말했다.

"왕국만 해도 4천에서 5천 개는 있다고 해요. 굉장한 숫자죠."

"우와… 그렇게나 많구나."

"대륙의 가문을 포함하면 십만은 넘는다고 들은 적이 있어요."

뮤리는 그 숫자가 상상도 안 되는 듯 어색하게 웃었다.

"하지만 그림은 거의 비슷하니까 사소하게 바꿀 수 있는 건 신조나 네 귀퉁이에 놓이는 소품 정도죠. 대부분의 도안은 이쪽에서도 볼 수 있어요."

문장관이 가리킨 태피스트리는 오래된 놋쇠 판에 붙은 채, 그림자로 살짝 가려지는 곳에 조용히 걸려 있었다.

"양이 제일 크네."

옆모습으로 그려진, 어깨 근육이 솟구친 건장한 체구에 거대한 뿔을 지닌 전설 속의 황금 양.

현 왕가의 초석이 된 그림이다.

"오라버니는 만난 적 있다고 했지?"

달리 누가 있는 건 아니었지만 뮤리는 목소리를 낮추고 물었다.

"네. 굳건한 신념을 지닌… 그렇군요, 일레니아 씨 같은 분이었습니다."

지난번 항구도시에서 만났던 양의 화신 일레니아는 뮤리에게 처음 생긴, 인간이 아닌 존재인 친구였다.

그런 일레니아를 닮았다는 말에 뮤리는 반가운 표정이었지만 나는 이렇게 덧붙이는 일도 잊지 않았다.

"비슷하다는 건 강하다는 게 그렇다는 이야기예요. 외모는 할아버지였거든요."

"아, 그렇구나…."

또 친구가 생길 수도 있다고 생각한 모양이었다.

"아, 거북이다. 이건 율란 기사단이라고 했었지?"

성당 앞에 있던 부적 노점에서 본 문장들도 잔뜩 있었다. 율란 기사단의 것과 비슷한 크기로, 사슴과 토끼가 황금 양의 다리를 받치듯 늘어서 있는 걸 보니 옛날 왕국에 존재했던 기사단의 문장이라는 뜻인 모양이었다.

"독수리가 있어."

뮤리가 싫은 얼굴로 가리킨 것은 양의 양쪽에 나란히 선, 태피스트리 안에서는 양 다음으로 큰 독수리였다. 유명한 가문의 문장인 듯했다.

"독수리라면… 여기서부터 여기까지 전부 관계되나 보네요."

방 안이 어두컴컴한 탓에 벽에 붙어 있는 서가 안내도를 다들 손으로 훑어 확인하는지, 안내도는 손때가 묻어 오래된 지도 같은 모양새였다.

흐릿해진 글자를 더듬다 독수리 도안을 쓰는 문장이 너무 많은 것에 깜짝 놀라 눈이 휘둥그레졌다.

"권위 있는 양의 문장보다도 더 많을 것 같은데요."

최소한의 위안이 될까 싶어 그렇게 말했지만 뮤리는 한층 더 불만스러운 표정이었다.

"보자… 아, 늑대도 있어요."

안내도 맨 앞에 늑대라는 글자가 있었다.

늑대가 사용되는 선반은 바닥에서 천장까지 닿는 책장 한 줄, 거기서 세로로 절반, 또 거기서 옆으로 또 절반쯤 되는, 큼직한 선반의 왼쪽 한 귀퉁이였다.

"너무 적잖아!"

뮤리는 한탄하듯 말했지만 결국 한 권을 천천히 뽑아 들고선 품에 꼭 끌어안고 서견대로 가져갔다. 검도 튕겨 낼 수 있을 듯

딱딱한 가죽 장정이 말라비틀어져 금이 가 있었다.

책 옆쪽을 묶고 있는 사슬도 낡아서 너덜너덜했고, 오랜 세월 펼쳐진 적이 없다는 사실을 증명하듯 페이지를 넘길 때마다 곰팡내가 났다.

"와아!"

하지만 좋아하는 것을 앞에 두니 곰팡이 냄새 따위는 전혀 신경도 쓰이지 않는 모양이었다.

뮤리가 눈을 반짝이자 금세 귀와 꼬리가 튀어나왔다.

다급히 집어넣으라고 하려다 차마 그러지 못했다. 뮤리의 모습에서 그만큼의 분위기가 느껴졌기에.

늑대의 피를 잇는, 인간 아닌 존재로서의 생을 받은 소녀는 자신의 출생 비밀을 처음 알았을 때 이 세상에 외톨이로 남겨져 버렸다며 울었다.

하지만 인간 세상에는 늑대의 문장을 내걸고 그것을 집안의 상징으로 삼는 자들도 있다. 지금은 많이 줄어들었지만, 결코 적지 않은 수의 사람들이 늑대의 강함과 신성함으로 집안의 이름을 빛내 왔다.

용맹하게 그려진 늑대 도안에서 뮤리는 그 사실이 뼛속 깊이 느껴진 모양이었다.

몸속 깊은 곳에서부터 감동을 느끼는 사람의 모습을 보기란 그리 쉬운 일이 아니다.

나는 거기에 도저히 찬물을 끼얹을 수가 없었다.

그런 뮤리를 가만히 지켜보며 얼마만큼의 시간이 흘렀을까.

뮤리가 갑자기 눈가를 소매로 문지르더니 부끄러운 듯 웃었다.

"이 사람들은 말이야."

그러고는 입을 열었다.

"루워드 아저씨 일행처럼 어머니 친구를 만났던 게 아닐까?"

뮤리의 이름은 현랑 호로의 친구에게서 물려받았으며, 동시에 그 친구의 이름을 지금까지 세상에 전해 온 용병단에서도 따왔다. 루워드는 뮤리 용병단의 단장인데 루워드의 아버지의 아버지의 아버지까지 거슬러 올라가 선조에 다다르면 실제로 뮤리라는 거대한 늑대와 함께 전장을 누비던 인간이 나온다고 한다.

그런 경위로 그 용병단의 깃발에는 늑대가 그려져 있었다.

"그럴지도 모르죠. 집안을 일으킨 선조라 불리는 사람들은 문장을 채용할 때 자신과 관계가 깊은 도안을 선택하는 일이 많다고 하니까요. 오랜 옛날, 뮤리의 아버님이나 루워드 씨의 선조님처럼 늑대와 힘을 합쳐 가문을 일으켰을 거예요."

이 방에 있는 것들은 그렇게 오래전, 아직 정령이 숲에 당연히 존재하며 사람과도 엮일 일이 많던 시절 이야기의 잔해였다.

뮤리도 그 사실을 느꼈는지 고개를 들고 책의 우물 바닥에서

숨을 들이켰다.

이곳은 그야말로 압도될 만큼 긴 시간이 응축되고 내려 쌓여서 생겨난, 위대한 이야기의 보고(寶庫)이므로.

"어떤 늑대였을까?"

뮤리는 그렇게 말하며 늑대 문장의 털을 손가락으로 가볍게 쓸었다.

"어쩌면 어머니였을지도 몰라."

"불가능한 얘기가 아니라는 게 굉장하네요."

눈앞이 어질어질해질 정도로 아득한 이야기지만 뮤리가 옆에서 은빛 꼬리를 잔뜩 부풀리는 모습을 보니, 내가 그야말로 말도 안 되는 세계의 비밀을 목격하고 있다는 사실이 실감나 웃음이 터졌다.

"아, 그치만…"

페이지를 넘기던 뮤리의 세모난 늑대 귀가 갑자기 힘없이 축 처졌다.

"이 늑대들은 이제 없을지도 모르겠네."

"네?"

내가 물으니 뮤리는 마음에 뚜껑을 덮듯, 커다란 책을 천천히 덮었다.

"달을 사냥하는 곰."

앗, 하는 깨달음의 탄성도 지를 수가 없었다.

옛날 수많은 정령들과 싸워서 숲과 밤의 시대를 끝장냈다는 전설 속의 곰.

로렌스가 호로의 고향 친구들에 대해 조사한 바에 의하면, 호로의 친구들은 그 곰과의 싸움에서 멸망당한 것 같다고 했다.

그리고 아마도 달을 사냥하는 곰은 이 서고에 있는 문장의 기원이 된 정령들도 적잖이 몰살했으리라.

"아아, 싫은 생각을 떠올려 버렸네….'"

뮤리는 늑대의 피를 잇는 자로서 달을 사냥하는 곰을 원수로 여기고 있다. 그 시대를 살았던 당사자 현랑 호로는 오히려 이제 와선 원망도 무엇도 딱히 없어 보였지만, 이런 부분에서는 확실히 뮤리가 젊다는 뜻인가 보다.

가능하면 그런 어두운 장소로 끌려 들어가지 않기를 바랐지만 나로서는 짓밟고 들어갈 수 없는 영역이기도 하다.

뭐라고 말을 걸어야 할지 한참 고민한 끝에 나는 뮤리의 등에 살며시 손을 얹었다.

뮤리가 나를 바라보고, 시선이 마주쳤다.

크고 붉은 뮤리의 눈동자가 어둑어둑한 서고 안에서도 밝게 빛났다.

"오라버니, 그런 표정 짓지 마."

뮤리는 난처한 듯 웃으며 얼굴을 들이대고 뺨과 뺨을 맞댔다.

"오라버니의 그런 표정, 치사해."

"아뇨, 그렇지만…."

장난으로 얼버무리려는 뮤리에게 내가 계속 말을 이으려 할 때였다.

뮤리가 문득 몸을 파르르 떨더니 귀와 꼬리를 집어넣었다.

그리고 바로 이어서 문 두드리는 소리가 났다.

뮤리는 재빨리 의자에서 일어나 책을 책장에 도로 꽂아 놓고 새 책을 가져왔다.

나는 할 수 없이 문 쪽으로 걸어가 문을 열었다.

"하이랜드 님."

"서가는 어떻게 생겼지?"

내가 문 옆으로 비키자 하이랜드는 안을 들여다보고 흥미로운 듯 한숨을 내쉬었다.

그러고는 뒤를 돌아본 뮤리에게 가볍게 손을 흔들자, 뮤리는 쌀쌀맞게 고개를 홱 돌렸다가 아주 살짝 손을 마주 흔들었다.

"후후. 아, 콜. 잠깐 괜찮겠느냐?"

"네."

나는 밖으로 나오라고 재촉하는 하이랜드를 따라가기 전 일단 뮤리를 돌아보았다.

뮤리는 마음대로 하라는 듯 책에만 시선을 쏟고 있었다. 달을 사냥하는 곰 이야기만 나오면 항상 뮤리와의 관계가 어색해진다. 인간과 인간 아닌 존재의 차이가 강제로 눈앞에 들이밀어지는 것만 같아, 우리 둘 다 어떻게 수습할 방법을 찾을 수가 없었다.

하지만 또 한편으론 내가 하이랜드와 단둘이 대화하는 건 또 그것대로 싫다는 의사가 뮤리의 등에서 투명하게 드러났다. 꼬리가 나와 있었다면 신경질적으로 흔들거리고 있을 게 뻔했다.

살짝 쓴웃음을 지으며 서고를 나섰다.

"무슨 일이시죠?"

"으음."

조용한 복도로 나와 손을 뒤로 돌려 문을 닫으며 하이랜드에게 물으니, 애매한 대답이 돌아왔다.

"문장의 정식 이용 수속에 대해 물어보고 왔다만…."

하이랜드가 말하기 껄끄러운 눈치였기에 내가 앞질러 말했다.

"특권 하사는 어려운 일이지요. 안타깝지만 뮤리에게는 제가 설명하겠습니다."

그런 말이 매끄럽게 나온 걸 보니, 사실은 로렌스에게 보고해야 한다는 번뇌에서 해방될 수 있겠다는 사심이 있었던 모양이다.

하지만 하이랜드가 다급히 고개를 들었다.

"아니, 그 점은 문제없다. 괜찮아."

"그…렇습니까? 저, 예컨대 양에 관한 건국설화가 있는 왕국에서 늑대 문장을 사용한다는 게 이치에 맞지 않는 것 같기도

합니다만…."

하이랜드는 내 말에 어깨 힘이 빠진 듯 웃었다.

"그런 이유로는 각하당하지 않아. 해골이라도 그려서 내건다면 곤란하겠지만."

한순간 뮤리가 좋아할 만한 도안이라는 생각이 뇌리를 스치고 지나갔다.

"그렇다면 다행이지만요."

그럼 하이랜드가 망설이는 이유는 뭘까.

시선을 돌리니 하이랜드는 또다시 한숨을 쉬고 나서 포기한 듯 말했다.

"문장 사용 특권을 하사하는 데에는 문제가 없어. 내 이름으로 그대들이 원하는 문장의 권위를 보증할 수 있으니. 다만 등록하는 데 필요한 항목을 문장관에게서 들으니 일이 다소 난처해졌을 뿐이다."

나로서는 도저히 상상도 되지 않았다. 그러자 하이랜드가 갑자기 서고 문에서 거리를 두고, 목소리를 낮춰 말했다.

"문장을 사용하는 자들의 관계다."

"관계… 라고요?"

"비슷한 형식의 다른 문장이라면 상관없다만… 완전히 똑같은 문장을 사용하려면 그 문장을 사용하는 자들끼리의 관계성이 필요하다고 하더군."

그렇다면 어쩔 수 없겠지만, 내가 이해하지 못했다는 건 누가 봐도 알 수 있을 터였다.

하이랜드가 설명했다.

"문장에는 권위가 있지? 그렇다면 같은 문장을 사용하는 자들 사이가 틀어질 경우 누가 그 문장을 물려받을지를 두고 다툼이 일어나게 된다. 그때 어느 쪽의 우선권을 인정할지의 문제가, 특히 가문의 대를 이을 때의 세부적인 규칙으로 고대 제국 때부터 면면히 내려오는 법전에 의거해 제정되어 있지."

하기야 친척 전체가 같은 문장을 사용하다 무슨 이유로 다툼이 생겨 분리 독립한 가계까지 그 문장을 쓴다면 혼란이 벌어질 게 뻔하다.

"그래서 그대와 그 아가씨의 관계가 문제란 거지."

거기까지 들으니 하이랜드가 난감해 하는 이유를 나도 알 수 있었다.

너무나, 뼛속 깊이 저릴 정도로.

"그대와 그 아가씨는 친남매가 아니라고 들었는데."

"예…. 제가 뮤리의 집에서 일하면서 태어났을 때부터 돌봐주었을 뿐입니다."

"그렇다면, 엄밀히 따지면 고용주의 딸과 고용인이라는 관계가 되는데 그 두 사람이 동일한 문장을 쓴다는 것은 그, 뭐라고 할까…."

부도덕한 느낌이 든 건 내 기분 탓이 아니었던 모양이다.

아무래도 부적절한 연인 관계를 연상하게 된다.

"실은 저도 이 일을 뇨히라의 온천장에 보고하려다가, 왠지 부도덕하다는 인상을 느끼고 있었습니다…. 좋은 발상이라고 생각했는데 너무 경솔했는지도 모르겠습니다."

"아니, 그대의 발상은 나도 훌륭하다고 생각해. 연인도 아니고 가족도 아니지만 그 무엇보다도 강력한 유대관계. 그런 것도 틀림없이 있을 테고, 있어도 되겠지. 그것을 상징하는 증거로서 세상에 단둘밖에 쓸 수 없는 문장이 있다면 아름답다고까지 느껴질 정도다."

하이랜드가 진심으로 그렇게 생각한다는 건 충분히 전해졌지만, 그렇기 때문에 이게 얼마나 큰 문제인지도 알 수 있었다.

"명망 있는 직인 가문처럼 스승과 제자 형식을 취할 수도 있다만."

차라리 그게 낫겠다. 받아들이기도 쉽다.

"하지만 실제 스승과 제자인 것은 아니지?"

"글쎄요, 가정교사와 학생이라고는 할 수 있을지 어떨지…."

"그 정도로는 문장의 승계를 납득시키기엔 좀 약하군."

문제는 골치 아팠지만 진지하게 생각해 주는 하이랜드를 보니 문득 미소가 나왔다.

내 미소를 본 하이랜드가 의아한 표정을 지었다.

"죄송합니다. 무심코 그만."

"무심코?"

하이랜드의 물음에 솔직히 대답하기로 했다.

"죄송합니다. 기뻐서요. 이렇게 진지하게 고려해 주시는 게."

하이랜드는 눈을 몇 번 깜박이더니 화난 듯 말했다.

"진지하고말고. 이건 그대들에게도 진지한 일, 그렇지 않으냐?"

오히려 그 심각한 태도에 내가 놀랄 정도였다.

"기재 자체는 얼마든지 꾸며내서 할 수 있지. 하지만 이것은 그대와 그 아가씨의 인연을 표하는 증거다. 거기에 거짓이나 지어낸 말이 있어서는 안 돼."

그것은 해가 동쪽에서 뜨고, 바닷물이 짜다는 말과 마찬가지로 확신에 찬 말이었다.

그러다 하이랜드는 나를 보고서 정신을 차린 모양이었다.

멋쩍은 듯, 부끄러운 듯한 표정으로 말했다.

"미안하다. 너무나도 훌륭한 이야기였기에 오히려 내가 더 푹 빠져 버리고 말았어."

내가 정말 좋은 사람과 만났다는 사실을 새삼 확신할 수 있었다.

"제가 느낀 기쁨을 형태로 나타내 보여 드릴 수 있다면 참 좋을 텐데요."

"그런 소리 말아. 그런 게 아니야."

하이랜드는 고개를 돌리며 한숨을 내쉬었다.

"나는 그런 가족끼리의 유대감 같은 것에 몹시 약하거든. 태생 탓에."

왕의 사생아.

하이랜드가 어깨를 으쓱하며 자학적인 분위기로 말하자 나는 그렇군요, 라고 말할 수도 없어 입을 다물었다.

"뭐, 그러니까… 그런 연유로 나는 이미 준비 만반이다. 만일 설명할 만한 관계가 떠오르지 않는다면 스승과 제자 등, 무난한 것으로 대처할 수도 있어."

하이랜드는 그렇게 말하다가 손으로 얼굴을 살짝 가리고 격자창 너머에 있는 광장을 내다보았다.

"나 원 참, 내가 왜 흥분하고 있는지 모르겠군. 바람을 좀 쐬고 오겠다. 그리고 '황금 양치'에 자리를 잡아 두지."

막을 도리도 없어, 나는 고개를 숙이고 배웅할 뿐이었다.

하지만 그럴싸한 말을 늘어놓지 못했던 데에는 다른 이유도 있었다. 머릿속이 온통 다른 무언가로 꽉 차 있었던 탓이다.

나와 뮤리는 대체 무슨 관계일까?

남매도 아니고, 연인도 아니고, 사제관계도 아니다.

그렇게 하나하나 열거해 봐도 딱 들어맞는 말이 떠오르질 않는다.

손가락으로 꼽아 가며 생각해 보고서야 비로소 나와 뮤리의 관계가 무척이나 애매하고 불확실하다는 사실을 알 수 있었다.

24시간 내내 함께 지내고 있고, 뮤리는 나를 위해 거의 목숨을 내던지는 짓까지 할 정도고, 나 역시 뮤리에게 한 맹세를 평생 지킬 생각이다. 그런데도 우리 둘의 관계를 표현할 말이 없다.

그 사실을 깨달은 나는 아무도 없는 석조 복도에서 마치 시간이 멎은 듯한 감각에 사로잡혔다. 앞으로도 뒤로도 무한한 복도가 이어져 있고, 손에는 열쇠를 쥐고 있는데도 그 어떤 문도 열지 못하는 듯한 느낌이었다.

뮤리의 불안이 사실 이런 것이 아니었을까, 하는 생각이 들었다.

자신이 쉴 장소. 안온한 시간을 보낼 곳. 분명히 그곳으로 갈 수 있는 열쇠가 있는데 어느 문을 열어야 할지 알 수가 없다. 의지할 수 있는 건 딱 한 번 들었던 맹세의 말뿐.

뮤리가 이성으로서 좋아한다고 말하면서도 오라버니라는 호칭을 버리지 못하는 일도 수긍이 되었다. 희미하게 남겨져 있는, 손으로 움켜쥘 수 있는 연결고리라고는 오라비라는 실뿐이니 말이다.

나는 대성당 앞에서 문득 떠오른 생각으로 문장 제작을 제안했다. 뮤리가 기뻐할 거라는 정도의 인식일 뿐이었고, 또 겸사겸사 나 자신의 죄책감도 누그러뜨리기 위한 약간 센스 있는 선물이라고밖에 생각하지 않았다. 하지만 거기에는 어마어마한 의미가 담겨져 있었다.

무리에게 문장의 존재는 분명 문에 아로새겨진 표식이 될 것이다.

실컷 헤매고 또 헤매며 차가운 석조 복도를 걷다가 문득 시선 끝에서 드디어 발견한 문의 표식.

내게는 그 문까지 가는 길에 꽃을 깔아 줄 의무가 있다.

"하지만….."

대체 어떻게?

고요해진 석조 복도에서 나는 문득 성전을 몹시도 읽고 싶어졌다.

늑대와 양피지

제 2 막

하이랜드가 말한 관계 이야기 때문에 넋이 나가 어쩔 줄을 몰랐던가 보다. 서고로 돌아가기가 껄끄러워 복도를 어슬렁거리다 결국 광장으로 나가, 정신을 차리고 보니 뮤리가 좋아할 법한 건포도를 사고 있었다. 낮 예배의 기도 시간을 알리는 예비종 소리가 울려 퍼지고 나서야 겨우 제정신이 돌아왔을 정도였다.

문장 사용 수속에 필요한 관계 이야기를 뮤리에게 감추고 진행시킬 수도 있다. 그러나 하이랜드가 말했듯이 그것은 아주 멋진 일이어야 했다. 거짓이나 지어낸 말을 집어넣는 건 피하고 싶었다. 하지만 이 이야기를 솔직히 털어놓았을 때 뮤리가 어떻게 반응할지 알 수가 없어, 한심하게도 서고로 돌아가기 위해서는 용기를 쥐어짜야 했다.

나 자신의 무거운 마음이 형태로 표현된 듯한, 커다란 성당 문을 밀고 안으로 들어갔다.

뮤리는 책상에 앉아 열심히 책을 읽고 있었다.

나는 그 뒷모습에 말을 걸고 "실은…." 하고 설명했다.

문장이 그려진 책을 펼친 채 들고 있는 뮤리를 동요시키지 않으려고, '뮤리를 위해서 문장은 반드시 만들 것이다'라는 말을 특히 강조했다. 여기서 내가 정신 똑바로 차려야 한다는 생각에 힘을 잔뜩 주고 있는데 뮤리의 입에서 터져 나온 것은 한숨과 어처구니없다는 말투, 그리고 늑대의 귀와 꼬리였다.

"이~제~와~서~!"

그리고 어깨를 움츠리며 책을 덮고 일어섰다.

"나도 뭐, 옛날에는 그런 걸로 고민한 적이 있긴 했지만."

'옛날'이라는 말에 쓴웃음이 나오려는 것을 간신히 참고 있는데 뮤리가 내 쪽으로 불쑥 손을 내밀어, 잽싸게 건포도 봉지를 낚아채고 겸사겸사 내 팔도 움켜쥐었다.

"그치만 오라버니도 그랬잖아. 신과 다르게 오라버니는 여기 있다고. 만지면 의외로 근육질이고, 조금 시큼하고 이상한 잉크 냄새가 나는 건 틀림없는걸."

"네? 냄새가 나요?"

조심했는데, 하고 내가 당황하자 뮤리는 의기양양하게 웃었다.

"흐흥, 이게 바로 아무도 모르고 나만이 아는 여명의 추기경 님이지. 그림으로 그려서 길거리 선전을 한다 해도 아무도 안 믿을걸."

"……."

나를 놀리는 말 때문이 아니라 뮤리의 현명함에 할 말을 잃었다.

종이에 쓰인 정보 따위는 아무 필요도 없다고, 뮤리는 그렇게 말한 것이다.

"관계? 아무거나 상관없어."

뒷짐을 진 뮤리는 몸을 빙글 돌려 내 팔 안에서 춤추듯 등부터 파고들었다.

"나랑 오라버니만 쓸 수 있는 문장이 있다면 그걸로 충분해."

어깨 너머로 돌아보고, 그대로 몸의 방향까지 돌려서 내게 매달리는 뮤리.

늑대 꼬리가 파닥파닥 흔들렸다.

어른인가 싶으면 아이이고, 또 아이인가 싶으면 나보다도 어른.

뮤리의 등에 팔을 감은 건 어쩌면 죄인이 손목을 묶이는 동작에 가까웠을지도 모르겠다.

"그런데 스승과 제자라면 내가 스승이지?"

품속에서 뮤리가 올려다보며 그렇게 말했다. 순간적으로 부정하지 못한 내가 한심하게 여겨졌다.

"뮤리가 그렇게 말해 줘서 다행이에요."

나는 안심하면서도, 다소 버릇이 없는 강아지처럼 안겨드는 뮤리를 마주 꼭 안아 주었다. 등 쪽 늑골을 어루만지자 뮤리는 간지러운 듯 몸을 뒤틀었다.

"하지만 다른 말을 찾아보려고 해요."

"아내."

"안 돼요."

바로 부정했지만 뮤리는 오히려 기쁘게 웃었다.

"뭐, 공부를 많이 한 오라버니라면 뭔가 찾아낼 수 있을지도 모르겠네. 그때는⋯."

뮤리가 내 품에서 빠져나와 정면으로 마주 보며 말했다.

"오라버니라는 호칭도 바뀌겠지만."

그것은 기쁜 것 같기도 하고, 서운한 것 같기도 했다.

하지만 뮤리의 말대로, 뮤리는 뮤리로서 여기에 있다.

"기대되네요."

뮤리는 씨익, 하고 이를 드러낸 뒤 "자, 그럼…" 하고 말했다.

"나도 더 조사해 봐야겠다."

"시간은 넉넉히 있으니 천천히 봐요."

그렇게 대답하다 문득 뮤리의 말에서 뭔가 이상함을 느꼈다.

게다가 뮤리가 책상으로 돌아가 다시 펼친 책은 늑대 문장을
모아 놓은 책이 아니었다.

"조사? 도안을 찾는 게 아니고요?"

뮤리의 어깨 너머로 책을 들여다보니 황금 양과 검을 든 사람
의 삽화가 보이고, 위엄 있는 서체로 왕국의 건국 이야기가 쓰
여 있는 듯했다.

"도안 보는 게 질린 건 아니지만, 유명한 몇몇 가문들의 문장
은 성립 이야기도 남아 있는 것 같아서."

왜 그런 책을 읽고 있는 건지 의아해 하는 내 마음을 읽었는
지 뮤리가 대답했다.

"같은 동물 문장이라도 정면을 바라보고 있거나, 옆을 보고
있거나, 주둥이에 깃발을 물고 있거나, 검을 짊어지고 있는 등

다양해. 머리가 두 개거나 쌍둥이 갓난아기와 함께 그려진 늑대의 문장도 있었어. 그게 전부 의미가 있대."

문장에는 하나의 커다란 이야기가 담겨 있다. 후세의 인간들이, 자신들이란 존재가 어떤 인물이 되어야 할지 헤맬 때 지침이 될 수 있도록.

"그 의미를 조사해서, 뮤리도 문장에 그런 이야기를 담고 싶다는 말인가요?"

"응. 그리고 가능하면 당사자들에게서 이야기를 들어 보고 싶어."

"그건…."

불가능한 이야기라고 하려다 문득 입을 다물었다.

적어도 황금 양만은 그렇지 않다.

뮤리는 내가 그 사실을 알아차렸다는 걸 안 모양이었다.

"오라버니, 한가하지?"

"한가하다고 하기는…."

성전의 세속어 번역을 진행 중이긴 하지만 굵직한 부분은 웬만큼 다 되어 있었다.

게다가 일주일 동안이나 방 안에 틀어박혀 있었으니 뮤리도 슬슬 신에게서 나를 되찾고 싶을 터였다.

멍하니 그런 생각을 하고 있는데 뮤리가 차분한 분위기로 말했다.

"여기 쓰여 있는 것과 비슷한 이야기를 실제로 아는 사람에게 서 들어 보고, 문장 도안을 정하고 싶어."

선인의 지혜를 빌리는 것은 좋은 일이다.

하지만 뮤리는 다소 난폭한 생각까지 한 모양이었다.

"그리고 이 나라에 늑대 문장이 없는 이유가 그 양 때문일 수 도 있겠다는 생각이 들었고."

대담하게 웃는 뮤리에게서 눈부실 만큼의 젊음을 느끼면서, 나는 한숨을 내쉬었다.

"일레니아 씨도 강한 양이지만 하스킨즈 씨에게는 호로 씨도 압도당한 적이 있어요."

"어, 어머니가?!"

뮤리에게 현랑 호로는 세계 최강의 존재다. 그런 호로가 다소 어린애 취급을 당했다는 이야기를 들으면 뮤리는 더 놀라겠지.

"그래도 뭐, 그렇군요. 부적 가게에서 들었던 왕국 건국 전 이 야기는 나도 몰랐던 부분이니 흥미가 가네요."

"그치? 그 양이라면 지금은 사라졌다는 기사단에 대해서도 잔뜩 알고 있을 테고!"

오히려 그게 진짜 목적이 아닐까 하는 생각이 들었지만, 뇨히 라를 나온 후로 쭉 위험한 여행이 이어진 것도 사실이었다. 가 끔은 평화로운 시간을 보내도 괜찮겠지. 뮤리의 견문을 넓힐 기 회도 될 테고.

"그럼 그렇게 하죠."

"응!"

뮤리가 그렇게 대답했을 때 문 너머에서 종소리가 들려왔다.

"그 전에 요기부터 해야겠네요. 하이랜드 님이 '황금 양치'에 자리를 잡아 두셨을 거예요."

"양 문장을 봤더니 배가 고파졌어!"

책을 책장에 꽂아 두고 문장관에게 외출하겠다고 말한 뒤 대성당을 나섰다.

대광장에서는 초봄의 햇살이 사람들을 평등하게 빛내 주고 있었다.

황금 양 하스킨즈가 있는 장소는 브론델 수도원이라 불리는, 왕국 내에서도 손꼽히는 대수도원령이었다. 지도를 확인해 보니 가깝지도 않지만 너무 멀지도 않아, 말 등에서 흔들리며 나흘에서 닷새 정도 가면 될 듯했다.

하이랜드는 '왜 그런 곳에 가려는 건가?' 하고 조금 의아해 했지만, 브론델 수도원령의 늙은 양치기와 옛날 여행에서 만난 적이 있는데 매우 깊은 지식의 소유자라고 설명해 놓았다.

마을 사람들과 접촉이 별로 없는 양치기는 늙으면 마법도 부릴 수 있을 거라는 소문이 퍼질 정도로 신비로운 분위기가 있다. 하이랜드도 그런 분위기를 떠올리고 '재야의 현자'라고 생각한 모양이었다.

또 브론델 수도원은 왕국 역사보다 오래된 곳이며 강대한 부를 지닌, 고압적인 곳으로 유명하기 때문에 우리가 문전박대를 당하지 않도록 편지도 써 주었다. 하지만 수도원 문이 열려도 당사자인 하스킨즈가 우리를 거부해서는 아무 의미도 없기 때문에 뮤리가 살그머니 샤론의 동료인 새에게 부탁해 수도원에 먼저 편지를 보내 놓았다.

여정을 준비하는 사이 하이랜드는 우리에게 호위를 붙이고 싶어 했지만, 뮤리는 단둘이 가는 여행에 방해꾼이 끼어드는 걸 원치 않았다. 그래서 그 타협점으로 가는 길에 있는 마을마다 호위가 앞서 가서 위급한 사태를 대비하기로 했다. 덕분에 나비를 쫓아 마음대로 방향을 바꿔 대는 뮤리와의 여행에서 그나마 고삐가 되어 주리라는 생각에 나도 조금 안심이 되었다.

말 준비와 여행 정보, 그리고 당사자 하스킨즈의 대답을 기다리는 데 사흘 정도가 걸렸다. 그 사이 뮤리는 문장 서고에 틀어박혀 지냈다. 밤이 되어 뮤리가 이불 속에 파고들면 책 장정에 사용되는 낡은 가죽 냄새에 시큼한 잉크 같은 냄새까지 나서 정말 내 냄새와 비슷할지도 모르겠다는 생각도 들었다.

이리하여 라우즈번에 남은 하이랜드의 배웅을 받으며 나와 뮤리는 여행을 떠났다.

하이랜드가 빌려준 저택을 드나들던 상인도 상대(商隊)를 짜 같은 방향으로 갈 예정이라기에 중간 마을까지는 거기에 편승하기로 했다. 마차에 흔들리며 태평한 여행을 할 수가 있었고 낮에는 불을 피워 따스한 식사도 할 수 있었으며, 저녁에는 확실하게 예정대로 목적지 마을에 도착했다.

하이랜드가 붙여 준 호위와도 합류해, 시작부터 좋은 느낌이 들었다.

"지금까지 배만 타고 다녀서 이번에도 각오했었는데, 여행이란 간단한 거였구나."

너무나도 우아한 여정이었기에 뮤리는 그런 말도 했다. 또 다음 날은 상대에 포함된 한 상인이 우리와 같은 방향으로 조금 더 간다고 해서 함께 가기로 했다. 첫날의 마차만큼 어엿한 탈 것은 아니었지만 모직물을 실은 짐마차 짐칸을 얻어 타니 뮤리는 부모님에게서 들은 행상 여행을 상상하고 무척이나 즐거워했다.

이틀째 여정도 문제없이 끝나고, 여정의 절반이 눈 깜짝할 사이 지나갔다. 여기서부터는 드디어 나와 뮤리 둘만의 여행이 시작된다. 호위가 먼저 가서 길을 확인해 주기도 하지만 무엇보다 뮤리는 늑대의 딸이다. 도적 따위는 걱정할 필요조차 없으니 무척이나 안심이 된다.

아무 문제도 없을 거라 생각하면서 저녁 무렵이 되어 마을에 도착하니, 건물 그림자에 눈이 약간 남아 있는 모습이 눈에 띄었다.

"내일부터는 힘들 수도 있겠는데요."

하지만 뮤리는 그냥 첫날과 둘째 날의 연장이리라고 생각했는지 의욕을 내뿜으며 아침 일찍부터 일어나서 빨리 길을 떠나고 싶어 안달을 냈다.

그런 뮤리가 조용해지는 데까지는 그리 긴 시간이 걸리지 않았다.

"엉덩이 아파…."

말을 타기 위해서는 소위 '엉덩이를 만들' 필요가 있다. 승마에 익숙한 하이랜드가 눈치 빠르게 짐 속에 양털 깔개를 넣어 보내 주었지만 뮤리는 그래도 아픈 모양이었다.

그럼 걷는다는 선택지가 있겠지만 길은 봄눈이 녹아 온통 질척한 진창이었다. 하이랜드가 빌려준 의복이라고는 하나 멋 부리기 좋아하는 뮤리는 옷을 더럽히는 데 거부감이 있는 모양이었다. 결국 신음하면서 계속 말을 타고 가다 점심 식사를 마치고 다시 출발하게 될 즈음에는 거의 울먹이다시피 하며 다시 말에 올라타는 수밖에 없었다.

세 번째 역참마을에 도착하여, 거기서 기다리던 호위가 보다 못해 짐마차를 마련해 주지 않았다면 며칠을 이곳에서 발이 묶였을지도 모른다. 수많은 모험 여행을 이야기로만 들었던 뮤리에게는 호된 체험이 되었으리라.

그렇다 해도 여정은 순조로워서, 눈이 녹은 탓에 천천히 나아가긴 했지만 중간에 여관이 있어 노숙을 하지 않아도 되었다.

이대로 아무 일 없이 끝날 것 같다고 생각하던 나흘째의 점심 무렵이었다.

"무슨 일이죠?"

짐마차가 갑자기 멈췄다. 그곳은 아무것도 없는 초원 한복판이었고 주위에는 야트막한 언덕뿐이었다. 짐마차 바퀴가 진흙탕에 걸렸는지도 모르겠다는 생각에 도와야겠다 싶어서, 지난번 도시에서 사 뒀던 더러워져도 되는 옷을 집어 들었다.

그러자 마부석에 앉아 있던 호위가 말했다.

"매복이 있을지도 모릅니다."

오싹해지는 발언이었다.

"일단 짐마차를 뒤에 갖다 놓고 저 혼자 확인하고 오겠습니다."

엉덩이가 아프다면서 짐칸에 엎드려서 자다가, 문장 도안을 나무판에 이것저것 그려 보다가 하던 뮤리도 몸을 일으켜 나와 얼굴을 마주 보았다.

"매복이라니, 산적?"

"산은 아니니까 그냥 도적이겠죠. 하지만…."

짐칸에서 길 너머를 바라보니 내 눈에는 아무것도 없는 것으로밖에 보이지 않았다. 그저 야트막한 언덕들이 늘어서고, 마땅히 숨을 만한 곳은 없어 보였다. 뮤리도 눈이 그렇게 밝지는 않기 때문에 보이지 않는 모양이었지만 대신 코를 킁킁거리며 눈이 녹아 다소 습해진 공기에서 무언가를 알아내려 했다.

"왠지… 슬픈 냄새가 나."

또 아무 말이나 늘어놓네, 하는 눈으로 쳐다보자 뮤리는 뚱한 표정을 지었다.

"화라도 내면 바로 알 수 있는데, 진짜 그런 냄새가 있단 말이야."

호로도 분명 그런 말을 했던 기억이 난다.

"그런데 얼마나 매복하고 있다는 거야?"

호위가 마부석에서 내려가 말의 재갈을 끌어 머리를 돌렸다. 그 틈에 목소리를 낮추고 일단 물어보자 뮤리는 어깨를 으쓱했다.

"한 명밖에 없는 것 같은데, 나도 얘기 듣기 전까진 길 너머에 사람이 있는 줄 몰랐어. 굉장한 사람이네."

아직 젊어 보이는 인물이었는데 하이랜드는 꽤나 실력 있는 호위를 붙여 줬던가 보다.

그리고 짐마차를 끌고 어느 정도 안전해 보이는 장소로 이동시킨 뒤 호위는 활을 들고 언덕 그늘 뒤로 향했다.

완만한 기복 뒤로 그 모습이 사라지고, 잠시 후.

호위는 소년 한 명을 어깨에 짊어지고 돌아왔다.

눈이 녹아 질퍽거리는 동네 길에 무심코 떨어뜨린 손수건을, 다음 날 주워 왔다.

호위가 짙어지고 돌아온 소년의 첫인상은 그것이었다.

"다친 데는? 의식은?"

나는 다급히 짐칸에서 뛰어내려 호위에게 뛰어갔다.

호위는 일단 소년을 가까운 풀밭에 눕혔다.

"무사합니다. 그냥 배가 고파서 주저앉아 있던 모양입니다. 그렇지?"

호위가 말하자 진흙투성이 얼굴 속의 두 눈을 뜨고, 소년은 고개를 천천히 끄덕였다. 온통 진흙투성이라 알아보기 힘들었는데 자세히 보니 소년은 하이랜드 같은 금발을 짧게 깎고, 눈동자는 아름다운 연푸른색이었다. 깔끔한 용모도 귀족 같아 보였다.

배를 곯고 전신이 진흙투성이였던 이유는 빈혈인지 뭔지 때문에 얼굴부터 진흙탕에 처박았기 때문인 듯했다.

"이런 식으로 속임수를 써서 여행객을 습격하는 무리가 있어 경계했습니다만."

호위가 다소 어이없다는 듯이 말하는 이유는 왠지 알 것 같았다. 바로 소년의 행색이었다.

얇은 외투 한 장만 걸치고, 신발은 진창 따위는 전혀 고려되지 않은 부드러운 가죽구두. 갖고 있던 식량을 다 먹어 치웠는지 배낭은 납작했고 애당초 작았다.

그런데도 소년의 옆에 놓여 있는 검은 묘하게 투박했다. 게다가 눕히는 바람에 들쳐 올라간 옷자락 속에는 미늘 속갑옷까지 받쳐 입고 있었다. 무거운 데다 아직 추위가 남아 있는 초봄의 여로에서는 체온만 떨어질 뿐 아무 도움도 안 될 텐데도.

길에 쓰러진 소년의 차림새는 정말이지 기묘하기 짝이 없었다.

"부랑아라면 그냥 못 본 체했겠습니다만."

호위는 하이랜드에게서 우리가 무사히 여행할 수 있게 해 달라는 부탁을 받은 몸이다.

그런 냉정한 판단도 자기 일의 일환이겠지만, 결국은 소년을 짊어지고 돌아왔다.

무슨 이유가 있을 듯했다.

"이 길 너머에는 브론델 대수도원령밖에 없지 않겠습니까? 수도원 관계자겠죠."

무장을 한 이유도 수도원에서 일하는 호위라면 이해가 된다. 하지만 그렇다면 이렇게 명백히 여행에 익숙지 않은 복장으로 고픈 배를 그러쥐고 쓰러지는 한심한 꼬락서니라는 게 납득이 안 된다.

"아닙니다. 저도 놀랐습니다만 견습기사입니다."

"뭐?"

짐칸 위에서 멀찍이 사태를 지켜보던 뮤리가 소리를 질렀다. 그리고 다급히 짐칸에서 뛰어내리려다가 진흙투성이인 길을 보고 움찔하더니 지난번 마을에서 샀던 싸구려 신발로 갈아 신고 조심조심 내려왔다.

소년은 여자아이가 있는 것을 보고 이를 악물며 몸을 일으켰다.

그런 모습에 슬그머니 웃는 호위의 옆에서 물과 먹을 것을 가져온 뮤리가 소년에게 건넸다.

"불도 피우는 게 좋지 않을까?"

그 한마디로 소년의 보호가 결정된 것이나 다름없었다.

"그럼 제가 하겠습니다."

호위는 그렇게 말하고 물이 든 가죽주머니와 살짝 마른 빵을 받아 든 소년을 쳐다보았다.

"꼬맹이, 같이 가고 싶으면 이분들께 사정을 설명 드려라."

이 세 사람 중에서 누구에게 결정권이 있는지를 확실히 알려 주는 발언이었다.

소년은 약간 비굴하게 호위의 눈치를 본 뒤 천천히, 하지만 크게 고개를 끄덕였다.

그리고 지금 당장이라도 달려들어 물어뜯고 싶을 텐데도 의젓하게 허리를 펴고 가죽주머니와 빵을 무릎 위에 올려놓은 뒤 말했다.

"제 이름은 칼 로즈라고 합니다."

목소리는 잔뜩 쉬고 입술도 갈라져 있었다.

하지만 아무리 그래도 결코 잃지 않는 긍지가 있었고, 그것은 결코 착각이 아니었던 듯했다.

"저는 견습기사, 성 크루자 기사단의 견습기사입니다."

투박한 검에, 어울리지 않는 미늘 속갑옷. 그리고 왜 호위가 이 소년을 구했는지, 그 이유는 알았다.

하지만 왜 이 소년이 이런 장소에 있는지는 아직 알 수가 없다.

"성 크루자 기사단!"

뮤리가 새된 소리를 질렀다.

"그거, 엄청 남쪽에 있는 크루자 섬에서 싸우는 기사들 맞지?! 금 건틀릿이랑 은 갑옷, 펄럭이는 붉은 외투에는 기사단의 증표! 세계 최강의 크루자 기사단!"

뮤리는 뇨히라 온천에서 늘 그런 이야기를 듣기만 했다.

심지어 성 크루자 기사단은 수많은 기사단 중에서 가장 유명한 곳이다. 뮤리가 흥분하는 건 당연하지만 나는 다소 경계심이 생겨났다.

그것은 성 크루자 기사단이라는 존재 그 자체에 대한 경계심이었다.

"저는 아직 견습이라 그런 장비들은 전부 다 아직 한참 먼 존

재지만요⋯."

소년 로즈는 부끄러운 표정이었지만 그 속에서도 긍지가 엿보였다. 게다가 견습기사라고는 해도 어느 기사단이든 들어가서 기사가 되려면 고귀한 가문 출신이어야만 한다는 말을 들은 적이 있다.

역시 이 소년은 명문가의 자제가 틀림없었다.

"그런데⋯ 성 크루자 기사단의 견습기사께서 이런 곳에는 왜?"

성 크루자 기사단은 교황의 심복으로 유명하다. 남쪽 바다의 크루자 섬을 거점으로 온갖 이단과 신앙의 적을 섬멸하는 것을 신조로 삼고 있다. 즉, 현재 국왕과는 가장 상성이 나쁜 상대라는 뜻이다.

하지만 지상의 천벌 대리인을 자처하는 이들이니 만일 국왕에게 쳐들어간다 해도 이보다는 훨씬 대대적으로 나설 것이다. 결코 견습 한 명이 터덜터덜 길을 걷다가 털썩 쓰러지는 한심한 꼬락서니를 보이게끔 하지는 않을 터.

그것은 전쟁 전 정찰 역할이라 해도 그렇다.

이렇게 빈약한 장비로 내보내다니, 베테랑 전사들이 할 만한 짓이라고는 생각할 수 없다.

"그건⋯ 저어⋯."

로즈가 우물쭈물했다.

"기사는 설령 적에게 붙잡힌다 해도 쉽게 입을 열지 않는 법이야, 오라버니."

뮤리가 어째서인지 의기양양하게 말했다. 성 크루자 기사단의 입장을 알면서 하는 말은 아니겠지만 뮤리의 천진난만한 태도에 로즈는 오히려 안심한 표정이었다.

"도와주셨는데도 불구하고 자세히 말씀드리지 못해 죄송합니다. 하지만 저는 단의 명을 받아서 이 길 너머에 있는 브론델 대수도원에 편지를 전달하러 가던 중이었습니다."

"그랬어? 우리도 거기 가는데!"

뮤리의 말에 로즈는 외견보다 차분해 보이는, 어른스러운 미소를 지었다.

"여러분은 순례 중이신가요?"

명문가의 자제이자 교황의 심복이라 지칭되는 기사단의 견습이라면 신앙심 역시 두터우리라. 아무런 의문도 없이 그렇게 묻는 로즈 앞에서 나는 약간 우물쭈물했다.

"사정이 좀 복잡한데…."

그때 뮤리가 냉큼 끼어들었다.

"나랑 오라버니는, 그러니까 오라버니라고는 해도 오라버니는 그냥 아버님 밑에서 일할 뿐이고 진짜 오라버니는 아닌데."

빠른 말투로 설명하자 로즈는 약간 넋 나간 표정을 지으면서도 고개를 끄덕였다.

"넓은 세상을 둘러보는 여행을 하던 중에 라우즈번이라는 도시에서 문장을 조사하게 됐어."

"아아… 분가나 뭐 그런 쪽 때문에요?"

로즈는 문장의 존재가 당연한 지위의 인간인지 별다른 의문도 없이 그렇게 말했다.

"응, 뭐 그런 거야. 그래서 조사하다 보니 옛 왕국에는 수많은 기사단이 있었다는 걸 알았어. 그래서 그런 얘길 잘 아는 사람한테 물어보러 가는 거야."

"브론델 수도원령에서 양치기를 하는 분이 옛이야기를 잘 알고 계시다고 해서요."

로즈는 뮤리와 내 얼굴을 교대로 쳐다보더니 고개를 끄덕였다.

"그렇군요. 제가 여러분을 만난 건 그야말로 신의 인도하심이라고 할 수 있겠네요. 여러분은 이 왕국에서 올바른 신앙을 갖고 계신 분들인 것 같군요."

한순간 느꼈던 묘한 경계심은 역시 기분 탓이 아니었던 듯했다.

로즈는 사람과 이야기하면서 활력이 돌아왔는지 얼굴에 날카로운 빛을 되찾으며 말했다.

"라우즈번에서 오셨다면 그 악명 높은 여명의 추기경인지 뭔지의 이야기도 알고 계시겠군요?"

불시에 허를 찔린 순간의 대응은 나보다 뮤리가 훨씬 빠르다.

"응, 소문은 들었어. 그보다 배고프지 않아? 얘긴 나중에 하자."

로즈는 무어라 말하려 했지만 때마침 배 속에서 꼬르륵 소리가 울려 퍼졌다.

여자아이 앞에서 배고픈 표시를 내다니 견습기사가 아니라도 그 나이 대 소년이라면 얼굴을 붉힐 만했다.

뮤리는 까르르 웃으며 "먹을 것은 더 있어." 하고 말했다.

로즈는 민망해 했으나 결국 빵을 입에 물었고 그 후로는 소년의 식욕을 멈출 수가 없었다.

호위가 피운 불에 구운 소금절임 고기까지 합쳐, 결국 빵을 세 개나 먹어 치웠다.

"하루에 세 번이나 기도해야 해? 어, 식사 중엔 한마디도 하면 안 돼? 식사 때는 은반지로 독이 들어 있는지 확인한다는 게 진짜야? 그렇게 알아낸 적이 있어?"

식사를 하고 나서 진정된 로즈에게 뮤리는 때는 이때라는 듯 질문을 퍼부어 댔다. 시인의 노래나 어디서 들은 이야기가 아니라, 진짜 견습기사가 눈앞에 있으니 말이다.

여태 실컷 들었던 이야기를 확인하고 싶어 좀이 쑤셨던 모양이지만 반 정도는 일부러 던지는 질문 같기도 했다.

로즈는 식사 전 '악명 높은 여명의 추기경'이라고 말했다.

호위 청년은 약간 떨어진 짐칸 옆으로 나를 불러, 짐을 정리하는 척하면서 말을 걸었다.

"신분이 신분인 만큼 그냥 버리고 갈 수도 없어 데려왔습니다만…."

그리 감정이 드러나지 않는 그 얼굴은 명령만 하면 로즈를 결박해서 어딘가에 버리고 오는 일도 주저하지 않을 듯했다.

"아뇨, 곤경에 처한 사람을 저버릴 수는 없습니다. 게다가 다행히 제가 누구인지 들킬 만한 일도 안 했으니까요."

로즈와 대화를 나누던 뮤리는 천연덕스러운 얼굴로 자신의 이름을 일레나이라고 댔다.

"그렇다면 다행이지만 신경 쓰이는 건 왜 그 기사단 사람이 왕국에 있는가, 하는 점이죠."

그건 나도 의문이었다.

"복장을 포함해서 준비를 완벽하게 하고 온 것 같지는 않았습니다."

"남쪽 본거지에서 입고 그대로 왔나 보지요. 전투를 벌이기 위해 왔다고는 도저히 생각할 수가 없습니다."

그렇다면 생각할 수 있는 가능성은 많지 않다.

"탈주병?"

"수상한 자가 아니라고 증명하기 위해 제게 기사단 봉랍이 찍힌 편지를 보여 주더군요. 탈주병이라면 신원을 감추겠죠. 그런 곳은 다시 붙잡혀 들어가면 가혹하게 부려먹힐 게 뻔하니까요."

하긴 그도 그럴 것이다.

"하지만 제게 가설이 하나 있습니다. 이야기가 길어질 테니 저 녀석을 수도원에 보낸 후에 말씀드리죠."

호위는 불 피우고 남은 장작을 짐칸에 다 쌓음과 거의 동시에 그 말을 끝냈다. 너무 긴 이야기를 나누면 로즈가 눈치챌 수 있다.

하지만 그렇게까지 경계할 필요는 없었는지도 모른다.

"오라버니…."

뮤리가 난처한 얼굴로 달려왔다.

"잔뜩 배가 부른 채로 불을 쬐었더니 안심해서 잠들었나 봐."

"……."

모닥불 옆에서 잠에 빠진 로즈를 보고 나는 무심코 호위와 얼굴을 마주 보았다. 이러니 점점 더 전투하러 온 전사로도, 그 사전 준비를 하기 위해 온 정찰로도 보이지 않는다.

로즈를 보니 예전의 나 자신이 떠올랐다.

신학자를 지망하며 딱히 갈 곳도 없이 고향 마을을 뛰쳐나왔지만 결국 눈 깜짝할 사이 궁지에 몰려 걸식이나 다름없는 몰골로 휘청대고 있었다. 그리고 그야말로 사면초가에 빠졌을 때 지나가던 로렌스와 호로에게서 구원을 받았다. 지금의 뮤리에게까지 이어지는 기나긴 이야기의 시작이다.

그리고 뮤리는 물론 그 이야기를 모친에게서 들었다.

"오라버니도 옛날에는 저랬다고 어머니가 그랬어."

"나도 빵 세 개 정도는 먹어 치웠죠."

그렇게 대답하자 뮤리는 즐거운 듯 눈을 깜박거렸다.

"수도원까지는 아직 멀었나요?"

호위에게 묻자 호위는 어깨만 살짝 으쓱했다.

"예정보다 다소 늦어질 것 같지만 밤에는 도착할 겁니다."

"그럼 바로 가죠. 지친 아이를 노숙하게 할 수는 없으니까요."

호위는 말없이 고개를 끄덕이고 불을 쓴 자리를 정리한 뒤, 깊은 잠에 빠져 있는 로즈를 안아서 짐칸에 태웠다.

꽤나 난폭한 취급인데도 로즈는 눈을 뜨지 않았다.

그 잠든 얼굴이 괴로워 보이는 건 몸 상태가 나빠서가 아니라, 악몽을 꾸고 있기 때문인 모양이었다.

"신이시여…."

자꾸만 그렇게 중얼거리는 소리가 들렸다.

뮤리는 끓여 놓은 물에 손수건을 적셔서 로즈의 얼굴을 닦아 주었다.

그리고 옷이 더럽혀지는 것도 개의치 않고 자신의 무릎에 로즈의 머리를 얹은 뒤 머리를 쓰다듬어 주었다.

로즈는 자면서 울고 있었다.

긍지 높고 세상에 이름을 떨친 최강의 기사단이라 하기엔, 그 모습은 너무나도 상처투성이고 연약해 보였다.

　로즈는 눈을 뜨자마자 비명 같은 소리와 함께 몸을 일으켰다.

　"와, 아, 와앗…."

　자신의 몸을 정신없이 더듬는 모습은 도둑맞은 물건이 없나 확인하려는 것 같았지만, 그 손이 왼쪽 허리를 스치는 걸 보고 검을 찾는다는 사실을 알았다.

　"검은 여기. 편지는 네 품 속."

　호위가 몸짓을 섞어 가며 말했다. 만일을 대비해 로즈의 검을 가져갔기 때문이었다.

　편지 이야기가 나오자 로즈는 겨우 자신이 잠들어 버렸다는 사실을 떠올린 모양이었다.

　하늘을 올려다본 건, 이미 어두워졌기 때문이리라. 모닥불이 시뻘겋게 타오르고 냄비가 부글부글 끓고 있었다.

　"아… 저기…."

　"죄송합니다. 사실은 당신이 잠들어 있는 사이 수도원에 도착할 예정이었습니다만."

　내 말에 호위가 옆에서 고개를 숙였다. 밤까지 도착할 예정이었는데 가는 길이 생각보다 험해서 짐마차 바퀴가 걸리는 바람에 오도 가도 못 하는 처지가 되고 말았다.

거리상으로는 거의 코앞까지 와 있는 상태였지만 추위가 심해질 것 같아, 무리하다가 길을 헤매는 것보다는 낫다는 생각에 야영을 하기로 했다. 물론 호위의 책임은 아니라고 말했지만 본인은 무척이나 자책감이 느껴지는 듯했다.

"그, 그랬군요… 죄송합니다. 너무 당황했네요."

로즈가 자리에 앉자 뮤리가 마실 것을 건넸다. 역참마을에서 산 소젖에 꿀과 포도주를 섞은 그 음료는 본래 뮤리를 위해 준비되었지만, 소년 역시 아직 어린아이의 그림자가 남아 있으니 입맛에 딱 맞을 터였다.

그리고 뮤리는 냉큼 로즈 옆에 앉았다.

로즈가 이 자리에서 고립되어 버리는 게 가여워 보였는지도 모르겠다.

"자면서 심한 악몽을 꾸는 것 같던데요."

배려하는 의미도 담겨 있지만, 당연히 떠보는 의미도 담겨 있다.

로즈는 금세 양쪽 의미를 다 알아들은 듯했지만 아래쪽만 쳐다보며 입을 열지 않았다.

"그 복장도 이 지방을 여행하는 데에는 걸맞지 않아 보입니다. 혹시 괜찮다면… 힘이 되어 드릴까요?"

고개를 숙인 로즈에게 뮤리가 냄비에서 양고기며 양파며 잔뜩 퍼서는 눈앞에 내밀었다. 로즈는 고개를 들고 아무 말 없이 그저 미소만 지었다. 시뻘건 모닥불 불빛 안에서도 알아볼 수 있을 만큼 소년은 얼굴을 붉히며 뮤리의 손에서 그릇을 받아 들었다.

그 모습만 보면 어디에나 있을 법한 귀한 집 자제 같다.

하지만 로즈가 특수한 입장이라는 사실은 세상물정에 어두운 나도 바로 알 수 있었다.

그리고 기사단에 대해서는 중간에 호위가 소문을 듣고 왔다.

"당신은 브론델 수도원에 구원을 요청하러 왔죠. 맞습니까?"

그 물음에 로즈의 몸이 파르르 떨려, 손에 든 채로 무릎 위에 올려놓았던 그릇의 내용물이 하마터면 넘칠 뻔했다.

"어, 어떻게 그걸, 설마 편지를…."

"편지는 보지 않았습니다. 기사단 상황과… 당신의 상태를 보면 자연스럽게 내려지는 결론이죠."

적어도 호위는 그렇게 말했다.

"오라버니, 그렇게 심문하는 것처럼 하지 마."

뮤리가 끼어들었다.

"대답하지 않아도 돼. 오라버니는 심술궂으니까."

뮤리는 로즈의 편을 들었다.

뮤리가 편을 들면 마음도 열리기 쉬울 거라는, 호위의 냉철한 판단으로 세운 작전이었지만 반 정도는 진심으로 편을 들어 주는 것 같았다. 뭐니 뭐니 해도 로즈는 뮤리가 그토록 동경하던 기사단 중에서도 전설 급에 들어가는 곳에 소속된 입장이다.

"아니… 네 오라버님은 심술궂은 분이 아니야."

호위가 예상한 대로 로즈는 그렇게 말하며 그릇을 잠시 내려 놓았다.

"여러분께 정말 큰 도움을 받았습니다. 잠든 사이 여기까지 이동시켜 주시고, 식사까지…. 아마도 상인 일행이신 것 같군요. 저 같은 자의 동향이 궁금하시겠죠."

뮤리보다 약간 연상인 정도인데도 예의 바른 말투였다.

"게다가 이미 어젯밤 다 밝혀진 일입니다. 그러니…."

로즈는 옆에 있던 뮤리를 쳐다보았다.

"그런 표정 짓지 말아 줘. 나는 괜찮아. 자, 그 아름다운 얼굴이 엉망이 되면 안 되잖아."

그렇게 말하며 안심시키려는 듯 미소까지 짓는 게 아닌가. 귀엽다는 말은 지겹게 들었어도 아름답다는 말은 처음 들었나 보다. 뮤리가 깜짝 놀라며 부끄러워하는 모습 같은 건 쉽게 볼 수 있는 장면이 아니다.

견습이라고는 해도, 약한 자를 돕고 악을 처단하는 고결한 기사.

로즈는 그에 어울리는 인물인 듯했다.

"알고 싶으신 게 있다면 질문해 주십시오. 하룻밤 재워 주시고 식사도 제공해 주신 답례입니다. 제가 아는 게 있다면 무엇이든 말씀드리겠습니다."

길바닥에 쓰러져 있던 모습에서는 상상도 할 수 없을 만큼 당찬 얼굴로 로즈가 말했다.

호위는 말없이 고개를 끄덕이고 압수했던 검을 집어서 모닥불 너머에 있는 로즈에게로 던졌다.

"검은 강한 자 곁에 있고 싶어 하는 법이지."

반사적으로 검을 받아 든 로즈는 호위에게 인정받았다는 사실을 깨닫고 성실하게 고개를 숙였다.

"그럼 묻고 싶은데요."

에헴, 하고 헛기침을 한 나는 호위에게서 들은 이야기를 반복했다.

"당신들 성 크루자 기사단… 아니, 정확히 말하면 성 크루자 기사단인 당신들의 분대가 궁핍한 처지라는 소문은 사실인가요?"

성 크루자 기사단은 교황의 이름하에 모여 신앙을 위해 싸우는 집단이다. 그리고 교회가 국가의 경계를 뛰어넘어 두루 퍼져 있듯 기사단 역시 각국에서 정예를 모아 성립되었다.

이교도와의 전쟁이 격렬했던 시기에는 성 크루자 기사단에 자국 기사가 몇 명 소속되어 있는지가 그 나라의 신앙적 격을 드러냈다고 한다. 그래서 왕과 제후들은 용맹한 병사들을 보내고, 앞다퉈 기부금을 냈다.

그랬기 때문에 기사단 내부는 그리 단결이 굳건하지 않았다. 나라마다 분대가 갈려서 자기들이야말로 신의 의지를 받드는 자들이라며 다툼을 벌이고 기지에서는 의식주도 서로 달리한다는 모양이었다.

기사 이야기를 무척 좋아하는 뮤리는 그런 건 상식이라고 주장하고 싶어 했지만, 그렇다면 이런 결론을 내릴 수가 있다.

윈필 왕국도 당연히 크루자 기사단에 분대를 만들 만큼의 기부금을 보냈지만 그 왕국은 현재 교황과 정면으로 맞서는 상태다.

왕국 입장에서 크루자 기사단에 기부금을 보내 분대를 유지하는 일은 말하자면 적을 돕는 일이나 마찬가지다. 반대로 교황 입장에서는 자신들과 적대하는 나라의 돈으로 움직이는 무력집단이 자기들 밑에서 아군인 척하고 있는 꼴이 된다.

결과적으로 성 크루자 기사단의 윈필 왕국 분대는 왕국의 기부금이 끊기고 기지 내에서 고립되어 있다는 말이었다. 심지어 왕국 측에는 여명의 추기경이라 불리는 수상한 자까지 등장하여 교황 공격에 가세했다. 분대는 그런 왕국의 백성으로서 신앙의 정당성까지 의심받는 상황이었다.

그런 이야기가 바다를 건너 무역상인들 사이에서 돌아다니고 있다고 호위가 가르쳐 주었다.

그리고 로즈는 이렇게 대답했다.

"…굶주림이란 신앙을 가난케 하는 법이죠."

기사단의 명예 때문에 곤궁한 상태라고 말할 수는 없겠지만, 실정은 알았다.

"그럼 왕국으로 돌아온다는 소문도?"

로즈는 잠시 생각한 뒤 입을 열었다.

"저희는 난처한 상황에 처해 있지만 그것은 왕국 안에 있는 교회 조직과 성직자 여러분도 마찬가지라고 생각합니다. 그래서 저희는….'

로즈는 가슴에 손을 얹고, 거기에 편지가 있음을 확인한 뒤 말했다.

"연대를 요청하러 왔습니다."

현명한 소년이라는 생각이 들었다.

기사단 기지에 있을 수 없다면 기사들은 왕국으로 돌아오는 수밖에 없다.

하지만 교회와 대립하는 왕 밑으로 들어온다면 교회기사라는 그들의 존재의의에 문제가 생긴다. 궁여지책으로 취할 수 있는 방법이라고는 왕국 내의 교회 조직으로 들어가는 길밖에 없으리라.

아마도 얼마 안 되는 자금을 가지고, 왕국을 자극하지 않는 형태로 그 가능성을 모색하기 위해 기사단은 로즈 같은 소년들을 앞세워 보냈을 것이다.

"당신은 아까 어젯밤에 이미 밝혀진 일이라고 말했지요."

로즈는 고개를 끄덕였다.

"저희 같은 선발대의 뒤를 이어 분대장님이 이끄는 배가 크루자 섬을 출항했을 겁니다. 머지않아 왕국 어딘가의 항구에 도착할 거라고 생각합니다. 섬의 환경은⋯ 하루하루 나빠지고 있으니까요."

우애나 동료의식은 어디까지나 같은 편만을 향하는 감정이다.

크루자 기사단에서는 윈필 왕국 출신의 기사들을 기사이기 전에 왕국의 백성이라고 인식했다.

기부금도 끊기고, 주위 시선도 따가워 기지에 머무를 수 없게 된 그들은 방랑민이 되어 살 곳을 찾아 나섰다. 하지만 교회와 왕국 양쪽에 모두 속한 신분이기에 고난도 따를 터였다.

기사들이 처한 상황에 동정심을 느끼고 있는데 무릎 위에서 주먹을 부르쥔 로즈가 목소리를 쥐어짜다시피 말했다.

"저희의 신앙에는 아무런 변화도 없는데⋯."

그리고 주먹 위로 눈물이 뚝 떨어졌다.

로즈는 자신이 울고 있다는 사실을 깨닫고 당황했지만, 어깨에 뮤리의 손이 놓이자 한층 더 눈물을 참지 못하게 된 모양이었다. 뮤리는 로즈의 머리를 안고 내 쪽을 쳐다보았다. 난처한 듯, 곤란한 듯한 표정이었다.

왕국이 교회와 싸우고 있는 것에 나는 적잖은 정의를 느끼고 있었다. 교회는 특권이라는 타성에 젖고 악습에 물든 집단이다. 그것은 언젠가 고쳐져야 할 일이며, 그때가 바로 지금이라고 생각했다.

하지만 세상에 변화를 일으키면, 보다 큰 것을 움직이면 움직일수록 죄 없이 휘말리는 사람들도 생겨난다. 그것은 교회에 속한 자들도 예외는 아니다.

교회 측에도 확고한 신앙의 소유자가 있고, 나는 그런 사람들을 상처 입히고 싶었던 건 아니었다. 그렇다고 커다란 소용돌이가 되어 버린 세상의 움직임을 더는 원래 모습으로 돌려놓을 수 없고, 돌려놓는 게 옳다고 생각하지도 않는다.

로즈의 슬픔과 괴로움을 코앞에서 보면서도 나는 팔짱 끼고 가만히 있을 수밖에 없다.

나의 행동이 생각지도 못한 사람들을 상처 입히고 있다.

그 대처로는 속죄도, 또 무시도 온당치 않아 보인다.

이럴 때 기도와 신앙은 무력하다.

하다못해 내가 할 수 있는 일이라고는 모닥불에 새 장작을 추가하는 것 정도였다.

다음 날 아침, 내가 눈을 떴을 때 이미 로즈의 모습은 없었다. 나뭇가지로 모닥불을 쑤시던 호위가 로즈는 해 뜨기 전에 출발했다고 알려 주었다.

"견습이라고는 하나 기사 된 자가 사람들 앞에서 눈물 흘리는 모습을 보였기 때문이겠지요."

호위는 담담히 설명했다.

성 크루자 기사단은 왕국과 교회 사이의 불화에 집어삼켜진 가엾은 한 척의 배였다. 적어도 내가 그 틈새를 벌리는 데 일조했다는 점을 생각하면 로즈의 눈물 중 몇 할은 내 책임이다.

"수도원에서 무사히 그 아이를 받아 줄까요?"

아침 식사 준비를 하는지 소젖을 끓이던 호위가 나를 보더니 시선을 모닥불로 돌리며 대답했다.

"어려울 겁니다."

"그래도 성 크루자 기사단이잖아요. 받아 주는 게 명예로운 일 아니겠습니까?"

"브론델 수도원처럼 오랜 역사를 지닌 커다란 조직이 눈에 보이는 위험을 굳이 떠안을 거라고는 생각되지 않습니다. 기사단은 양쪽 진영 모두의 적이자 아군이죠. 전쟁터에서 가장 괴로워질 입장입니다."

"…경험이 있습니까?"

내가 묻자 호위는 어깨를 으쓱했다.

"하이랜드 님이 거두어 주시기 전까지는 용병이었습니다. 그 전에는 영토를 늘 뺏고 빼앗기는 변경 마을에 살았죠. 충성을 맹세해야 할 영주가 계속 바뀌고, 저희는 항상 누구에게서도 신용을 받지 못한 채 박해만 당했습니다. 계속 같은 땅에 살았는데도 영원히 헤맸던 기억밖에 없습니다."

내가 말을 잇지 못하자 호위는 슬쩍 웃었다.

"참 이상했던 게 요리였습니다."

"요리?"

"국경을 맞대고 있어도 식습관은 서로 다르니까요. 한쪽은 고기를 냄비로 삶고 찌는 습관이 있고, 다른 한쪽은 고기라 하면 무조건 구워 먹는 곳이었습니다. 영주가 휙휙 바뀔 때마다 저희는 고기를 냄비에 넣거나, 숯불로 굽거나 했죠. 아군으로 보이기 위해."

그때 일을 떠올렸는지 호위는 희미한 미소를 지으며 한숨을 내쉬었다.

"그리고 새로운 영주님을 대접할 때마다 이 고기는 가짜 맛이라며 땅바닥에 내팽개치곤 했습니다. 우리는 달라진 게 없던 그 꼬맹이 말이 뼈저리게 이해되더군요."

그리고 호위는 문득 정색을 하며 고개를 들었다.

"실례했습니다. 시시한 이야기를 해 드렸군요."

"아뇨⋯."

호위는 이제 완벽한 무표정으로 돌아가 불 조절에 전념했다.

개인의 입장이나 적인지 아군인지의 구별은 날씨보다 변하기 쉽고 애매하다는 이야기였다.

한숨을 내쉬며 자리에서 일어나 짐마차 짐칸을 들여다보니 짐을 베개 삼아 자고 있던 뮤리도 이미 일어나서 조각 천 한 장을 들여다보고 있었다.

"그게 뭐죠?"

"응."

뮤리는 목 깊은 곳에서 작은 소리로 대답하더니 귀찮은 듯 몸을 일으켜 양팔을 높이 치켜들고 기지개를 켰다.

"그 기사님한테서 받았어. 언젠가 훌륭한 사람이 되면 당신을 다시 만나러 오겠습니다, 라고."

뮤리가 들고 있는 것은 교회의 문장 앞에 검이 교차 배치된, 성 크루자 기사단의 문장을 염색한 천이었다.

"이야기 속에 나올 것 같은 기사님이었지만… 사실은 울보였나 봐. 눈물 냄새가 나."

기사가 용을 쓰러뜨리러 모험을 떠나는 길에 신분의 증표로서 기사단 문장이 염색된 옷의 일부를 마을 처녀에게 주고 가는 전개는 음유시인의 노래 속에 흔히 등장한다.

설마 실제로 그런 일이 생길 줄이야, 하고 생각하고 있는데 뮤리가 문장을 코에 댔다가 장난스러운 눈길로 나를 쳐다보았다.

"이거 연애편지지? 오라버니도 질투 나?"

나는 지친 얼굴로 웃었다.

"그 소년은 아주 훌륭한 남성이었다고 생각합니다."

뮤리는 금세 뺨을 부풀렸으나 문득 문장에 숨을 불어넣더니 말했다.

"그 남자애, 왕국의 이 부근에서 태어났다고 했어."

아마 로즈가 연상이겠지만 그런 로즈를 '남자애'라고 부르는 것도 뮤리답고 납득이 돼서, 자꾸 굳은 얼굴에 웃음이 난다.

"굉장히 힘들었다기에 그럼 일단 집에 돌아가지 그래? 하고 물어봤어. 그 애는 귀족님이잖아? 분위기가 기품이 있는걸."

"기사가 되기 위해서는 자유신분이 필요하니까, 아마 그렇겠죠."

"그치만 이 근처에서 태어났다면 이런 날씨에 그렇게 얇은 옷을 입고 돌아다니면 안 된다는 건 알고 있을 것 같아서… 물어봤더니, 지리 개념이 아예 없나 봐. 그저 부대의 높은 사람이 그 애가 이 근처 출신이라는 이유로 보낸 거래. 사실은 어렸을 때 쫓겨난 이후 한 번도 온 적이 없대."

떠나기 전, 아직 별이 반짝이던 시간에 뮤리와 로즈가 얼굴을 맞대고 소곤소곤 이야기를 나누고 있는 모습이 떠올랐다.

꽤나 훈훈한 장면이었으나 그보다 더 신경 쓰이는 말이 있었다.

"쫓겨났다고요? 집에서 말인가요?"

"남자 형제 중 여섯째였대. 집안을 잇는 건 제일 큰형뿐이고.

둘째나 셋째 형들은 제일 큰형에게 무슨 일이 있을 때를 대비해 소중히 키워 주지만 그래도 어른이 되면 다른 형제들이랑 똑같이 버림받는대."

귀족의 장자상속제.

여러 아이들에게 재산을 분할상속하면 땅이 산산조각 나고, 부가 뿔뿔이 흩어진다.

그래서 새가 약한 새끼를 둥지 밖으로 내버리듯 불필요한 아이들은 밖으로 쫓겨나게 된다.

"그렇게 필요 없어진 남자애들이 가는 곳이 기사단이래. 그래서 반대로 장남은 쉽게 기사가 될 수 없다나 봐. 전혀 몰랐어."

뇨히라의 온천에서 즐겁게 듣던 이야기는 기사들의 이상적이고 공상적인 세계였다.

고결한 정신의 소유자들이 지원해서 모여, 정의를 위해 싸우고 때로는 악을 처단하며 전설 속의 괴물을 물리치고 고난에 처한 사람들을 구한다.

하지만 현실 속의 기사제도는 한 꺼풀만 벗겨 보면 노골적인 현실 사정에 의해 만들어져 있다.

또는 그렇기 때문에 기사들이 더욱 이상적인 모습을 추구하는지도 모르지만.

"멋지고 반짝반짝 빛나기만 하는 줄 알았는데."

하나의 꿈에서 깨어난 듯한 말투였다.

"아, 그치만."

뮤리는 내 쪽을 돌아보았다.

"오라버니는 여전히 멋지고 반짝반짝 빛나거든?"

속이 뻔히 들여다보이는 그 말에 쓴웃음밖에 나지 않았다. 내게 매달리는 뮤리를 이리저리 피하면서 로즈가 걸어갔을 방향을 바라보았다.

그들은 성 크루자 기사단이면서 성 크루자 기사단이 아니고, 윈필 왕국 국민이되 윈필 왕국 국민이 아니다.

거기서 묘한 기시감이 느껴졌다. 나와 뮤리의 관계와 비슷하다는 생각이 들어서였다.

우리가 문장을 이용하려다 관계 문제에 부딪힌 것과 마찬가지로, 그들은 입장이 애매한 탓에 누구에게서도 지원을 받지 못하고 고립무원의 처지에 놓였다.

헤매는 기사들에게 적절한 이름이 붙기를 기도할 뿐이다.

"저기, 이 문장 어떻게 하면 좋을까?"

뮤리는 너무 무거운 짐을 받아 버렸다는 표정이었다.

"그 소년의 마음이니 소중히 아껴 주세요."

그러자 뮤리는 어깨를 으쓱하더니 눈을 반만 뜨고 나를 쳐다보았다.

"오라버니는 여자에 대해 진짜 손톱만큼도 몰라!"

"네에?"

짐마차에서 훌쩍 뛰어내린 뮤리 앞에서 나는 할 말을 잃고 굳어 버렸다.

하지만 아침을 먹고 출발한 후, 짐칸에서 허리싸개에 마치 술 장식처럼 그 문장을 꿰매는 모습을 보고 나는 고개를 절레절레 저으며 쓴웃음을 지었다.

거리로 따지면 거의 코앞이라던 호위의 표현은 틀리지 않았다.

해가 뜨고, 오늘도 구름 없는 새파란 하늘 아래를 한동안 걸어가니 금세 커다란 석벽으로 둘러싸인 건물이 보였다.

"굉장해, 요새 같아…."

"아주 오래된 수도원이니까요. 기원이 야만족과의 전쟁 시대라고 했던가."

그렇게 말하자 뮤리는 감탄하며 고개를 끄덕였다.

하지만 큰 감동을 받은 뮤리와는 달리 내 눈에는 어린 시절 기억에 비해 브론델 수도원이 조금 쪼그라든 듯 보였다. 물론 석벽은 아주 오래되었고, 몇 백 년이나 그 자리에서 신의 집을 지켰으니 새로 지은 것은 아니다.

내가 자랐구나, 하는 감회가 깊이 느껴졌다.

그때의 나는 아직 뮤리보다도 어렸고, 눈이 내리는 가운데 말 등에 탄 채 이곳에 도착했다. 현랑 호로의 꼬리에 제일 오래 파묻혀 있었던 게 그때였을지도 모른다는 생각에 무심코 웃자 뮤리가 의아한 표정을 지었다.

"양치기 분을 만나러 오셨다고 했죠?"

"네. 부지 안에 건물이 있을 겁니다. 어쨌든 일단 수도원에 인사를 해야죠."

그 말에 뮤리가 조금 당황했기에 나는 웃으며 머리를 쓰다듬어 주었다.

"수도원이 넓으니 로즈 소년과는 못 만날지도 모르지만요."

"만나는 게 더 민망해!"

훌륭한 사람이 되어 다시 만나러 오겠다며 문장 조각까지 건넸다.

그런데 채 하루도 지나지 않아 다시 만나게 되면 그야 당연히 민망하겠지.

"하이랜드 님의 편지를 건네고 오겠습니다."

호위는 그렇게 말한 뒤 가볍게 마부석에서 뛰어내려 정문으로 달려갔다.

뮤리는 짐마차 짐칸에서 그 모습을 바라보다 말했다.

"닭네 수도원도 이렇게 커지는 거야?"

독수리의 화신 샤론을 닭 말고 다른 이름으로 부를 생각은 아예 없는 모양이었다.

"글쎄요…. 이 수도원은 수많은 귀족과 부호들에게서 기부를 받아 폭넓은 장사를 하고 있다더군요."

"닭도 좀 모자란 오라버니 같은 그 인간도 돈벌이에는 재주가 없어 보이니 커지진 못하겠네."

뮤리의 단호한 말에 쓴웃음이 났지만, 수도원은 장사에 재주가 없는 편이 오히려 낫다고 생각한다. 이 브론델 수도원도 재산을 너무 많이 모은 탓에 궁지에 몰려서 도움의 손길이 뻗어 오기는커녕 그 시체를 뜯어먹으려는 상인들이 떼 지어 몰려들었으니 말이다.

"그래도 이렇게 넓으면 기사단 한두 개쯤은 놔둘 수 있겠네."

"……."

뮤리는 내 쪽을 절대 쳐다보지 않고 고집스럽게 수도원 정문만 노려보았다.

뮤리도 성 크루자 기사단의 입장을 알고 왕국과의 관계도 알았다.

그들 자신에게는 죄가 없고, 아직 견습인 소년이 전혀 이 지역과 어울리지 않는 장비를 착용한 채 익숙지 않은 땅으로 보내져 구원 편지를 갖고 뛰는 처지에 놓여야만 하는 이유 같은 건 없다.

뮤리가 불쾌한 이유는 기사단의 윈필 왕국 분대가 말려든 상황 때문이겠지만, 그 사람들이 그렇게 된 원인에 자신도 한몫했다는 이유도 있을 터였다. 어느 쪽이 나쁘다고 딱 잘라 말하기도 힘들지만 동시에 쌍방이 공존할 길도 아직 찾을 수가 없다.

그 안타까움에 짜증이 난 모양이었다.

"호위 분도 그렇게 말씀은 하셨지만 성 크루자 기사단은 전 교회 조직의 자랑입니다. 분명 받아들여 줄 거예요."

내 말에 뮤리는 고개를 끄덕이고, 다시 한번 끄덕이더니 "그러면 좋겠네." 하고 말했다.

금세 호위가 돌아와 순례 접수는 받지 않지만 양치기를 만나는 일은 허락해 주었다고 알렸다. 하이랜드의 편지조차도 그게 최대였다는 사실에 호위도 다소 당황한 눈치였다. 내 입장에서는 어린 시절 왔을 때의 거만한 인상 그대로라서 왠지 반갑기까지 했다.

정문 옆에 있는 통용문으로 짐마차를 탄 채 들어가자 양치기가 사는 축사 외에는 출입하면 안 된다고 경비 병사가 엄명을 내렸다.

수도원은 작은 마을 정도 되는 크기의 부지를 갖고 있었고, 양치기가 사는 축사는 구석 쪽에 있었다.

"와, 양 냄새가 엄청나."

그 건물 역시 어린 시절에 왔을 때보다 다소 작아 보였다.

그리고 병사가 건물 문을 두들기자 금세 노인 한 명이 나왔다.

"오랜만에 뵙습니다."

샤론의 동료인 새에게 부탁해서 편지를 먼저 보내 놓긴 했지만 하스킨즈는 바위처럼 굳은 얼굴을 꿈쩍도 하지 않았다. 뮤리로 말할 것 같으면 평소의 기세도 잃고 내 뒤에 숨어 있는 형편이었다.

"자, 뮤리. 인사해요. 뮤리의 부모님도 옛날에 도움을 받았던 분이에요."

상대는 키가 큰 편에 머리와 수염이 긴, 무두질한 가죽제품 같은 노인이다.

그래도 뮤리는 상대의 진정한 힘을 느꼈는지 왕족 앞에 있을 때와는 비교도 되지 않을 정도로 엉거주춤 소극적인 자세를 취했다.

"아, 안녕하세요, 뮤리, 라고, 합니다."

점점 작아지는 목소리로 그렇게 말하더니 다시 내 뒤에 숨었다.

하스킨즈는 아무 말 없이 그런 뮤리에게서 내게로 시선을 돌렸다.

"설마 그 늑대의 딸 얼굴을 보게 될 줄이야."

어이없다는 투로 말한 하스킨즈는 턱짓을 하더니 건물 안으로 들어갔다.

따라오라는 뜻인 듯했다.

"저기, 오라버니… 정말 양 맞아?"

저 현랑 호로조차 뒷걸음질을 치게 만든 전설의 양이다.

뮤리가 그 굉장함을 단단히 인식한 것 같아서 나는 그저 기쁠 뿐이었다.

"뮤리도 못 이길 것 같아요?"

물어보니 엄청난 기세로 고개를 가로저었다.

윈필 왕국 왕가의 문장에는 사자 갈기처럼 솟구친 어깨 근육으로 대지를 굳건히 밟고 있는, 위대한 양의 그림이 그려져 있다.

현랑조차 어린애 취급을 할 정도로 오랜 시대를 살아온 그 양은 우리가 아는 양과 다를 터였다.

"들어가시죠."

호위가 짐을 둘러메고, 뮤리는 내 허리께를 잡은 손에 힘을 꽉 주고 따라왔다.

그 건물은 밖에서 보면 3층이지만 안은 뻥 뚫려 있었고 2층 부분의 절반 정도가 마룻바닥이 깔린 창고인 듯, 다소 썰렁한 인상이 느껴졌다. 1층 부분은 바깥과 바닥이 이어진 곳이 있어 양이 드나들 수 있었다. 지금도 밖에서 꾸물꾸물 양들이 들어왔다가 깔끔해진 모습으로 나가곤 했다.

"양털 깎던 중이셨군요."

"미안하지만 나는 일을 해야겠어."

하스킨즈는 사람 목도 베어 버릴 수 있을 듯 커다란 가위를 들고 말했다.

찾아온 타이밍이 나쁜 건 사실이지만 지금 당장 나가라고 하지도 않았기에, 나는 팔을 걷어붙이고 함께 가위를 집어 들었다.

"돕겠습니다."

호위가 의아한 표정을 지었지만 결국 짐을 내려놓고 가위를 집었다. 결국 뮤리까지 거들어서 모두 함께 열심히 양털을 깎았다.

화덕이 아니라 모닥불을 둘러싸고 앉는 이로리(囲炉裏) 식인 건 예전과 똑같았다.

재를 잔뜩 뒤집어쓰고 있던 숯을 꺼내고 장작 몇 개를 새로 던져 넣는데 차분한 생김새의 청년 하나가 쇠로 된 주전자와 나무잔을 가져왔다. 버터 향기가 나는 처음 보는 음료였다.

"…양이야?"

뮤리가 청년에게 묻자, 청년은 미소만 짓고 나가 버렸다.

"들어 본 적 없는 동쪽 나라에서 온 자다. 그 땅의 마실 것이라더군."

하스킨즈는 이 수도원령에서 양의 화신들이 살 고향을 만들고 있었다. 다양한 곳에서 살 곳을 찾아, 동포를 찾아 양의 화신들이 모여들 터였다. 그 노력은 몇 십 년, 어쩌면 백 년이 넘었을지도 모른다.

일레니아는 하스킨즈와 사고방식이 맞지 않았다고 했지만, 두 사람은 비슷한 강함을 지니고 있었다.

"그래서 오늘은 무슨 용건이지?"

한바탕 양털 깎기를 마친 뒤 호위는 다른 양치기들과 함께 양털을 물에 헹구러 갔다. 눈치 빠르게 자리를 피해 준 건지도 모르겠다.

"옛 시대의 이야기를 듣고 싶어서 왔습니다."

"옛날이야기? 또 성유물 이야기라도 들으러 온 건가?"

"지금은 사라진 기사단 이야기 같은 거."

뮤리가 내 뒤에서 고개를 빼꼼 내밀고 말한 뒤 다시 숨어 버렸다.

하스킨즈는 조용히 눈을 껌벅이더니 한숨을 내쉬었다.

"그런 이야기를 들으러…? 말 그대로 오래된 이야기다. 게다가 기사단 이야기라면 왕국 문서관에도 남아 있을 텐데."

"가능하면 당사자의 이야기를 듣고 싶습니다."

나는 자세를 고치며 말했다.

"저와 뮤리, 단둘만이 쓸 수 있는 문장을 만들려 합니다. 기사단과 왕가의 설립 이야기는 당신 같은 입장의 분이 적잖이 관여하지 않았을까 싶어서요."

그 말을 입 밖에 내자마자, 나는 내 말에 대단히 초조해지는 의미가 담겨 있다는 사실을 깨달았다.

하지만 등 뒤에 숨어 있는 뮤리가 이마를 내 등에 대고 있다는 사실을 알고 있으니 이렇게 해 주는 게 뮤리의 마음을 정면으로 마주하기 위해 해 줄 수 있는 최대한의 성의라는 생각이 들었다.

"…내 기억이 확실하다면…."

하스킨즈가 미동도 없이 말했다.

"너는 여명의 추기경이라 불리고 있지."

하스킨즈는 당시에도 은둔자가 아니었다. 지금도 동포들을 지키기 위해 눈과 귀를 활짝 열어 두고 있다. 양 동포들을 이용하여 평소 수도원령 밖의 정보를 모으는 모양이었다.

"성직자와 늑대 딸의 조합이라… 물과 기름을 섞으려는 시도로군."

"네. 그래서 둘만의 문장을 만들려는 겁니다."

일종의 맹세 대신.

그 말뜻이 다 들여다보인 듯했다.

하스킨즈는 등이 부풀어 올라 보일 정도로 커다랗게 숨을 들이마셨다.

놀란 것 같기도 하고, 웃음을 참는 것 같기도 했다.

"전에도 재미있는 이유로 찾아왔었는데, 이번에는 한층 더 그렇구먼."

그리고 어이가 없다는 듯 고개를 갸웃하더니 뚜둑, 하고 뼈를 울렸다.

"옛날이야기가 듣고 싶다고? 들어 봤자 참고가 될까 싶다만."

그러더니 모닥불 속에 놓여 있던 쇠 주전자를 집어 들고 자기 잔에 내용물을 부었다. 손잡이가 호두나무인지 뭔지로 만들어졌는데 상당히 정교한 무늬가 아로새겨져 있었다. 하스킨즈의 취향이라고는 생각하기 어려웠으므로 이곳에 사는 양들의 취향이겠지만, 왠지 이곳에서의 순조로운 생활을 엿본 기분이 들어 마음이 놓였다.

농후한 버터 향이 퍼지고, 나도 잔에 입을 댔다.

"참고가 안 된다니, 그럴 리는 없어."

뮤리가 말했다.

"나는 오라버니한테서 문장 이야기를 듣고 기뻤지만… 커다란 도시의, 책이 잔뜩 있는 창고에서 조사해 봤더니 그렇게 쉽게 만들어서는 안 되겠다는 생각이 들었거든."

하스킨즈는 유리알 같은 눈동자로 뮤리를 보고 있었고, 나도 조금 놀라서 뮤리를 보았다.

"당신이 나온 책을 읽었는데 정말 굉장했어. 엄청난 모험이었어."

"…요란 떨었던 건 그 꼬맹이뿐이다."

초대 국왕이 젊은 나이에 부친에게서 영지를 물려받고, 한 명의 귀족으로서 이 섬에서 야만족을 내쫓는 전쟁에 참가했던 일이 건국 이야기의 시작이었다. 물론 왕국의 설립을 그린 이야기이기 때문에 과장이나 각색이 잔뜩 들어가 있을 것이다. 많은 사람들은 요소요소에서 나타나 왕을 도운 황금 양을 그 허구적 장치의 일환이라고 받아들였으리라.

하지만 하스킨즈의 그 말 한마디로 책에 쓰여 있는 이야기가 거의 진실이라는 사실이 판명되었다. 올려다봐야 할 정도로 거대한 황금의 털을 지닌 과묵한 양과, 희망에 불타는 기운찬 젊은 귀족. 그 모험담에는 다 쓸 수 없을 만큼 유쾌한 모험이 숨겨져 있을 듯했다.

"문장이란 게 그런 것들의 덩어리… 라고 한다면 나랑 오라버니한테는 아직 이를 수도 있다는 생각이 들었어. 그 서고에 우리의 문장을 같이 늘어놓는다면 다른 사람들한테 실례일 수도 있다고."

그렇게나 기뻐했으면서, 뮤리는 의외로 냉정하게 받아들였던 모양이다.

반대로 말하면 그만큼의 이야기를 갖고 싶다는 말로도 들렸지만, 그런 생각은 하스킨즈의 웃음소리에 지워졌다.

"그 늑대의 딸이라고는 생각할 수 없을 만큼 기특하구먼."

과묵한 재야의 현인 같은 풍모의 하스킨즈였지만, 웃으니 의외로 다정한 노인 같아 보였다.

그런 하스킨즈가 버터 향이 나는 음료를 홀짝이며 말했다.

"네 어미는 실로 건방진 늑대였다만…."

당시의 껄끄럽기 짝이 없던 대화를 떠올리니 무어라 형언하기 힘든 기분이었다.

"그럼, 이야기는 있고말고. 지금은 누구나가 그저 옛날이야기라고 생각할 일이. 이젠 인간 세상에서는 그 누구도 진담으로 받아들여 주지 않는, 시간에 파묻혀 버린 이야기가 말이야."

하스킨즈는 한숨을 내쉬었다.

"애당초 이 수도원에 황금 양 전설이 남아 있다면서 찾아온 것도 네 부모가 전무후무하다. 자백하자면…."

하스킨즈는 거기서 말을 끊고 어깨를 으쓱했다.

"기뻤지. 우리는 흐르는 시대의 바닥에 가라앉아 모래와 자갈 밑에 몸을 숨기기를 선택한 자들이니까. 아직 그 흐름에 저항하려 하는 자가 있다는 게 눈부셔 보였을 정도였어."

당시를 그리워하는 듯 눈을 가늘게 뜨고, 하스킨즈는 희미하게 웃었다.

그 모습에 어쩌면 쇠 주전자도 하스킨즈가 고른 물건일지도 모른다는 생각이 들었다.

"네 부모는 내가 한숨 돌릴 수 있게 해 주었다. 앞으로 백 년은 더 버틸 수 있도록."

하스킨즈는 뮤리를 보았다.

"내일을 위해 과거를 알고 싶다는 젊은 늑대여. 무슨 이야기를 듣고 싶지?"

뮤리는 귀와 꼬리를 뽕 드러내면서 내 뒤에서 앞으로 나왔다.

"물론 맨 처음은 당신과 임금님 이야기지!"

하스킨즈는 좌우 비대칭으로 얼굴을 일그러뜨리며 "기억이 나려나…." 하고 중얼거리고 이야기를 시작했다.

초대 국왕과 함께 아직 왕국이 아니었던 이 섬을 통일하던 전투 이야기. 그것은 부적 가게에서 들었을 때의 인상과는 다르게, 고대 제국이 교회 병사와 함께 쳐들어와 야만족을 물리친 후 즉시 국내 통일로 진행된 것은 아니었던 모양이다. 고대 제국이 쇠퇴하는 가운데 교회도 멀리 떨어진 섬나라에 계속 매달려 있을 수는 없는 상황에서 이윽고 이 땅에 뿌리박았던 제국과 교회의 기사들끼리 패권을 두고 다투었다고 한다. 하스킨즈는 그 혼란을 틈타 섬으로 넘어와, 호시탐탐 어부지리를 노렸다고 했다.

브론델 수도원이나 라우즈번 대성당, 또는 현재까지 남아 있는 주된 왕국 도시들 또한 이 시대에 세워진 요새나 각 세력의 거점을 그 전신으로 삼는다고 한다.

섬에서는 전쟁과 일시적인 평화가 백 년인가 이백 년에 걸쳐 계속 반복되었다.

윈필 건국의 아버지, 윈필 1세가 나타난 게 바로 그때였다.

전란의 시대에는 흔히 있는 일이지만 초대 국왕은 전쟁에서 쓰러진 아버지의 뒤를 이어 젊은 나이로 영지를 얻었다. 양들이 숨어 살 곳을 만들기 위해 방랑하던 하스킨즈가, 이 젊은이라면 이용할 수 있겠다고 생각하고 접근했던 게 두 사람의 첫 만남이었다고 한다.

그리고 금세 그 젊은이의 성격에 놀랐다는 모양이었다. 야망에 불탄다기보다는 한없는 낙천가에, 아무렇지도 않게 불리한 전투에 끼어들어서는 고난에 처한 사람들을 돕곤 했으니 말이다.

그 천진한 성격을 왠지 그냥 놔둘 수가 없어 때때로 황금 양의 힘을 발휘하여 음으로 양으로 도와주었지만 어느 날 결정적인 사건이 터졌다. 야영하던 중, 아군 진영에 헤매 들어온 야생 양을 부하가 붙잡았을 때 왕은 그 양을 저녁거리로 먹어 치우지 않고 털에 편지를 매달아 내보내 주었던 것이다.

그 편지에는 황금 양에게 보내는 감사의 말이 적혀 있었다.

그때 하스킨즈는 이 젊은이가 섬을 통일하면 분명 평화로운 땅이 될 것이라고 확신했다고 한다. 이리하여 하스킨즈는 정체를 밝히고, 그 젊은 귀족에게 정면으로 도움의 손길을 내밀어 국내 통일의 꿈으로 나아가게 되었다.

그 흐름에는 뮤리가 아니라도 매료될 수밖에 없었다.

중간에 호위가 돌아와 물에 행군 양털 덩어리의 물기를 짜기 위한 목제 바이스 같은 것을 꺼내느라 잠시 중단되긴 했지만, 저녁 무렵에는 섬나라를 통일한 젊은 귀족이 왕이 된 한편 황금 양털을 지닌 양은 이미 지나간 시대에 속하는 자가 되어 무대에서 모습을 감출 결의를 고하는 데까지 이야기가 진행되었다.

"그 후에는 한 번도 안 만났어?"

"한 번, 우연히 그 꼬맹이가 이곳으로 왔다가 딱 마주친 정도다. 당연히 서로 모르는 척했지만 그 해에는 왕궁이 양털을 산더미처럼 사들여 줬지."

그을린 은(銀) 같은 남자들의 관계에 뮤리는 독한 술이라도 들이켠 듯 한숨을 내쉬었다.

"그 후로는 임종 자리에 불려 간 게 전부다. 전쟁 때 빌렸던 돈을 갚아야만 한다는 핑계로 사자가 이곳에 찾아왔었어."

전쟁 이야기에는 흔히 등장하는 장면이다. 가난한 마을에 패잔병이 찾아와 식사와 잠잘 곳을 제공받은 후 고지식하게 차용증을 남기고 간다. 그리고 몇 년 후, 기적적으로 승리를 거둔 왕이 되어 가난한 마을에 황금을 들고 돌아온다.

"어떤 이야기를 나눴어?"

할 말은 산더미처럼 있었을 터. 뮤리의 물음에 하스킨즈는 어깨를 으쓱했다.

"왜 문장 속 양의 털이 그렇게 짧은지 추궁했지."

그 말을 듣고 문장을 떠올려 보니, 확실히 네 다리가 확실히 보일 정도의 털 길이였다. 그렇다면 하스킨즈의 진정한 모습은 털이 아주 길고 덥수룩한 양이라는 뜻이 된다. 심지어 황금 양털을 지닌 양이라 불리며, 그 털가죽에서 금을 얻을 수 있다는 전설의 기원이 된 존재이니 털 결에는 자부심이 있을 수도 있겠다. 하지만 왕의 임종 자리에서 양치기가 그런 말을 했다면 주위에 있던 중신들은 모두 깜짝 놀랐으리라.

"임금님은 뭐라고 했어?"

하스킨즈는 파직파직 불타는 숯으로 시선을 떨군 채 부루퉁한 얼굴로 말했다.

"너무 부숭부숭하면 멋이 없지 않느냐고."

그 대답에 뮤리는 웃음을 터뜨리다 결국 배를 쥐고 폭소했다.

하지만 눈꼬리에 눈물이 고인 건 단순히 너무 웃어서 그런 것만은 아닐 터였다.

영원한 이별의 때에, 두 사람이 마지막으로 나눈 말.

섬을 통일하면서 두 사람이 만나 서로 협력한 건 필연적인 일이었다.

"그런 연유로 지금의 문장이 되었다. 문장 도안이란 건 원래 그런 법이지."

내뱉는 듯한 그 말투는 쑥스러움 때문인지도 모르겠다.

하지만 뮤리는 그런 하스킨즈의 이야기에 꼬리털이 축축해질
정도로 웃고 감격했다.

"…그런 얘기가 있었다니, 치사해."

진심에서 우러난 뮤리의 말에 하스킨즈는 무표정한 채 대답
했다.

"양치기는 옆 풀밭이 더 파래 보인다는 말이 있지."

"으응?"

"주워들은 이야기에 따르면 너희도 제법 대단했다만."

뮤리는 나를 보고 왠지 일방적으로 실망한 표정을 지었다.

"하기야 모험을 하기는 했지만… 오라버니는 그 임금님처럼
기지가 뛰어나지 않은걸."

너무한 말이긴 하나, 하기야 임종 자리에서의 대화 같은 이야
기를 나누지는 못할 터였다.

그런 건 오히려 뮤리의 부모님에게 더 잘 어울린다.

"그나저나 이야기를 하다 보니 해가 저물었구먼… 뭐야, 양은
아직 다 안 모인 건가."

뒤를 돌아 축사를 본 하스킨즈가 말했다.

"네가 잠깐 가서 모아다 주지 않겠나? 늑대가 아니냐."

"알았어."

뮤리는 웬일로 고분고분 대답을 하고는 자리에서 일어나 달
려나갔다.

나도 따라가야 하나 생각하고 있는데 하스킨즈가 문득 말했다.

"그 늑대 일행은 잘 지내고 있나?"

하스킨즈가 두 사람의 뒷이야기를 궁금해 한다는 사실이 조금 기뻤다.

"아니, 어리석은 질문이었군. 잘 지내지 않았다면 저 계집아이도 없었겠지."

"온천마을 뇨히라라는 곳에서 로렌스 씨와 온천을 하고 계십니다."

"뇨히라 온천?"

약간 놀란 듯 한쪽 눈썹을 치켜올린 하스킨즈는 금세 희미한 미소를 띠었다.

"뭔가 나른한 느낌이 드는 늑대였으니 말이지. 시끌벅적한 장소에 살 자리를 마련했다니 듣던 중 반가운 말이로군."

"대신 그 딸이 좀 지나치게 시끌벅적한 아이로 자랐습니다만⋯."

내가 말하자 하스킨즈는 웃더니 내 잔에 마실 것을 따라 주며 말했다.

"그런 것 같구먼."

그 직후 뮈리가 몰고 온 양떼가 단숨에 축사 안으로 들어오는 바람에 조용했던 축사에 한바탕 소란이 벌어졌다.

저녁 식사 시간, 왕국에 옛날 존재했던 기사단 이야기를 듣는 내내 뮤리의 흥미는 끊이지 않았다. 하지만 왕국의 건국 이야기와 달리 먼 옛날의 기사단에는 수상쩍은 자들도 적잖이 있었는지, 도적이었다가 기사가 된 인간도 많았다고 한다.

"누구나 신천지를 찾아 이 섬으로 쇄도했지. 신의 이름하에 전투는 정당화되고, 땅을 손에 넣으면 신분이 보장되니 과거를 청산하고 싶은 자들에게는 딱 맞는 곳이었어."

"임금님이 사실은 대도였다는 내용의 연극을 본 적이 있긴 했는데, 그런 거야?"

"어디에나 있는 이야기다. 전쟁터에서는 늘 그렇지. 이기면 왕이 되고, 지면 도적이 되는 법."

"그건 알겠는데… 그렇게 많은 기사단의 대부분이 문장을 대충 만들었다는 건 너무 실망스러워."

뮤리나 그 어머니 호로와 함께 지낸 탓인지 인간 아닌 자들이 너무 이곳저곳에 많다는 기분마저 든다. 하지만 실제로는 그렇지 않았고, 그렇게 많았던 문장들의 기원도 개나 소나 다 인간 아닌 자들과 관련이 있는 건 아닌 모양이었다.

"초현실적인 존재이긴 하지만, 옛날에는 정말 있었을지도 모른다… 그 정도가 권위를 얻기에는 딱 좋겠지."

그런 이야기를 하는 사이 호위는 조금 떨어진 곳에서 다른 양치기들과 함께 냄비요리를 둘러싸고 앉아 있었다.

  이런 곳에서 안전을 확보하기 위해서는 우선 그 자리에 있는 사람들과 친교를 다져야 한다는 이야기였다. 믿음직스럽기도 했고, 마침 딱 좋은 상황이었다.

  "그런 의미에서, 문장 같은 건 아무렇게나 편하게 만들어도 상관없을 게다."

  하스킨즈의 말에 뮤리가 슬쩍 눈치를 보며 말했다.

  "털도 짧아지고?"

  늙은 양은 턱을 살짝 들어 올리며 헛기침을 하듯 두세 번 웃었다.

  "그래."

  뮤리는 나를 보고 씩 웃었다.

  뮤리는 문장에 대해 나보다 훨씬 깊이 생각하고 받아들였다.

  그리고 '중요하다'고 생각했기 때문에 품었던 문장에 대한 집착이, 지금 막 사라진 모양이었다.

  일부러 하스킨즈에게 찾아와서까지 과거의 이야기를 들을 필요가 있었을까 싶었는데 확실한 의미가 있었다.

  하이랜드에게서 받은 휴가 기간을 라우즈번에서 방에 틀어박혀 성전 세속어 번역이나 하며 쓰지 않아 정말 다행이라고, 조금 자조하듯 생각했다.

"그런데⋯."

그때 하스킨즈가 물었다.

"너희 직전에 찾아왔던 그 꼬마는 너희와 무슨 관계지?"

로즈를 말하는 모양이었다. 방문자가 그리 자주 찾아오지 않는 수도원이니 관계를 의심받아도 어쩔 수 없다.

"성 크루자 기사단의 소년 말씀이십니까?"

바로 그렇다는 듯 하스킨즈가 데운 포도주만 홀짝였다. 그 느낌으로 볼 때 수도사인 척하고 이 브론델 수도원에 살고 있는 양 동료도 있을 것 같다는 생각이 들었다.

"길바닥에 쓰러져 있던 것을 발견하고 돌봐 주었습니다. 이 추위에 옷도 제대로 갖춰 입지 않고, 대신 속갑옷을 입고 있는 기묘한 차림으로, 공복과 추위에 쓰러진 듯했습니다."

"머리를 길에 처박고 있는 데다 온통 진흙투성이였어."

뮤리의 추가 설명에 하스킨즈는 살짝 고개를 끄덕였다.

"너희에게 동행이 있다는 연락은 못 받았고, 그 꼬맹이 혼자서 힘없이 문을 두들기고 있는데 녀석에게서 묘하게 너희 냄새가 나서 말이다. 신경이 쓰였지."

그렇구나. 이해가 되었다.

"저희 냄새라기보다는 여기 뮤리의 냄새가 아니었던가요?"

하스킨즈는 아주 살짝 한쪽 눈썹을 치켜올리고 그 말이 맞다는 듯 어깨를 으쓱했다.

"나한테 반했나 봐."

뮤리의 천연덕스러운 말에 하스킨즈는 결국 웃으며 포도주를 내려놓았다.

"너희보다 먼저 너희 냄새가 묻은 소년이 찾아왔다. 수도사에게서 듣자 하니 성 크루자 기사단의 심부름꾼이라더군. 나는 혼란에 빠졌다."

"혼란?"

의아해진 내가 묻자 하스킨즈는 차분한 눈을 내게로 돌렸다.

"내 기억 속에서 너는 실로 똘똘한 어린애였지. 나처럼 살다 보면, 그게 지나치게 솔직해 보여서 불안해질 정도로."

갑자기 옛날이야기가 나오는 바람에 나는 부끄러워졌다.

하지만 그 말을 들으니 비는 시간에 하스킨즈에게서 배웠던, 겨울철 풀밭에서 걷는 방법과 지내는 방법이 떠올랐다.

"그래서 너희가 이 수도원에 왕의 밀명을 받고 찾아왔을 가능성은 열에 한둘 정도라고 생각했다."

"앗...!"

무심코 소리를 질렀다가 그 충격으로 장작이 튄 느낌이 들었다. 꽤나 큰 목소리였는지 조금 떨어진 곳에서 식사를 즐기던 호위가 이쪽을 흘끔 쳐다보는 모습이 보였다.

하지만 뭐라고 대답해야 좋을지 알 수가 없었다. 이 시기, 이 정세에 이곳에 찾아오면서 그 가능성을 손톱만큼도 생각 못 했으니 말이다.

이곳은 왕국의 역사보다도 오래되고, 강대한 부와 권력을 지닌 브론델 수도원이다. 여명의 추기경이 옛 친구를 만나러 찾아온다면 그야말로 뭔가 꿍꿍이가 있는 방문일 거라 여겨질 이유가 엄청나게 많다.

"아니, 변명은 됐다."

증거는 갖춰졌다.

그런 말투였지만 증거에도 두 종류가 있다.

유죄와 무죄.

그리고 무죄였던 모양이다.

"숨기는 게 있는지 없는지 정도는 나도 알 수 있어. 진심으로 아무 생각 없이 찾아왔다는 건 금방 알았지."

부끄러워서 고개를 움츠리자 옆에 있던 뮤리가 한숨 섞인 목소리로 말했다.

"내가 그 남자애한테서 받은 조각 천을 허리싸개에 꿰맬 때도 마냥 흐뭇한 눈으로 쳐다봤다니까."

"어?"

한심하게 되묻자 뮤리는 화를 내야 할지 웃어야 할지 모르겠다는 얼굴이었다.

"에이브 언니한테 배운 말. '보험'이야."

거기까지 듣고 나서야 겨우 연결이 되었다.

우리는 하이랜드가 보낸 왕국의 정찰대라고 수도원에 의심받을 이유가 충분하다.

하스킨즈는 오래전부터 알고 지낸 사이였고 양의 화신이기 때문에 편을 들어 줄 가능성이 있다 쳐도, 수도사들은 모르는 일이다. 그렇다면 귀찮은 일을 피할 가능성을 높이기 위해서는 어떻게 해야 좋을까.

모든 교회 조직의 자랑인 성 크루자 기사단의 문장을 몸에 지니고 있으면 된다. 아무리 그래도 적 중의 적 문장을 달고 다니지는 않을 테니까.

"오라버니는 내가 없으면 절벽에서 굴러떨어질 양이라니까."

"무리 중에 반드시 한두 마리 존재하지."

늑대와 양치기의 견해가 일치하는 희귀한 순간이었다.

가능하면 그런 집중공격을 받고 싶진 않았는데, 하고 어쩔 수 없이 시선을 돌리는 수밖에 없다.

"그 이름이 하도 세상을 떠들썩하게 하기에, 대체 어떻게 되어 가려는지 다소 기대가 되긴 했다만."

하스킨즈는 데운 포도주가 든 쇠 주전자를 기울이며 말했다.

"그 즐거움이 상상을 웃돈 모양이군."

칭찬인지 아닌지 애매한 말이었지만 적어도 의심은 사지 않은 모양이었기에 안도했다. 그 후 무리가 또 한심하다느니 뭐라느니 야단을 치겠지만 달게 받아들이는 수밖에 없다.

"어쩌면 요즘 세상에 이름이 널리 알려진다는 건 그런 것인지도 모르지."

긍정적인 평가를 받았다고 생각하기로 했다.

포도주가 좀 시큼한 느낌이 들었지만, 몸은 따스해지는 한 잔이었다.

양치기들의 아침은 일찍 시작된다.

심지어 수도원이라면 저녁 기도에 맞춰 하루가 시작되기 때문에 새벽녘이라기보다는 거의 한밤중에 눈을 떠야 한다. 하룻밤 잠자리를 빌린 처지로서는 그들이 일 준비를 하고 있는데 쿨쿨 자고만 있을 수도 없는 노릇이었다.

그래서 뮤리에게도 꼭 일어나야 한다고 단단히 일러 두었지만, 그럴 걱정은 없었던 모양이다. 오히려 뇨히라에서는 체험할 수 없는 양치기 생활이 흥미진진한지 뮤리는 하스킨즈 일행을 따라 새카만 초원으로 나가 버렸다.

사실은 나도 따라가야 하겠지만 하스킨즈는 굳이 무리할 필요 없다고 했다. 그러나 호위가 뮤리 옆에 붙어서 함께 나오는 것은 말리지 않는 걸 보니, 나를 거추장스럽게 여기는 게 분명했다.

썰렁하고 조용해진 축사에서 모닥불 소리와 멀리서 들려오는 수도사들의 기도 소리, 그리고 축사에 남겨진 몇 안 되는 양들의 울음소리를 듣다 보니 졸음을 물리치는 건 불가능했다. 꾸벅꾸벅 졸다 보니 다음에 눈을 떴을 때는 해가 중천에 뜨고, 뺨에 진흙이 튄 뮤리가 양들과 함께 돌아와 있었다.

"매일 하기는 힘들지만 가끔이라면 진짜 재밌을 것 같아."

너무나 솔직한 감상에 나는 쓴웃음을 지으며 뮤리의 뺨을 닦아 주고 머리를 빗긴 뒤 함께 아침 식사 자리에 둘러앉았다.

그 후에는 양털 깎기와 깎은 털의 후처리를 견학했다. 여기에는 나도 참가했다.

지금 막 깎은 털을 세탁하기 위해 근처에 있는 개울로 옮겨서 물속에 가라앉힌 다음 혹시 누가 물속에서 잡아당기고 있는 게 아닐까 싶을 정도로 무거워진 털을 열심히 끌어올려서 물을 짜냈다.

팔 힘이 없는 뮤리는 눈 녹은 물의 차가움이 남아 있는 개울에 발을 담그고 털이 떠내려가지 않도록 달달 떨면서 위에서 꽉 밟는 일도 하고, 커다란 목제 바이스에 매달리다시피 해서 물을 짜기도 했다.

그 후의 점심 식사는 내가 호로와 로렌스에게 처음 구조되었을 때 먹었던 빵 다음으로 맛있었다.

그런 목가적인 시간을 보내고 약간의 낮잠을 잔 후의 일이었다.

"서고를 보고 싶다고요?"

오후의 양털 깎기에 쓸 가위 손질을 돕고 있는데 뮤리가 그렇게 말했다.

"옛날이야기가 남아 있으니까 보고 싶다고 하스킨즈 할아버지한테 말했더니 볼 수 있도록 말을 전해 주겠다고 했는데, 기부가 필요하대."

그리고 오른손을 내밀었다.

"…사전에 말을 안 한 데는 그런 속셈이 있었군요."

"그 하이랜드 님이 서고에 들어가기 전에 돈을 내는 걸 본 적이 있거든."

뮤리는 멋쩍은 기색도 없이 웃으면서 말했다.

이미 이야기를 다 들었으니 굳이 돈을 지불하면서까지 서고에서 책을 볼 필요는 없지 않느냐고, 내가 말할 것까지 염두에 두었으리라.

노잣돈은 전부 하이랜드가 부담하니 낭비는 삼가야 한다.

하지만 하스킨즈가 교섭해 준다면 고지식한 오라비도 이제와서 막을 수는 없으리라고 뮤리는 계산한 듯했다. 이런 부분에서만 쑥쑥 성장하는 아이다.

브론델 수도원의 서고쯤 되면 동화 몇 개로 들어갈 수는 없을 터였다. 게다가 서적 유지비용과 거기에 들어가는 수고를 아는 입장으로서는 심술을 부리느라 기부금을 요구하는 게 아니라는 사실을 모를 수가 없다. 나는 질은 낮지만 싸구려는 아닌 류트 은화를 지갑에서 찾아내 꺼냈다.

"돌아가는 길의 밥값에서 제할 거예요."

은화를 뮤리의 손바닥에 잔소리와 함께 올려놓았다.

"이잇~"

뮤리는 송곳니를 드러내며 그렇게 말하고는 하스킨즈에게로 뛰어갔다.

그리고 해가 질 때까지 돌아오지 않았는데, 맛있는 저녁 식사 냄새에 지지 않을 정도로 지독한 잉크와 가죽과 먼지 냄새를 풍기며 돌아왔나 했더니 그 후로 뮤리는 무척이나 얌전하고 차분한 태도였다.

무슨 슬픈 이야기라도 읽었나 하는 기분이 들었고, 잘 때도 내 이불 속으로 기어들어 오기에 걱정이 되었으나 뮤리는 한참이나 망설인 끝에 이렇게 말했다.

"하루에 한 번씩 기부해야 한대…."

품속에서 눈치를 보는 뮤리를 향해 나는 한숨을 내쉬었다.

"뮤리도 정말이지 뒷심이 약하군요."

뮤리는 토라진 얼굴로 내 가슴에 얼굴을 파묻고 얼버무렸다. 그리고 다음 날은 은화를 움켜쥐고 아침 예배가 끝남과 동시에 서고를 향해 달려갔다.

그런 일도 있긴 했지만, 아무튼 나는 평화로운 시간에 감사하면서 어제와 마찬가지로 양치기들의 작업을 도왔다. 하루하루 이런 생활을 하며 밤에는 사색의 시간을 가질 수 있다면 정말 멋지겠다는 생각도 들었다. 왕국과 교회의 전쟁이 어느 정도 가라앉으면, 뮤리가 주장하는 수도원 건설은 힘들더라도 이런 생활을 하는 수도회를 만들어 보는 건 어떨까.

그렇게 태평한 생각을 하고 있는 나를, 신께서는 다 내려다보고 계셨던 모양이었다.

오전 중의 작업을 끝내고 축사로 돌아오니 털을 깎기 위해 먼저 돌려보내졌던 양들이 왠지 술렁거리는 기색이었다. 무슨 일이냐고 물을 틈도 없이 나는 알아차렸다.

지붕 부분에 뚫린 천창 살에 독수리 한 마리가 앉아 있었다.

잘못 볼 리가 없다. 샤론이었다.

 제 3 막

하스킨즈는 당연히 그 독수리가 보통 새는 아니라는 사실을 바로 알아차렸고, 내 반응으로 미루어 아는 사이라는 것도 눈치 챘다.

하지만 다른 사람들의 눈도 있으니 편하게 말을 걸 수는 없다. 하스킨즈가 천연덕스러운 얼굴로 휘파람을 불고 샤론을 향해 팔을 내밀자, 샤론은 조금 귀찮은 듯했지만 날아 내려와서 그 팔에 앉았다.

"어느 귀족 밑에 있다가 도망쳐 나온 녀석일지도 모르겠군."

하스킨즈가 들으란 듯이 그렇게 말하며 내게 "좀 도와주게." 하고 말을 걸었다.

나는 덩굴로 짠, 커다란 바구니의 내용물을 비우고 조심스럽게 샤론 위로 씌웠다. 바구니에 들어가기 직전까지 샤론이 나를 빤히 쳐다보고 있었던 건 일부러 그런 거라고 믿고 싶다.

이렇게 하스킨즈, 그리고 샤론과 함께 셋이서 축사 밖으로 나오자 하스킨즈가 말했다.

"라우즈번에서 날뛴 징세인이란 게 너인가?"

짧고 높은 울음소리는 대답이라기보다는 불만의 목소리인 듯했다. 하스킨즈가 작게 한숨을 내쉬고 바구니를 치웠다. 그리고 근처에 있던 커다란 헛간 같은 건물 문을 열고 그리로 들어갔다.

양털로 짠 실을 보관하는 곳인 듯, 짙은 양털 냄새로 가득했다.

「소문으로 들었던 황금 양이 설마 전설대로의 장소에 있을 줄은 상상도 못 했는데.」

샤론의 말에 하스킨즈의 대답은 작은 한숨뿐이었다.

"무슨 반가운 소식을 전하러 온 건 아닌가 보군요."

샤론은 지금쯤 수도원을 세울 건물을 검토하러 나가 있어야 하는 상황이었다.

「안타깝게도 그래. 수도원 예정지가 상상 이상으로 황폐한 상태여서 오래 머물 수가 없었기 때문에 서둘러 라우즈번으로 돌아오자마자 귀찮은 일을 직면하게 된 거지. 그런데 너는 태평하게 여행이나 떠났다지 않아. 하이랜드가 이곳으로 심부름꾼을 보내긴 했지만 그걸 기다리다가는 이삼 일을 낭비하게 돼. 빨리 짐을 정리해서 돌아가. 중간에 심부름꾼과 마주치겠군.」

샤론의 정체에 대해서는 하이랜드에게 비밀이기 때문에, 아마 본인의 독단적 판단으로 날아온 모양이었다.

「나는 클라크에게 부재를 들켰다가는 곤란하니 한시라도 빨리 돌아가고 싶어. 질문은 짧게 부탁한다.」

샤론은 클라크에게도 정체를 비밀로 하고 있었다. 신뢰하지 않아서가 아니라, 클라크가 다정한 성격이기 때문에 정체를 알게 되면 클라크에게 부담이 될 거라고 생각해서인 모양이었다.

"귀찮은 일이라뇨?"

「성 크루자 기사단이 라우즈번에 찾아왔어.」

한순간 놀라서 눈을 크게 떴지만 금세 납득했다.

"…대성당이 문을 열었으니 일시적으로 의탁할 곳으로 이용하기로 한 모양이군요."

"사건이란 양떼와 마찬가지다. 한 마리가 나타나면 다른 놈들이 차례차례 잇따르지."

하스킨즈와의 대화에 샤론은 새답게 무표정한 얼굴에서 '무슨 소리지?' 하는 불쾌한 표정으로 바뀌었다.

"이리로 오는 길에 성 크루자 기사단의 견습기사 소년과 마주쳤습니다. 제대로 된 장비도 갖추지 못한 채 길바닥에 쓰러져 있었고, 품에 구원을 요청하는 편지를 갖고 있었죠."

샤론은 항구도시의 상인들이 두려워하는 징세인 조합의 부조합장이다. 성 크루자 기사단이 곤궁하다는 소문도 들은 적이 있을 테고, 로즈의 이야기만 듣고도 어느 정도 눈치를 챘으리라.

샤론은 날개를 펼치고 어이가 없다는 듯 몸을 파르르 떨었다.

「전쟁이 아니었나.」

"그 가능성은 매우 낮다고 생각합니다만… 물론, 평화롭게 경의를 표하러 방문한 건 아니겠지요."

「흥. 우리는 여명의 추기경과 연관이 있어. 이단자 사냥 명부가 있다면 이름이 제일 앞에 실려 있겠지. 그 문제는?」

샤론이 직접 하늘을 날아온 이유가 바로 그것이었던가 보다. 샤론은 독수리의 화신이지만 파트너 클라크는 평범한 인간이므로 샤론 입장에서는 클라크를 지켜야만 했다.

"없다고 딱 잘라 말할 수는 없겠지만⋯."

하스킨즈를 쳐다보자 황금 양이 말했다.

"그것은 어려운 이야기다. 이단자를 사냥할 여유가 있다면 구원 편지를 든 꼬맹이 하나가 진창을 터덜터덜 걸어오게 하진 않았겠지."

샤론이 납득했는지 안 했는지는 모르겠지만 일단 그 이상 질문하지는 않았다.

「어쨌든 그리 평온하지는 않아. 나는 돌아가겠어.」

"아, 네. 수고하셨습니다."

헛간 안에서 퍼덕퍼덕 날갯짓을 하는 바람에 양털 먼지가 풀썩 솟구쳤다.

기침을 하며 손으로 먼지를 떨쳐 내는 사이 샤론은 환기용으로 활짝 열어 젖혀 놓은 나무창을 향해 날아올라 사라졌다.

"갈 건가?"

하스킨즈가 짧게 물었다.

"가야죠. 아마 할 수 없이 하이랜드 님이 대응하고 계실 테니까요."

내 대답에 하스킨즈는 문득 눈가에 옅은 미소를 띠고 말했다.

"발밑이 불안할지도 모르겠지만 방향은 옳게 보고 있어."

"그건⋯."

"발밑은 곁에 있는 자가 보고 있네. 자신감을 갖고 성큼성큼 걸어 나가도록 해. 최소한 내 이야기 속에서는 그렇게 해서 잘 풀렸으니까."

한없이 낙천적이기만 한 젊은 귀족과 진흙탕도 뒤집어쓸 각오 아래 옛 시대의 숨결을 지금까지 이어 오고 있는 늙은 양. 그들은 그렇게 하나의 시대를 달려왔다.

우리는 그렇게 거창한 게 아니라고 말하려다 간신히 말을 멈추었다.

뮤리는 그야말로 그만큼 거창한 무언가를 문장에 담고 싶어 한다.

그렇다면 내가 부정해서는 안 된다.

"참고하겠습니다."

하스킨즈가 어깨를 으쓱하고 내 등을 툭툭 친 후, 나는 헛간에서 나왔다.

"어, 그럼 호위 분께 출발하겠다고 알려야 하는데요…."

갑자기 라우즈번으로 돌아가겠다고 한다면 거부하지는 않더라도 의아하게 생각할지도 모른다.

"독수리 이야기가 비밀이라면, 갑자기 성모상이 눈물을 흘리는 바람에 마음이 불안해졌다는 소리라도 해 두면 되지."

이곳은 브론델 수도원이니 위험을 알리는 그런 기적도 존재할 수 있겠다.

"그럼 저는 뮤리를 불러 오겠습니다."

그렇게 말하고 달려 나가려 할 때 하스킨즈가 또 입을 열었다.

"아니, 서고에는 내가 가는 게 좋겠군."

"네? 괜찮습니다. 십 년도 더 전에 오긴 했지만 서고가 어디 있는지는 기억하는데요."

그때는 상인들이 많이 있었고, 성유물 목록 같은 것도 보았더랬다.

로렌스 일행에게 처음으로 도움이 된 것 같아 정말 열심히 했다. 잊을 수가 없다.

하스킨즈는 더 하고 싶은 말이 있는 눈치였지만 결국 입을 다물었다.

나는 종종걸음으로 달려 기억대로 나아가, 서적을 훔치려 드는 자를 위협하기 위해 조각된 악마상 아래를 빠져나가서 서고 관리관을 찾았다.

코가 길고 비쩍 마른 관리관은 귀찮은 듯 이용자 명부를 가리켰다.

일행에게 급한 볼일이 있어서 찾아왔다고 말하자 이번에는 어깨만 으쓱했다.

"그럼 책은 그대로 두고, 책 열쇠만 이쪽으로 가져오십시오. 서둘러 정리하다가는 책에 손상이 갈 우려가 있습니다."

책의 열쇠. 요즘은 많이 줄었지만 오래된 서고라면 책 한쪽에 열쇠를 달고 사슬로 서견대에 묶어 놓는 곳도 적지 않다.

"알겠습니다."

내가 대답하자 관리관은 내가 책과는 인연이 없는 무지한 자가 아니라고 여겼는지 과장스럽게 고개를 끄덕이고는 문을 열어 주었다.

금세 피어오르는 먼지와 가죽, 그리고 잉크 냄새에 그리운 기분을 가슴 가득 느끼며 심원한 숲 같은 서고 안으로 들어갔다.

그리고 서견대 속으로 거의 들어갈 듯한 자세로 커다란 책을 펼치고 보고 있는 뮤리의 뒷모습을 발견했다.

"뮤리."

다른 이용자는 없었지만 왠지 습관적으로 목소리를 낮추고 이름을 부르게 된다.

그러자 어지간히 집중하고 있었는지 뮤리가 놀라서 펄쩍 뛰어 올랐다.

"어? 어, 어, 오라버니?"

"뮤리, 방금 샤론 씨가 와서 라우즈번에…."

"뭐? 닭이?"

뮤리는 금세 불쾌한 표정을 지었지만 내 시선을 느끼고는 당황했다.

"아, 이건, 오라버니…!"

뮤리가 커다란 책을 탕 덮었지만 그때는 이미 내 손이 옆에

쌓인 책으로 뻗은 후였다. 대충 펼쳐 보니 무슨 책인지 금세 알수 있었다.

"···뮤리, 이 책은···."

뮤리는 아랫입술을 깨물며 눈을 돌리고 온몸으로 대답을 거부했다.

하지만 변명의 여지가 없다. 세 권째도, 네 권째도 모두 펼쳐보니 내용은 거의 똑같았다.

그 책에는 곰 삽화가 그려져 있었고, 그중 한 장에는 뚜렷하게 거대한 곰이 달을 향해 손을 뻗고 있었다.

"······."

뮤리는 고집스러운 얼굴로 대답하지 않았다. 뇨히라에서도한번 이렇게 되면 골치가 아파지곤 했다.

이게 나쁜 짓이라는 건 생트집이라고 철저하게 우겨 대기로결심했거나, 아니면 나쁜 짓이라는 사실은 알지만 사과할 생각은 없다고 이를 악물었거나 둘 중 하나이기 때문이다.

그리고 달을 사냥하는 곰 이야기를 몰래 계속 읽은 건 양쪽모두에 해당하리라.

"···아무튼 나갑시다. 샤론 씨가 라우즈번 상황을 알려 주러왔어요."

뮤리의 손을 잡으니 뮤리는 아무 반응도 보이지 않았지만 뿌리치지도 않았다.

곰 이야기는 우리 사이에서 매우 난감한 화제였다. 내가 그렇듯 뮤리 역시 어떻게 행동해야 좋을지 알 수가 없기 때문인지도 모른다.

손을 잡아끌면 따라올 거라고 믿고, 나는 반대편 손으로 책상 위의 열쇠들을 쓸어 모았다.

"전부 몇 개죠?"

"…다섯 개."

개수는 맞다. 고개를 끄덕이고 서고를 나와 관리관에게 열쇠를 건넨 뒤 밖으로 나섰다.

"아, 그랬군요."

서고 앞에 있는 돌계단을 내려가다 문득 깨달았다.

"늦잠꾸러기인 뮤리가 한밤중에 일어나 양을 밖으로 데리고 나가는 일까지 도운 건, 하스킨즈 씨에게 이 이야기를 하기 위해서였나 보죠?"

그래서 하스킨즈는 호위가 따라오는 건 막지 않고 나만 막았던 것이다. 그리고 뮤리가 곰에 관련된 책을 읽으러 서고에 간 것과, 곰 이야기를 내가 싫어한다는 사실을 알고서 서고로 가는 나를 붙잡으려 했던가 보다.

그렇다면 한 가지 결론에 도달하게 된다.

"그럼 여기 온 것도 처음부터…."

"그건 아니야."

뮤리가 그렇게 말하며 멈춰 섰다.

"…진짜로, 문장에 대해서도 물어보고 싶었어."

일부러 거짓말을 할 필요도 없다고 생각했지만, 거짓말이라고 믿고 싶지 않은 이유도 있었다.

뮤리는 문장을 무척 기대했었다. 온갖 소중한 것들을 다 그 속에 넣겠다는 생각으로, 문장에 대해 물어보기 위해 이곳에 찾아왔다.

그것이 단순한 구실이었다면 너무나도 슬퍼진다.

"뮤리."

나는 이름을 부르며 힘없이 잡혀 있는 손을 약간 흔들었다.

"여길 나가서 도시로 돌아가는 동안에는 호위 분이 계속 곁에 있을 거예요. 그리고 도시에 도착하면 또 커다란 소동이 한창 일어나는 중일 수도 있죠. 그러니 얘기를 해요."

뮤리는 길을 잃은 소녀처럼 오도카니 서 있었으나, 이윽고 천천히 내 눈치를 살피듯 이쪽을 쳐다보았다.

"닭이, 뭐래?"

"라우즈번에 성 크루자 기사단이 왔대요."

뮤리의 눈이 커졌다.

"하지만 느닷없이 도시를 침공하고 그런 건 아닌가 봐요. 짐을 꾸리기 전까지 잠시 이야기할 시간은 있을 거예요."

뮤리는 시선을 돌렸다. 내 쪽을 보기 싫어서가 아니라, 이 부지 안에 있을 로즈를 찾느라 그러는지도 모르겠다.

그러다 나를 돌아보았다.

"오라버니, 화 안 내?"

내가 화내는 게 싫다기보다는 내가 화를 내면 귀찮아질 것 같다는 투의 질문이다. 오히려 평소의 뮤리다워서 마음이 놓였다.

"상황에 따라 다르죠."

뮤리는 노골적으로 싫은 표정을 지으며 한숨을 내쉬었다.

침묵의 규율이 있는 수도원 안은 고요했다. 소리라고 해 봤자 양 울음소리나 부지 내의 밭에서 일하는 수도사가 오가는 발소리뿐이었다.

샤론이 날아간 헛간 뒤쪽 그늘의 나무상자에 나란히 앉아, 뮤리가 말했다.

"하스킨즈 할아버지한테 왕국 이야기랑 기사단 이야기를 듣고 싶었던 건 사실이야."

퉁명스러운 목소리였지만 말투 자체는 다소 약했다.

뮤리 입장에서도 그 점은 의심받기 싫은 것이리라.

내가 고개를 끄덕이자 뮤리는 한숨 섞인 목소리로 말했다.

"그치만 곰 얘길 묻고 싶었던 것도 사실이고."

정령의 시대를 종결시켰다는, 달을 사냥하는 곰.

몇 백 년 전에 일어났다는, 달을 사냥하는 곰과 다른 정령들의 전투 전설은 인간 세상에서도 옛이야기로 남아 있다. 곰이 발톱으로 할퀴어 생긴 계곡과 산을 뽑아서 그 자리에 생겼다는 호수, 그리고 그 산을 바다에 집어던져 생겨난 섬 등의 이야기도 있다.

하나하나를 놓고 보면 황당무계한 이야기지만 그런 고대 이야기를 많이 모으다 보면 다른 모습이 보인다. 곰은 숲이나 산의 왕과 싸우며 이 지역에서 저 지역으로 이동했던 게 아닐까. 그러다 맨 마지막으로 서쪽 바다에 도달하여 자취를 감추었던 게 아닐까.

그리고 달을 사냥하는 곰에게 수많은 정령들이 살해당하는 바람에 그들의 시대가 끝이 났던 게 아닐까.

뮤리의 부모인 호로와 로렌스도 여행을 하면서 거기까지의 이야기를 모았다.

달을 사냥하는 곰이라는 존재는 아마도 실재했었고, 놈이 수많은 존재들을 학살한 것도 사실이다.

하지만 호로와 로렌스가 모은 이야기에는 한 가지 수수께끼가 남아 있었다.

달을 사냥하는 곰은 그 후, 어디로 갔을까?

그 물음의 답이 될 만한 이야기를, 우리는 북쪽 도서지역에서 만났던 고래의 화신 오팀에게서 들었다. 그것은 바닷속 깊은 곳에 남아 있는 거대한 발자국의 이야기였다.

심지어 그 발자국은 인간 세상에 떠도는 어떤 소문과 부합했다.

인간은 기술력으로 숲을 개발하고 배를 만들어 세계지도를 넓혀 나갔다. 수수께끼였던 어둠이 밝혀지면서 정령 시대의 생존자들은 점점 발 디딜 곳이 줄어들어 갔다. 그런 시대에, 신비를 없애던 새로운 지식이 반대로 오랜 전설의 새로운 면을 밝혀 냈다.

그것이 바로 서쪽 바다 건너편이라 불리는 신대륙 이야기였다.

공교롭게도 달을 사냥하는 곰이 모습을 감춘 곳 역시, 서쪽 바다.

뮤리에게 달을 사냥하는 곰의 이야기는 어머니인 현랑 호로의 고향 친구들을 죽인 원수인 동시에, 어마어마한 모험의 시작을 알릴 가능성이 있는 존재였다.

한쪽 손만으로 잡고 있었다면 살짝 놓게 할 수 있었을지도 모른다.

하지만 뮤리가 양손으로 꽉 잡고 있다면 놓게 만드는 건 쉬운 일이 아니다.

"하스킨즈 씨라면 당시 이야기, 그러니까 달을 사냥하는 곰이 날뛰던 바로 그 시대의 이야기를 알고 있을지도 모른다… 그렇게 생각한 거죠?"

입 밖에 내 보니 금세 연상할 수 있는 일이었는데 전혀 상상도 못 했다. 애당초 나는 브론델 수도원을 방문한다는 행위의 의미 자체부터 전혀 깊이 생각하지 않았던 얼간이였다. 이 이야기처럼 스케일이 너무 커지다 보면 오히려 바로 옆에 무엇이 놓여 있는지도 안 보이게 된다.

　"그치만 어머니는 막상 그 시절엔 조금 떨어진 곳에서 태평하게 보리알이나 쳐다보고 있었다지, 고래 아저씨는 바닷속 깊은 곳에서 느긋하게 지냈다지, 일레니아 씨는 나보다 약간 연상일 뿐이라잖아."

　일레니아는 확실히 외모만 봐서는 뮤리보다 몇 살 많은 언니로 보이긴 하나 실제 연령은 나보다 한참 높지 않을까… 하고 생각했지만, 굳이 말 안 하기로 했다.

　"그 시대 이야기를 아는 존재는 길에 떨어진 금덩어리보다 귀중하단 말이야. 게다가 일레니아 씨는 하스킨즈 할아버지랑 사이가 나쁘다던걸."

　흐르는 시대의 바닥에 깔린 자갈밭 밑에 몸을 숨기기로 결심한 몸이라고, 하스킨즈는 스스로를 평했다. 한편 일레니아는 인간 아닌 자들만의 나라를 만들기로 결심하고 아득한 바다 건너편을 바라보고 있는 신세대의 총아다.

　목적은 비슷하지만 수단과 사고방식은 거의 정반대라 할 수 있다.

두 사람은 그야말로 구세대와 신세대였다.

"그치만 곰 이야기를 들으러 가겠다고 하면 오라버니는 절대 안 된다고 말할 거잖아."

"그건… 뭐…."

"그런 와중에 문장 이야기가 나왔고, 서고에서 책을 읽다 보니 양의 문장이나 뭐 그런 종류의 물어보고 싶은 게 잔뜩 생겼어. 그래서 그거라면 오라버니를 설득할 수 있겠다는 생각이 들더라고."

내가 뮤리가 태어났을 때부터 돌봐 주었듯이, 뮤리 역시 태어났을 때부터 나를 지켜봐 왔다. 그리고 최근 들어서는 웬만하면 뮤리가 한 수 위다.

"게다가 내가 알고 싶어 했던 곰 이야기는 아마 오라버니가 생각하는 거랑 다를 거야."

"네?"

뮤리는 달을 사냥하는 곰을 원수로 여기고 있다. 나는 그럴 때마다 뮤리가 보이는 어두운 눈빛을 보는 게 괴로워, 가급적 뮤리가 이 이야기에 얽히지 않기를 바랐다.

하지만 눈앞의 뮤리는 복수에 불타는 눈동자가 아니라 기억 속에 몸을 가라앉히는 듯 아득한 눈빛을 띠고 있었다.

"수많은 책 속의 문장을 보다가 문득 이상하다는 생각이 들었어. 문장의 기원에 관련된 책을 찾아보면 찾아볼수록 그 이상한 느낌은 점점 더 커져 갔고."

뮤리는 그렇게 말하며 고개를 들고 길 건너를 향해 손을 들었다.

그곳에는 하스킨즈가 있었다.

"문장에는 이야기가 담겨 있거나, 생겨난 이유가 있어. 바다에서 싸우는 기사단이라면 주둥이에 돛을 문 거북이가 도안에 그려져 있다거나."

율란 기사단이 그랬던 것 같다.

하지만 그것과 곰 이야기가 무슨 상관이 있는지 모르겠다.

그런 생각을 하고 있는데 하스킨즈가 다가왔다.

"야단맞았나?"

하스킨즈는 심각한 표정이기 때문에 농담인지 아닌지 알 수가 없다.

뮤리는 토라진 듯 어깨를 으쓱했다.

"네가 화를 낼 테니 입 다물어 달라고 부탁하더군."

하스킨즈에게 화를 내 봤자 소용없는 일이다.

하지만 묻고 싶은 게 있었다.

"뮤리와 어떤 이야기를 나누셨습니까?"

달을 사냥하는 곰 이야기.

뮤리는 문장에 관한 이야기를 읽다가, 그 존재에 대해 위화감을 느꼈다고 한다.

"놀랄 만한 이야기였다. 나도 눈을 부릅떴을 정도니."

그리고 이젠 이 세상에 더 놀랄 일도 없을 것 같은 하스킨즈가 그렇게 말했다.

"그게 벌써 몇 백 년 전 일인지… 시간 속에서 풍화되어 더는 깎일 수도 없는 하천의 돌처럼 된 이야기인데, 그야말로 거기에 생각지도 못했던 면이 있으리라고 어떻게 생각할 수 있었겠나?"

재야의 현인이라 불리는 양치기.

그런 양치기가 태양을 우러르며 말했다.

"그런데 있었던 거야. 태어났을 때부터 계속 보아 온 저 태양에게, 아직도 더 물어야 할 말이 있는 것처럼."

하스킨즈가 뮤리에게 협력한 건 단순히 어린 소녀를 위해서 그랬던 게 아닌 모양이었다. 아마도 그러기에 합당한 가치가 있었기 때문이리라.

"오라버니, 늑대 문장이랑 똑같아."

뮤리가 말했다.

"곰은 그 어떤 존재보다도 강한데, 곰 문장이 거의 안 남아 있었어."

"……."

문장에는 유행이 있다고 부적가게 주인이 말했다.

그렇게 볼 때, 늑대는 고대 제국의 기치였기 때문에 너무 낡

앗다는 이유로 사장됐다 할 수 있었다.

하지만 늑대의 신비로운 자태나, 또는 숲속을 뛰어다니는 사냥꾼으로서의 면모 때문에 지금도 용병들 사이에서는 인기가 있다.

그렇다면 산의 상징으로 사슴이나 바다의 상징으로 거북이가 선택되듯, 힘의 상징으로 곰의 문장이 만들어지지 않는 건 확실히 이상한 일이었다.

고대의 온갖 정령들이 다 이겨 내지 못했던 폭력의 왕.

곰의 문장이 세상에 넘쳐 날 이유는 너무나 많다.

"한 번 그런 의문을 가졌더니 주워들었던 옛날이야기들 속에서 점점 이상한 점이 떠오르는 거야."

"나도 그 질문을 듣고 말문이 막혔다."

하스킨즈가 투명한 눈으로 나를 응시했다.

"달을 사냥하는 곰의 전설에 항상 밤이 따라다니는 이유는 뭐지? 하는 질문이었으니 말이지."

나 또한 당황했다. 물론 물음 그 자체의 의미는 안다. 하기야 달을 사냥하는 곰이라고 하면 달이라는 단어 때문인지 밤의 인상과 깊게 연결된다.

그런데 왜 그런 걸 묻는 걸까. 단순히 무시무시한 존재를 이야기하기 위한 방편이 아닐까.

하지만 뮤리에게는 그렇지 않은 모양이었다.

"오라버니, 달을 사냥하는 곰은 산에 걸터앉을 만큼 덩치가 커. 밤이라면 몰라도 낮에는 대체 어디에 몸을 숨기고 있다는 걸까?"

"……."

"여기저기서 나쁜 짓을 저질러 대서 원한을 잔뜩 샀을 테니, 태평하게 낮잠이나 자고 있진 못할 거 아냐? 그런 일이 없다 해도 저쪽 산에서 산보다 더 큰 곰이 쿨쿨 자고 있다는 옛날이야기가 잔뜩 남아 있어야 맞잖아. 손을 뻗으면 달도 사냥할 수 있을 정도로 커다란 곰이라니까."

할 말이 없었다. 순간적으로 입 밖으로 튀어나갈 뻔한 말이라고는 '옛날이야기에 그런 지적을 하면 못써'라는 것뿐이었다.

하지만 그 말을 내뱉지 못한 이유가, 나 스스로도 어처구니없게 느껴졌다.

글쎄 눈앞에 윈필 왕국 건국에 힘을 보탠 전설의 황금 양이 있지 않은가.

그 전설상의 존재인 하스킨즈가 차분히 말했다.

"달을 사냥한다는 호칭이 과장된 것이었을까?"

하스킨즈는 자기 자신의 말에 고개를 천천히 가로저었다.

"나는 친구들과 함께 도망치면서 이렇게 생각했다. 아무리 달려도 도저히 멀어질 기미가 보이지 않는다고. 놈의 시커먼 그림자가 늘 거기에 있었지. 달빛에 비춰지며, 그야말로 달처럼 거기에 있었어. 그만큼 거대했었다."

거리감을 잃을 만큼 컸기 때문이겠지만, 동시에 여기서도 또 밤이 등장한다.

"그 곰이 낮에 무얼 하고, 어디서 잤는지…."

하스킨즈는 반쯤 웃고 있었다.

"상상조차 해 보지 못했다. 그놈은 그런 대상이 아니었으니."

너무 가까운 탓에 보이지 않았던, 그런 일도 있었으리라.

"하지만 듣고 보니 분명 그랬고, 인간들 눈에도 더 많이 띄었을 것이야. 각지에 남아 있는, 그 땅에 살던 우리 같은 존재와 마찬가지로."

뮤리의 어머니인 현랑 호로도 북에서 남으로 여행하는 도중에 눈에 띈, 여러 목격담이 현재까지도 남아 있었다고 한다.

그렇다면 달을 사냥하는 곰 이야기는 더 뚜렷하게 남아 있어도 이상하지 않다. 그 용맹함에 감탄하고, 그 신성함을 닮고자 하는 왕들이 없을 리가 없다.

"늑대 문장이 적은 건 아쉽지만 옛날에는 많았다는 기록도 확실히 있고, 지금도 쓰는 사람들이 있어. 하지만 곰 문장은 극단적으로 적어. 달을 사냥하는 곰 이야기가 사실이라면 이상할 정도야."

뮤리의 말은 온당한 의문으로 가득했다. 영 석연치가 않았다.

오래전부터 쓰이던 비유 중 '곰처럼 힘이 세다'는 말이 있을 정도로, 곰은 힘을 표현하는 존재의 대명사다. 문장 도안에 채용하기에는 그것만으로도 충분하지 않을까.

지금도 숲속에서 가끔 보이는 보통 곰조차 늑대 무리보다 훨씬 골치 아픈 상대다.

"그런데 곰 문장에 대해 조사해 보니까, 곰 문장을 쓰던 가문은 오랜 옛날에 절멸한 경우가 많았어. 마치 저주라도 받은 것처럼."

"네?"

내가 반문하자 하스킨즈가 약간 즐거운 표정으로 말했다.

"이 연령대의 아이들은 기막힌 발상을 하는 법이지."

뮤리는 빨간 눈동자를 동그랗게 뜨고 내 쪽을 쳐다보았다.

이지적이면서도 샘솟는 상상력으로 가득한, 젊은 눈동자였다.

"달을 사냥하는 곰은 사실 인간으로 변신할 수 있던 게 아닐까?"

눈앞에 정답이 있어도 항상 그것을 이용할 수 있는 건 아니다.

"이게 바로 곰이 낮에 보이지 않았던 이유인 거지. 그냥 자고 있었을 테니까. 그리고 만약 그렇다면 서쪽 바다로 사라졌다는 이야기도 묘하게 이상한 느낌이 든단 말이야."

두려움 모르는 젊음을 지닌 뮤리는 상상의 세계 속에서도 망설임이 없다.

"어쩌면 몸을 숨기고 있을지도 몰라."

한 시대를 끝낼 정도로 거대한 전란이 지나간 후, 승자는 어째서인지 또다시 시간의 흐름 속으로 사라져 버렸다.

왜냐고 묻는다면 스스로 자취를 감추었다고 하는 게 답으로서는 가장 간편하다.

하지만 그렇다면 뮤리의 이야기는 방금 전 튀어나왔던 기묘한 의문에 섬뜩한 답을 제시하게 된다.

"그렇다면… 곰 문장을 가졌던 집안이 적은 건…."

"맞아."

뮤리가 히죽 웃었다.

"달을 사냥하는 곰이 돌아다니며 다 죽인 게 아닐까 싶어. 자기의 존재를 감추기 위해."

"아니, 그건…."

뮤리의 이야기는 신기한 곰 이야기를 어찌어찌 설명해 주는 것 같긴 하지만, 당연히 억지로 갖다 붙였다는 느낌도 든다. 그 가장 큰 이유는 '곰이 왜 그런 짓을 했을까?'였다. 일부러 밤에만 나타나서 한 시대를 끝장내고, 세계에 말 그대로 발톱자국을 남긴 뒤 딱히 세계를 정복하지도 않고 자신의 존재를 감추기 위해 서쪽 바다로 사라진 척까지 했다. 게다가 인간 세계의 기억에 남지 않기 위해 자신의 존재를 숭배하는 자들을 죽이고 다니면서….

그리고 똑똑한 뮤리의 똑똑함은, 나로서는 도무지 미칠 수 없는 경지에 있었던가 보다.

뮤리는 당연히 거기까지도 다 생각하고 있었다.

오히려 그 반짝이는 얼굴을 보면 볼수록 그것이야말로 가장 중요한 부분이라는 사실을 알 수 있었다.

"양과 늑대는 각자 보는 세계가 다르지. 아니, 이 계집아이로 말하자면 접한 이야기의 개수가 다르다고 하는 편이 올바를지도 모르겠군."

하스킨즈가 중얼거리자 뇨히라에서 그 누구보다 이야기를 좋아하던 뮤리가 말했다.

"있잖아, 오라버니. 달을 사냥하는 곰이 한 시대를 끝장낸 후 패자(霸者)가 된 건 누구였지?"

발밑이 무너져 내리고, 나락의 바닥이 뻥 뚫린 감각.

설마, 그런, 말도 안 되는.

뮤리가 말했다.

"오라버니는 신을 만난 적 있어?"

눈을 뜬 채 밀쳐져, 악몽 속으로 떨어져 내린다.

그 정도의 충격이 느껴지고 뮤리의 목소리가 멀리서 들려오는 듯했다.

물론 그 생각이 옳다는 증거는 어디에도 없다. 그냥 웃어넘길 가치조차 없는, 어린애의 공상이라고 무시할 수도 있다.

하지만 하스킨즈가 이렇게 말했다.

"성전은 복수의 인간들이 표현한, 신의 말씀을 모은 책이지. 하지만 신을 목격했다는 이야기 자체는 어디에도 없어. 게다가 그 가르침에는 약간 묘한 데가 있다. 여명의 추기경님께서는 성전을 세속어로 번역하는 작업을 하고 계시다고 들었는데, 이렇게 생각한 적은 없나? 신이 세상 만물을 만드셨다면서 왜 교회는 인간 아닌 자들을 이토록 눈엣가시로 여기는지."

그리고 먼 옛날, 신이 아닌 자들과 싸웠던 곰이 있었다. 그 곰은 무슨 이유인지 몰라도 숲의 정령들을 다 죽이고 다녔다.

성격으로는 정반대인 뮤리와 하스킨즈가 같은 편에 서 있다.

과연 이건 내가 감당할 수 있는 상황일까?

"그리고 있잖아, 오라버니. 이건 내가 혹시나 싶어서 하스킨즈 할아버지한테 물어본 거야."

뮤리는 헛기침을 하더니 말을 이었다.

"곰의 화신을 만난 적 있어? 하고."

하스킨즈를 쳐다보니 답은 명확했다. 하스킨즈 스스로도 백 년 전에 떨어뜨린 헛간 열쇠를 풀밭에서 찾아낸 듯한 표정을 짓고 있었다.

"없다. 나는 만난 적이 없어."

늑대의 화신은 호로뿐만이 아니다. 양의 화신은 하스킨즈뿐만이 아니다.

사슴도, 토끼도, 다른 화신들도 분명 그럴 것이다.

그렇다면 곰 또한 그래야 할 텐데.

"십 수 년쯤 전 여기에 나타난 이상한 녀석들도 재미있는 이야기를 갖고 왔었지만, 이번에는 한층 더 재미있군."

황당무계하다고 해야 하나, 아니면 배짱이 두둑하다고 해야 하나. 어쨌든 그 누구도 상상하지 못했던 스케일의 이야기이자, 아무도 시도조차 해 보지 못했던 사고방식.

천지가 빙빙 도는 현기증 속에서도 북극성처럼 눈에 뚜렷하게 들어오는 점이 있었다.

"그럼… 신대륙 이야기는, 거짓말이라는 거예요?"

바닷속에 남아 있는, 달을 사냥하는 곰의 것으로 여겨지는 발자국이 서쪽 바다 끝으로 사라졌다는 것도 눈속임이었을까.

신대륙 이야기가 너무나도 곰과 연관이 있어 보였던 건 그냥 우연이었다는 뜻일까.

그 물음에 뮤리는 하스킨즈를 가리켰다.

"하스킨즈 할아버지와 사이가 나쁜 일레니아 씨 이야기를 떠올려 봐."

"…그 새끼양은 네 어미보다 훨씬 건방지지."

일레니아는 폭신폭신한 검은 머리카락이 인상적인 양이지만, 뮤리가 내 뒤로 숨을 정도로 압도적인 분위기를 지닌 하스킨즈와도 겁 없이 의견을 주고받으며 싸우다 헤어졌을 정도로 만만찮은 존재다. 아무래도 호로 이상의 강적이었던 모양이다.

"내 생각은 이래. 우선 달을 사냥하는 곰은 자기들만의 나라를 만들려 했어."

큰 전쟁을 일으켰으니 그 가정은 쉽게 이해가 된다. 게다가 눈앞에 있는 하스킨즈도, 저 일레니아도 방법은 다르지만 똑같은 목표를 갖고 있다.

"하지만 전쟁 후 곰 혼자서만 왕국을 만드는 건 힘들었는지, 아니면 인간 세계를 뒤에서 조종하는 편이 빠르다고 생각했는지 교회를 세운 거야. 하지만 그건 역시 차선책이었을 뿐, 결국은 곰 혼자서 살아갈 신천지가 필요했지."

"북쪽 대지조차 당시부터 인간이 숲의 어둠을 파헤치기 시작한 상황이었으니. 인간이란 많은 수, 그리고 특히 기술이라는 독특한 힘이 있어서 우리의 세계에는 존재하지 않았던 영향력을 갖기 시작했다."

"…그래서 인간이 없는 장소를 찾아갔다는 말인가요?"

늑대와 양은 아무 대답 없이, 그저 인간인 나를 바라볼 뿐이었다.

이런 말도 안 되는 이야기를 제정신으로 검토하라는 말인가.

무엇보다 그 말이 옳다면 내가 지금껏 숭배해 온 신은 완전한 창작품이자, 심지어 곰이라는 뜻이 된다.

나는 지푸라기에라도 매달리듯 목에 걸고 있던 문장을 움켜쥐었다.

"뮤리는, 그 말이 옳다고 생각해요?"

내가 물었다.

귀여워하던 여동생이 아니라 신앙 그 자체를 부정하는 자로서.

"전부가 다 옳기는 어려울 거라고 생각해."

이쪽이 진지하게 물은 걸 알고 회피했다, 라는 느낌은 아니었다.

뮤리는 현명하다. 머리가 너무 좋은 나머지 나까지도 혀를 내두를 정도고, 진지하게 생각할 때면 저 현랑 호로에 필적할 정도의 냉철함도 발휘한다.

"특히 달을 사냥하는 곰이 교회를 만들었다는 부분 말이야. 이건, 만약 그랬다면 정말 재미있지 않을까 싶었어. 오라버니도 깜짝 놀랐잖아?"

장난스럽게 웃는 뮤리 앞에서 나는 화를 내야 좋을지 어떨지도 알 수가 없었다.

"하지만 만약 곰 본인이 신이라면 교회에는 이 수도원처럼 곰 인간들이 와글와글 모여들 것 아냐? 그런데도 하스킨즈 할아버지처럼 오래 산 양조차 만난 적이 없다는 건 말도 안 되는 것 같아."

교회 조직은 교황을 정점으로 하여 그 아래에 추기경이라 불리는 존재들 몇 명이 집행을 주관한다. 세계지도는 그들의 안배에 따라 분할되고, 각각의 땅은 대주교와 주교 등 계층조직에 소속된 사람들이 다스린다.

어느 지위에 있는 사람이든 다른 사람들 눈에 띌 기회가 많다. 그것은 이단심문관조차도 마찬가지다.

동네 안에서 우연히 인간 아닌 자와 스쳐 지나간다면 아마 서로 알 수 있으리라.

아무도 눈치 못 챘다는 건 불가능하다.

"가능성으로 말하자면 달을 사냥하는 곰이 바다를 건너 너무나도 쉽게 신대륙을 찾아내, 거기서 다른 곰들이랑 같이 열심히 교회를 만든 다음에 다시 같이 바다를 건너왔다고도 생각할 수 있겠지. 이러면 하스킨즈 할아버지조차 곰들을 만난 적 없는 이유도 설명할 수 있어. 그리고….""

뒷짐을 진 뮤리가 심술궂게 웃으며 고개를 갸웃했다.

"오라버니가 신을 만난 적 없는 이유도."

눈꼬리를 치켜올리자 뮤리가 일부러 그러는 것처럼 머리를 부둥켜안고 내게서 멀어졌다.

하지만 분노에 찬 대꾸 같은 게 튀어나올 리가 없었다.

그런 황당무계한 이야키를 진심으로 믿는 건, 잠꼬대에 진지하게 대답하는 일이나 다름없다.

"믿어 달라는 건 아니야."

뮤리가 해맑게 웃으며 말했다.

"하지만 이야기로서는 진짜 재밌지 않아?"

귀와 꼬리가 나와 있었다면 신이 나서 마구 흔들어 댔을지도 모른다.

독기가 안 빠질 수가 없을 만큼 천진난만한 모습이었다.

"아주 오래된 옛날이야기 속에 알고 보니 진짜 사건이 있었다, 하지만 그렇다고 하기에는 이상한 점이 있다, 그런데 최근 들어 새롭게 생겨난 소문이 있다. 심지어 별 생각 없이 이어 봤더니 너무나도 잘 들어맞는 분위기야. 그런 걸 그냥 내버려 두는 건 아깝잖아?"

"뮤리, 정말⋯."

나는 그 이상 아무 말이 나오지 않았다.

뮤리에게는 세상 모든 것들이 다 장난감이다.

하지만 그런 뮤리를 보며 나는 문득 생각했다.

뮤리는 뇨히라에서 나온 지 얼마 안 됐을 무렵, 상회 벽에 붙어 있던 세계지도를 보며 중얼거렸다. 귀와 꼬리를 감추지 않아도 되는 땅이 어딘가에 있을까, 하고.

세계는 이렇게나 넓은데도 뮤리 같은 소녀에게는 너무나 차갑게 만들어져 있다.

뮤리에게 슬픈 얼굴이나 훌쩍거리는 얼굴은 어울리지 않는다.

오히려 세계 전체를 장난감으로 삼고, 어마어마한 허풍담에 가슴을 두근거리는 모습이 그런 쌀쌀맞은 세계에 반격을 가하는 것 같아 후련하게 느껴진다.

180

"달을 사냥하는 곰 이야기에 대해 두 가지 약속해 주세요."

"?"

뮤리는 눈을 깜박거리며 나를 쳐다보았다.

"옛 늑대들에 대한 복수라고 생각하지 말 것."

그 말에 하스킨즈도 뮤리를 쳐다보았다. 뮤리는 자기 자신보다 오히려 하스킨즈를 더 신경 쓰고 있었으니, 복수에 대해 무슨 말을 들었는지도 모른다.

호로 때도 그랬지만 둘의 관계는 역시 '젊은 늑대를 타이르는 늙은 양'일 터였다.

"두 번째는?"

하지만 뮤리도 금세 대답하지 않는 똑똑함을 겸비한 아이다.

할 수 없이 두 번째 사항을 말했다.

"신은 계십니다."

아마도, 하고 입속으로 덧붙였다.

뮤리는 눈을 동그랗게 떴다가 웃음을 터뜨릴 뻔했지만, 아무리 그래도 웃을 상황이 아니라는 생각은 한 모양이었다.

그냥 에헴, 하고 헛기침을 한 뒤 어깨를 으쓱했다.

"신 같은 건 없는 게 나아. 그러면 오라버니도 계속 나만 바라봐 줄 테니까."

그 자신감은 대체 어디서 나오느냐고 묻고 싶었지만 또 그게 뮤리답다고 할 수도 있겠다.

게다가 그렇게 가벼운 투로 말하는 걸 보면, 이미 다 생각해 둔 부분인 모양이었다.

"그리고 곰 이야기를 수집하겠다고 나를 속이면 안 됩니다."

"두 개라면서!"

뮤리는 입을 삐죽이며 머리를 긁적이다 하스킨즈를 돌아보았다.

하지만 하스킨즈는 늘 그렇듯 무표정했기 때문에 뮤리는 할 수 없이 어깨만 으쓱하고 하늘을 올려다보았다.

"알았어."

그리고 내가 내민 손을 건성으로 잡았다.

장난이 들켜서 토라진 말괄량이 소녀 그 자체였다.

"문장을 만든다면⋯."

"?"

뮤리가 나를 쳐다보았다.

"고개를 홱 돌린 늑대 그림으로 하는 게 어떨까요?"

"뭐어?!"

뮤리가 화를 내며 내 팔을 때렸다.

그 손길을 받으면서도 그리 나쁘지 않겠다는 생각이 들었다.

다리를 모으고 앉아서 고개를 돌리고 먼 곳을 바라보는 늑대의 그림.

그것은 재미있어 보이는 무언가를 찾아 항상 저 먼 곳을 바라보는 소녀의 모습으로도 보인다.

그 시선 끝에는 아무도 상상해 본 적조차 없는 세계가 펼쳐져 있고, 당장이라도 뛰쳐나갈 듯 안절부절못하고 있다.

뮤리에게 그 이상 잘 어울릴 도안이 있을지 상상도 안 된다.

"오라버니 바보!"

나보다 어른스러운 것 같지만, 때로는 말도 안 되는 이야기를 내뱉곤 하는 소녀.

고요한 수도원에 뮤리의 화난 목소리가 울려 퍼졌다.

짐을 꾸려 다급히 브론델 수도원을 뒤로했다.

준비하는 사이 뮤리는 읽다 만 서고의 책과 로즈를 마음에 걸려 했지만, 둘 다 하스킨즈가 뒷일을 맡아 주겠다고 했다. 뮤리가 마음에 든 모양이었다.

그리하여 호위와 함께 귀로에 오른 우리는 샤론의 말대로 이틀째 되던 날 낮, 길 위에서 하이랜드가 보낸 사자와 마주쳤다. 사자는 우리가 태평하게 짐마차를 타고 흔들리며 오는 모습을 보고, 말을 타고 빨리 와 달라고 재촉했다. 엉덩이 때문에 호된 꼴을 겪었던 뮤리가 당연히 거부할 줄 알았지만, 우리가 수도원에 체재할 무렵 그곳에서는 마침 양털 깎기가 한창 이루어지고 있었다. 뮤리는 양털을 가득 채운 자루를 받아 왔으니 이번에는 괜찮을 것이라고 말했다.

양털 깔개 덕분인지, 아니면 어느 정도 엉덩이에 내성이 생겼는지 말로 갈아탄 뮤리는 아무 불평이 없었고 우리는 사흘째 되던 날 밤 라우즈번 도시 성벽에 도착했다. 다음 날까지 기다려야 하나 했는데 하이랜드가 써 준 통행증을 내보이자 무사히 안으로 들어갈 수 있었다.

"왕국과 적대하는 교회의 최정예 기사단입니다. 조심합시다."

뮤리는 푹신푹신한 양털 깔개에 앉아 꾸무럭거리면서도 고개를 끄덕였다.

사자는 적어도 자기가 도시를 나설 때 일촉즉발의 상황은 아니었다고 했지만, 그래도 사태가 어떻게 되었을지는 모를 일이었다.

다소 쓸쓸한 느낌이 드는 구시가지를 빠져나가, 강을 건너 신시가지로 향했다.

시각은 밤. 이미 해가 진 지 오래고, 브론델 수도원이라면 진작 전원이 다 잠들었을 시각이었다. 그런 시각인데도 라우즈번은 평소보다 더 떠들썩해 보였다.

길 여기저기에 화톳불을 피우고, 사람들이 왔다 갔다 하고, 검 같은 것을 휘두르기도 한다.

교회에서 기사 집단이 오는 바람에 엄중 경계 태세를 취하고 있…는 모습으로는 도저히 보이지 않았다.

"와, 오라버니. 저기 봐. 나무랑 천으로 만든 갑주인가?"

푹신푹신한 양털 깔개를 깔고 말 등에 앉아 흔들리던 뮤리가 사거리 한 귀퉁이를 가리키며 말했다. 거기에는 허술한 갑주를 입은 남자들이 술 달린 목검을 흔들흔들 서로 부딪치며 대사를 외치고, 다시 검을 부딪쳤다.

"저 대사, 그 유명한 타르당크의 싸움인데."

그런 이름의 싸움을 그린 유명한 연극인 모양이었다.

이런 밤늦은 시각에 사거리에서 연극을 벌인다니, 누가 와서 단속할 법도 한데 여기저기서 악기 연주가 들리고 사람들이 소란스럽게 떠들고 있었다. 공통되는 건 그 모든 곡목이 기사를 소재로 하고 있다는 점이었다.

대체 이게 다 무슨 일인가 생각하며 귀족들의 저택이 늘어서 있는 깔끔한 구역에 도착했다. 그곳은 조용하긴 했지만, 가다 보니 한밤의 축제에 행차하려는 듯 옷맵시를 가다듬은 사람들과도 마주쳤다.

며칠 만에 돌아온 하이랜드의 저택은 화톳불의 요란스런 불빛으로 가득한 길거리를 걸어온 탓인지 무척이나 고요하게 느껴졌다. 하지만 그것은 기분 탓이 아니었던 모양이다.

하인이 맞으러 나오자, 앞서 걷던 사자와 호위가 나란히 놀라서 소리를 지르며 밖으로 뛰어나갔다.

내가 뮤리와 얼굴을 마주 보고 있는데 문이 열리고 의외의 인물이 얼굴을 내밀었다.

"아니, 쓸데없이 빨리 왔군."

"에이브 씨?"

하이랜드의 저택에 주인은 부재중이고, 대신 그곳에는 어여쁜 처자를 대동한 대상인이 있었던 것이다.

에이브의 곁에는 항상 미소를 짓고 있는 아름다운 처자가 있다. 사막 태생이라고 하는데, 에이브가 밖에 나갈 때 화려한 우산을 씌워 주는 그 처자는 남쪽에서 유행하는 차를 끓여 내온 후, 뮤리에게는 포도를 주었다. 이런 계절에 생포도라니, 대체 어디서 들여왔는지 알 수도 없지만 뮤리는 무척이나 좋아하며 녹색 껍질째 와작와작 먹어 치웠다.

"나는 빈집을 봐 주러 와 있는 거야."

그렇게 말하는 에이브의 손에는 뮤리가 여기까지 오는 동안 엉덩이 밑에 깔고 있던 양털 깔개가 들려 있었다. 그 속에 든 양털의 상태를 확인하는 걸 보니 매입 생각이 있는 모양이었다.

"하이랜드 님은 대성당에 가셨나요?"

저택이 조용한 건 많은 하인과 하녀들이 그쪽으로 따라갔기 때문이리라.

하지만 그렇다면 사자와 호위가 낯빛이 달라진 채 저택 밖으로 뛰쳐나간 이유를 알 수가 없다.

"대성당에서 기사단과 계속 이야기를 나누고 있는 걸로 되어 있지만, 사실은 모양새 그럴싸한 인질인 거지."

놀라서 의자에서 벌떡 일어날 뻔했지만 에이브는커녕 뮤리까지도 태평한 얼굴로 포도만 와작와작 먹고 있다.

"아직은 괜찮지 않겠어?"

"아뇨, 하지만…."

포도를 꿀꺽 삼킨 뮤리가 말했다.

"도시가 이렇게 와자지껄하잖아. 기사단 사람들은 대성당 안에만 틀어박혀 있지 않고, 드문드문 밖으로도 나오곤 할 거야."

"……."

마치 직접 보고 온 사람처럼 이야기하는 통에 나는 아무 말 못 하고 에이브 쪽을 쳐다보았다.

"꼭 보고 온 사람 같군."

에이브는 그렇게 말하며 만지작거리던 양털 깔개를 우산 든 처자에게 건넸다.

"실제로 그래. 기사단은 도시에 들어오기 전 예의 바르게 정식 사자를 대성당으로 보내, 시정참사회의 동의를 얻은 뒤 먼바다에서 배를 타고 나타났다. 입성 행진은 어디까지나 정중했어. 역시 성 크루자 기사단이라는 평판이 단숨에 퍼졌지."

"그랬…나요…?"

"대성당 앞에서는 희망하는 위병에게 훈련을 시켜 주고, 동네 처녀들은 남몰래 젊은 기사들의 머리에 화관을 씌워 주고 싶어 해. 성 크루자 기사단에서 싸우는 기사쯤 되면 마치 전설의 용사 같은 존재니 말이야. 심지어 라우즈번의 도시귀족 출신 기사도 있으니 다들 흥이 나는 것도 당연하겠지. 집이 이 길가에 있는데, 오늘 밤도 축하하는 손님들이 와글와글 몰려와 커다란 연회를 열고 있을 거야."

그 말에 가슴이 욱신욱신 아팠다.

브론델 수도원이 있는 지방 출신이었다던 로즈.

하지만 그 로즈는 입을 줄이기 위해, 어린 시절 집에서 먼 곳으로 쫓겨났다.

"뭐, 네가 싫은 표정을 짓는 그 이유 그대로 당사자인 기사 본인은 심경이 복잡하겠지. 길바닥에서 주운 견습기사에게서 이야기를 들었겠지?"

로즈의 이야기도 이미 했다.

한숨을 지으며 고개를 끄덕이자 에이브는 차를 홀짝였다.

"황금 양 기사단이라면 왕궁에서 사랑도 받을 테고, 어느 영주의 딸과 결혼할 수 있을지도 몰라. 그렇지 않아도 평소에 쉽게 갈 수 있는 곳에 있어. 하지만 성 크루자 기사단은 달라. 크루자 섬의 위치를 지도에 그릴 수 있는 사람이 얼마나 될까? 나이 든 무역상인에게도 쉬운 일이 아닐걸."

"신에게 모든 것을 바치고 성 크루자 수도회에 들어가는 거랬지?"

"남의 집 아이들을 데려다가 집안싸움의 불씨가 되지 않도록 만들려면, 평생 독신으로 지내겠다는 맹세를 시킬 필요가 있으니 말이지. 그것은 일종의 '벌'이다. 버는 게 돈이 아니라 명예라는 게 다르지만."

"명예?"

내가 되묻자 에이브는 어흠, 하고 헛기침을 했다.

"어머나, 당신의 동생분이 성 크루자 기사단에? 정말 훌륭해요. 그런 집안이라면 우리 딸아이를 맡겨도 안심할 수 있겠네요, 뭐 이런 거다."

귀부인의 목소리를 흉내 내는 에이브를 보고 뮤리가 폭소를 터뜨렸다.

"동생분의 활약을 향유하는 건 전부 형의 몫이지. 덕분에 좋은 아내를 얻고, 신앙심 깊은 집안의 가장으로서 이름을 드높이고, 순조롭게 출세할 수 있어. 그 동안 동생은 일 년 내내 더워서 나무도 제대로 자라지 못하는 바위투성이 섬에서 아무 즐거움도 없이 검만 휘두르는 매일을 보내야 하고."

에이브가 하고 싶은 말이 뭔지는 이해했지만, 속세의 이익만이 꼭 인간의 행복이라 할 수는 없다.

로즈는 분명 금화를 세기보다 성전의 페이지를 넘기는 편이 더 마음이 차분해지는 부류의 인간이리라. 성 크루자 기사단에는 그런 사람이 적잖이 모여들 터였다.

그렇기 때문에 교회와 대립하는 왕국 출신이라는 이유로 신앙까지 의심받는 일은 정말로 괴로울 거라고 나는 생각한다.

"왕국 출신 기사들이 모인 분대를 통솔하는 자는 윈트셔라는 그럭저럭 이름 있는 집안 출신이지. 부하를 아끼는 괜찮은 인간이라더군."

에이브는 눈을 살짝 가늘게 뜨고, 마치 고통을 꾹 참는 듯한 미소를 입가에 띠었다.

"최후의 만찬 아닌 최후의 개선을 부하에게 맛보여 주고 있는 거지."

"……."

아삭, 하고 포도를 베어 무는 소리가 났다.

"결국 해산하는 거야?"

뮤리의 말에 에이브는 한동안 시선을 들지 않았다.

에이브도 예전에는 이 나라의 귀족이었지만 몰락하는 바람에 그 자리에서 굴러떨어진 몸이다.

그 눈에 비치는 광경은 태어난 집을 마지막으로 뒤로하던 때의 모습일지도 모른다.

"왕국에서 기부금도 끊기고, 교황과 주변 동료들에게서 적 취급을 받고 있지. 이 상황은 벌써 몇 년 동안 바뀌지 않았고 나아질 가능성도 없어 보여. 제아무리 신앙을 기반으로 살아가는 기사들도 배는 고프고 장비는 낡아 가지. 어디서 호사가 대상인이라도 붙잡아 오면 당분간의 생활비는 충당할 수 있을지도 모르지만 그렇게까지 하는 집단이 저 고결한 성 크루자 기사단이라고 할 수 있을까?"

그렇기 때문에, 해산.

하다못해 부하들에게 전별 선물이라도 해 주어야겠다는 마음으로 성 크루자 기사단으로서의 모습을 유지한 채 왕국으로 돌아와, 기사단으로서 사람들의 환대를 받아야겠다는 생각이었으리라.

지금까지 본가에서만 향유했던 그 명예를, 최소한 마지막에는 기사 본인도 누릴 수 있도록.

"그럼 하이랜드 님은 일종의 환대 담당으로서 대성당에서 대기하고 계신다는 말씀인가요?"

방계라고는 해도 왕족이니 하이랜드가 맞이해 주면 기사들의 체면도 설 것이다.

"그런 머리가 꽤 돌아가게 됐군. 맞다. 적어도 민중들은 왕가의 인간이 옆에 계속 붙어서 기사단을 접대하고 있다고 생각하고 있어."

의미심장한 그 말투에 나는 미간을 찌푸렸다. 내 기분 탓만은 아닌 모양인지 뮤리도 노골적으로 상대의 속내를 캐내려는 눈빛을 띠었다.

하지만 그러는 동안에도 뮤리가 계속 와삭와삭 소리를 내며 포도를 먹어 댔기에 자꾸 신경이 그쪽으로 쏠렸다.

"기사단의 왕국 상륙에는 뭔가 숨겨진 이유가 있다는 말씀입니까?"

뮤리의 손에서 포도를 빼앗으려 했지만 완고하게 거부당했다.

"내가 성격이 나빠서 그럴지도 모르겠지만 그렇게 여겨지는군. 그리고 포도라면 많이 있어."

"아뇨, 제가 먹고 싶은 게 아니고⋯."

뮤리가 혀를 날름 내밀고는 또 한 알을 입에 넣었다.

"교황님께 무슨 밀명을 받았다, 라는 이야기로군요. 그나저나⋯ 전쟁이 일어날 것 같지는 않은데요."

설마 화해의 사자인가 했지만, 그렇다면 로즈의 존재가 석연치 않다.

화해의 사자로 보낸 자들이 구원 요청 편지를 품고 길을 달려갈 리가 없으니 말이다.

"전쟁에는 여러 가지 방식이 있지. 알기 쉬운 예를 들자면 상인들의 구역다툼이 있다."

말괄량이 뮤리의 모습을 즐거운 듯 바라보던 에이브는 의자 등받이에 몸을 기대며 말했다.

"대립하는 상회가 두 군데 있고 한쪽이 다른 한쪽의 전문 분야, 예컨대 생포도 수입에 진출하겠다는 생각을 했다고 치자."

재미있는 이야기 같아 보였는지 뮤리가 자세를 고쳐 앉으며 에이브를 쳐다보았다.

"두 상회는 사이가 나빠. 앞으로 포도를 수입하기로 한 상회가 수입권을 따기 위해 아무리 돈을 갖다 바쳐도 상대방 쪽에서 방해하거나, 또는 제대로 상대해 주지 않아서 그 분야에 참가하지 못하게 하지. 흔한 이야기다. 조합이란 건 특히 그런 때를 위해 존재하는 법이고."

신규 진입자를 훼방 놓는 건 드문 일이 아니다.

"이런 분쟁이 일어나면 방해하는 상회에 무기를 들고 쳐들어가는 일도 간혹 있지. 힘으로 상황을 해결하는 방법 말이야."

싸움이 날 분위기에 뮤리가 눈을 반짝였다. 한창나이의 여동생을 둔 오라비로서는 한숨이 나온다.

"하지만 그러면 잃는 것도 많아. 도시 내의 평판도 마음에 걸리지. 그럼 어떻게 해야 할까?"

에이브는 손뼉을 짝 치고 양손을 비볐다.

"입김이 닿는 작은 상회에 이렇게 말하는 거다. 이봐, 허락 따로 받지 말고 너희 쪽에서 생포도를 조금만 수입해, 라고."

"네에…?"

수입업 참가를 거절당하면 다른 상회를 이용해 밀수입을 한다.

안이한 해결책인 것 같기도 하고, 작은 상회에게 일을 시킬 경우 큰 돈벌이는 안 될 것 같아 보이기도 한다.

"그냥 문제만 벌어질 것 같은데요?"

"그래, 그게 바로 목적이야."

에이브는 히죽 웃으며 말했다.

"작은 상회가 포도를 수입하면 바로 들켜서 욕을 먹겠지. 그때 문제의 상회가 등장해서 이렇게 말하는 거야. 무슨 문제라도 있습니까? 그렇군요, 저희 쪽과 친밀한 상회가 그런 짓을. 정말 죄송합니다. 그럼 앞으로 이런 문제가 생기지 않도록 수입에 대해 이야기를 좀 해 보지 않겠습니까… 라고 말이다. 그때가 되어서야 드디어 상대방 상회는 교섭 테이블에 끌려와 앉게 되었다는 사실을 깨닫게 되지. 만약 그런 흔해 빠진 수법이라는 사실을 이미 알고 있다 해도, 어차피 작은 상회의 밀수입 문제는 해결해야 해."

뮤리의 꼬리가 나와 있었다면 붕붕 흔들어 댔을 이야기지만, 즉 작은 상회가 기사단이고 대립하는 큰 상회 두 곳이 왕국과 교회라는 말일 터였다.

"문제를 일으키게 하기 위해 기사단을 이리 끌어다 놓았다는 말입니까?"

"왕국은 이번 라우즈번 소동 때문에 수세로 몰렸겠지."

이 상인은 왕궁 사정도 다 꿰뚫어 보고 있다. 귀 밝은 에이브를 향해 한숨을 내쉬고 나는 대답했다.

"네. 그래서 잠시 짬을 내서 어딜 좀 다녀왔습니다."

"나무그늘 밑 잡초에는 이미 불이 붙어 있었고, 불타고 있는 건 교회 측 진영이지. 세간의 비난도 심할뿐더러 내부에서 개혁의 목소리가 솟구치고 있는 교회 입장에서는 시간이 흐르면 흐를수록 발밑이 계속 무너져 내리게 돼. 라우즈번 소동을 계기로 전쟁이 일어나는 편이 차라리 편했을 거야. 그러니 여기서 기다리기로 한 왕은 꽤 똑똑하다고 할 수 있겠지. 아니, 당황해서 징세인들을 토벌하기 위해 군대를 보낸 건 노령의 왕이었으니 똑똑한 건 차기 왕일지도 모르겠다."

에이브는 그렇게 말하며 몸을 일으키더니 테이블 위로 점잖게 몸을 내밀고, 뮤리가 들고 있던 포도송이에 얼마 안 남아 있던 알 하나를 따서 입에 넣었다.

아무리 뮤리라도 불평하지 않고 얌전히 있긴 하지만 자꾸 하고 싶은 말이 있는 듯 내 쪽을 쳐다본다. 나더러 대체 어쩌라는 건지.

"세간의 눈도 있으니 무슨 큰 이유가 없는 한 교회 측에서 먼저 전쟁을 걸기는 어려워. 그렇다고 이대로 계속 내버려 두면 상황은 악화 일로를 걸을 테니 왕국을 다시금 전장으로 끌어내야만 해. 그래서 갖고 있는 군대를 둘러보다가 딱 써먹기 좋은 것을 찾아냈단 말이지."

"그게 기사단…."

"그래. 마침 이교도와의 싸움도 끝나고 활약할 만한 곳도 없어 보이니까. 마지막으로 갖다 쓰기에 나쁘지 않아. 원필 출신의 기사들이라면 고향 왕국으로 돌아온다는 대의명분도 있지. 그러니 고향으로 돌아가서 불씨를 뿌리고 오라고 지시했을 거다."

입안에 쓴맛이 돌았다. 이성적으로는 이해해도, 심정적으로 이해하고 싶지 않았기 때문이리라.

에이브는 테이블 맞은편에 천연덕스러운 표정으로 앉아 있었다.

"교황이 뒤에서 실을 쥐고 조종하고 있다면 우선 이런 흐름으로 갈 거라고 생각한다. 네가 그런 표정을 짓는 걸 보니 왕국 내의 적지 않은 인간들도 똑같은 표정으로 기사단을 위해 양보할 듯하군."

로즈의 이야기가 없었다면 설마 그럴 리가, 하고 생각했을지도 모른다.

하지만 구원 요청 편지를 쥔 로즈가 그런 가벼운 차림으로 아직 겨울의 흔적이 남아 있는 거친 길에 내팽개쳐진 건 사실이었다. 분명 왕국 이곳저곳의 가도에서 비슷한 견습들이 진흙투성이가 된 채 목적지를 향해 달려가고 있으리라.

"하이랜드 님도 같은 의견이신가요?"

"그 녀석은 본성이 선량하니까 확고한 악의에 찬 계획이 있다는 걸 느끼지는 못한다 해도, 교황의 명령을 받아 반쯤 억지로 왔으리라는 정도는 생각하겠지. 그래서 나를 이 저택에 끌어다 놓고 빈집을 지키게 한 거야."

"그게 무슨 뜻인가요…?"

영문을 몰라 묻자 뮤리가 말했다.

"이 상인은 나쁜 상인이잖아. 원래는 임금님의 적을 지원하던 사람 아냐?"

앗, 하고 나는 숨을 들이켰다. 그랬다. 에이브는 왕위를 노리고 내란도 불사할 것이라 여겨지던 왕위계승권 2위의 클리벤드 왕자를 지원하던 사람이었다.

그렇다면 또 이 혼란에 편승하여 클리벤드 왕자와 함께 무슨 계획을 세우지 못하도록 감시 아래 둘 생각인가 싶었지만, 그렇다고 자기 저택에까지 불러들이는 건 너무 과장된 일 같다. 이래서는 변명할 여지조차 없이 노골적으로 감시를 한다는 뜻이 되는데 에이브가 얌전히 따르는 것도 이해가 되지 않는다.

굳이 이해하려 애써 보자면 에이브가 명령을 따르는 편이 낫겠다고 판단할 만큼, 하이랜드가 어마어마한 의심을 품고 있는 게 아닐까.

왕. 제2왕자. 성 크루자 기사단.

셋을 머릿속에 나열해 보니 답이 나왔다.

"적의 적은 아군?"

"임금님의 적끼리 손을 잡으면 큰일이니까, 누가 봐도 중개인 같아 보이는 사람을 지켜보고 있어야겠지."

성 크루자 기사단이 라우즈변에 온 이유의 가능성 후보로 넣을 수 있겠다.

"정말 억울한 누명이지만 왕족이 진심으로 의심하고 있는 것 같으니 따르는 수밖에 없지."

"나도 수상해 보이는데."

포도의 마지막 한 알을 입에 넣고 우물거리며 뮤리가 말했다.

에이브는 싫은 표정으로 커다랗게 한숨을 내쉬었다.

"예전 소동 때는 그렇게 공들인 계획을 전부 너희가 뒤집어엎었잖아. 다음에 무슨 계획을 세울 땐 너희를 맨 마지막으로 불러야겠어."

딱, 하고 손가락 튕기는 소리가 들렸다.

"그래서, 포도 더 먹을래? 아가씨."

이런 것도 사전회유에 들어가는 걸까. 에이브의 누가 봐도 악당 같은 미소에 뮤리는 매우 기뻐하며 응했다.

원필 왕국이 유지하던 성 크루자 기사단의 단원들은 정식 기사가 서른 명, 견습이 열 명, 그 외 신변을 돌봐 주는 잡일 담당이 스무 명 정도 되었다.

고작 그 정도였나, 하는 느낌에 맥 빠지는 표정을 짓자 기사단 이야기를 해 주고 있던 뮤리가 나를 노려보았다.

　"저기 말이야, 오라버니. 성 크루자 기사단의 기사님들은 작위가 있는 귀족님들이 개최한 마상창 시합에서 최소한 다섯 번은 우승해야 될 수 있는 거야. 그것만으로도 어마어마하게 강한 거라고. 일기당천이란 말이야. 즉, 서른 명 있으면 삼천 명의 병사에 필적한다는 뜻이지!"

　하이랜드의 저택 안 어느 방에서 열변을 토하는 뮤리를 향해 내가 한마디 했다.

　"일기당천으로 서른 명이면 삼만 명이에요."

　"어, 어라?"

　손가락을 꼽아 가며 다시 계산하는 그 모습에 한숨이 나왔다.

　그러자 뮤리는 늑대 귀를 바짝 세우고 갑자기 나를 돌아보았다.

　"그런 건 됐고! 기사님들 보러 가자! 응? 얼른!"

　오늘 아침은 일어나자마자 내내 이 모양이었다.

　말을 타고 온 강행군에 지쳤는지 일어나는 건 늦었지만, 갑자기 이불을 걷어차고 벌떡 일어나더니 입을 열자마자 기사를 보러 가자는 말부터 내뱉는 게 아닌가.

　"안 됩니다."

　"왜!"

"왜냐니…."

나는 성전의 세속어 번역 때문에 들고 있던 깃펜을 내려놓고, 수없이 되풀이했던 설명을 다시 한번 늘어놓았다.

"우리는 성 크루자 기사단에게 가장 미움받는 게 아주 당연한 입장이니까요. 로즈 씨가 중얼거렸던 말을 잊은 건 아니겠지요? 지금도 밖에서 밀명을 받은 사람이 우리를 감시하고 있을지도 모릅니다. 기사단의 목적을 모르는 이상 신중하게 행동해야 해요."

뮤리는 얼굴 모양이 달라질 정도로 뺨을 잔뜩 부풀리고, 겸사겸사 꼬리털도 부풀렸다.

"아무도 없어! 감시하는 사람이라고는 에이브 언니네 부하뿐이야!"

포기를 모르는 뮤리는 에이브에게도 괜찮은지 아닌지 물어보러 갔었지만, 현명한 에이브는 능구렁이처럼 이리저리 빠져나갈 뿐 제대로 대답해 주지 않았다.

"문장 도안이나 정하고 있지 그래요?"

내가 그렇게 말하자 뮤리는 있는 힘껏 고개를 홱 돌렸다. 역시 문장 도안은 고개를 돌린 늑대의 모습으로 해야겠다.

그런 생각을 하며 지내고 있는데 대성당에서 하이랜드 옆에 붙어 있던 호위가 편지를 들고 찾아왔다.

"낮 예배에?"

"네. 정식으로는 낮 예배 중간에 여명의 추기경님께서 와 주십사 합니다."

내 대신 뮤리가 대답하려는 것을 손으로 막고 물었다.

"하지만 저는 기사단의 원망을 받는 입장이 아니던가요?"

"그래서 예배 중간에 부탁드리는 겁니다. 기사들은 모두 아침, 낮, 저녁 예배에 빠지지 않습니다. 그 동안이라면 다른 인원에게 들키지 않고 내밀히 이야기를 나눌 수 있을 겁니다."

그런 건가, 하고 생각하다 문득 묘한 기분이 들었다.

"이야기…를 나누자는 건 하이랜드 님이시죠?"

"아뇨, 윈트셔 분대장님입니다."

윈트셔는 윈필 왕국 출신자들을 통솔한다는 인물이다.

"하이랜드 님 말씀으로는 윈트셔 님이 당신께 지혜를 빌리고 싶어 하신답니다."

이단자라고 힐난을 당할 줄 알았는데, 하이랜드가 그렇게 말하는 걸 보면 그럴 만한 이유가 있을 듯했다.

함께 있던 에이브에게 시선을 돌리니 에이브는 어깨만 으쓱했다.

"무슨 꿍꿍이가 있는지 몰라도 얘기나 한번 해 보지 그래? 나도 호위를 붙여 줄 테지만, 이 녀석을 데려가면 그리 난폭한 일이 벌어지지도 않을 테고."

에이브는 뮤리의 머리를 콕콕 찔렀다.

편지를 가져온 호위는 소녀가 있는 곳에서 고결한 기사들이 난폭한 짓을 저지르지는 않으리라고 받아들인 모양이지만 그것은 물론 아니다. 기사 서른 명이 한꺼번에 덤벼도 뮤리를 이길 수는 없을 것이다.

하지만 하이랜드에게서 받은 편지로 시선을 떨어뜨리니 문득 로즈의 모습이 뇌리를 스쳤다. 기사단이 교황의 명령을 받아 무슨 짓을 꾸미고 있다면 그렇게 비참한 몰골의 사자를 시켜 구원 요청을 보냈으리라고는 도저히 생각할 수가 없다.

그렇다면 기사단은 진정으로 구원을 요청하고 있을지도 모르고, 따라서 내게는 그 손을 잡아 줄 의무가 있다는 생각이 들었다.

"찾아뵙겠습니다."

나는 의자에서 일어나 그렇게 대답했다.

편지에는, 포박은 하지 않겠다고 분대장에게서 서약을 받았다고 쓰여 있었으나 그래도 변장을 하고 가는 편이 낫겠다는 생각에 나는 상인풍의 의복으로 갈아입고 저택을 나섰다.

에이브가 준비해 준 마차를 타면 또 눈에 띄기 때문에 걸어서 갔다.

뮤리는 그토록 동경하던 기사들을 만날 수 있게 되어 발과 땅바닥이 붙을 틈이 없을 정도로 둥실둥실한 발걸음이었다.

라우즈번 거리는 여전히 번화했고 곳곳에서 기사도 이야기를 노래하거나 연기하는 사람들도 보였다. 노점에서는 목검을 팔고, 기사단 문장을 새겨 주는 직인 노점도 생겼다.

대성당 앞 광장에서는 꽃장수의 모습이 눈에 띄었다. 에이브가 말했던, 마을 처녀들이 기사들에게 화관을 씌워 주고 싶어 한다는 말은 비유가 아니라 말 그대로의 의미였던 모양이다.

"뮈리도 하나 사 줄까요?"

혹시나 해서 물어봤더니 뮈리가 나를 노려보았다.

"오라버니, 난 진심으로 기사단을 존경하고 있단 말이야."

경박하게 꽃이나 선물하는 시정 처녀들과 똑같이 취급하지 말라는 모양이었다.

어려운 나이 대의 여자아이이기 때문에 얌전히 고개나 끄덕여 두었다.

그렇게 북새통이 난 노점 사이를 빠져나가 대성당으로 향하니 거기서는 한층 더한 소란이 벌어지고 있었다.

"…어떻게 안으로 들어가야 할까요?"

기사들도 예배에 참가하기 때문에 온 동네 사람들이 다 몰려온 모양이었다. 행렬은 대성당 안까지 빽빽이 이어졌다. 젊은 부사제와 견습 성직자들이 허둥지둥 줄을 정리하고 있었다.

"통용문이 있으니 그쪽으로 가시지요."

하이랜드가 보내 준 호위가 귓속말을 했다. 안내하는 대로 대성당 옆으로 돌아가니 작은 창이 난 철제문이 있었다.

"하이랜드 님의 손님입니다."

호위가 말하자 안에서 열쇠를 따는 소리가 나고 문이 열렸다.

"여기까지 사람들 열기가 느껴지네."

열린 출입구로 들어간 우리는 잠시 계단을 올랐다가, 신랑*주위로 배치된 회랑의 중2층에 해당하는 복도로 나왔다. 복도는 성당 안쪽으로도 벽이 쳐져 있어 누가 걸어가는지 보이지 않는 구조였다. 아마 귀인들이 이용하는 통로인 모양이었다.

같은 간격으로 설치된 작은 격자창을 통해 예배하는 사람들이 빽빽이 들어차 있는 내부의 모습을 엿볼 수가 있었다.

그야말로 인해(人海) 그 자체였다. 그 술렁거리는 분위기와 열기가 겨울의 냉기가 남아 있는 석조 복도까지도 손에 잡힐 듯 흘러 들어왔다.

"아, 기사님이다."

뮤리가 그렇게 말하며 창에 이마를 들이댔다.

예배자들 중 맨 앞에 심홍의 외투를 걸친 집단이 있었다. 모두 키가 크고 어깨가 넓으며 듬직한 체격에, 좋은 의미로든 나쁜 의미로든 주위에서 붕 떠 있는 느낌이었다.

※신랑(身廊) : 성당 건물의 중심부이자 성당 내에서 가장 넓은 공간. 보통 예배자를 위한 긴 의자가 설치되어 있다.

모두가 머리에 화관을 쓰거나 외투에 꽃을 꿰매 달고 있었다.

지금은 하나같이 자기들에게 말을 거는 아이들을 상대하느라 바쁘지만 평화로운 모습이었다.

"엄청난 인기랍니다."

앞서 가던 젊은 부사제가 그렇게 가르쳐 주었다.

"왕국의 황금 양 기사단을 만날 일도 거의 없지만 그래도 가끔은 배 모는 연습을 하느라 배가 라우즈번에 기항하는 일이 있죠. 그럴 때도 엄청난 소란이 벌어지곤 합니다만, 성 크루자 기사단쯤 되면 누구나가 이야기로밖에 들어 본 적이 없는 존재니 말이죠."

기사라는 존재의 소위 정점에 선 사람들. 심지어 왕국을 대표하여 바다를 건너가서 하루하루 훈련에 매진하며 신을 모시는 이들이라고 인식되어 있다.

그 이면을 엿본 입장으로서는 저 화려한 모습조차 다소 잔혹해 보였다.

"이쪽입니다."

부사제는 내 속을 아는지 모르는지 어디까지나 길안내에만 전념하여 우리를 사람들 눈에 띄지 않도록 대성당 집무실로 인도했다.

하늘에서 내려다보면 세로로 길게 지어져 있는 대성당은 정문 입구에서 반 정도까지가 일반인들이 들어갈 수 있는 공간이고, 제단도 대성당 중심부 가까운 곳에 있다. 그보다 더 깊이 들어가면 성직자들이 일하는 장소가 나오고 거액 기부를 하는 귀족들 전용의 예배당이나 귀빈을 위해 마련된 방 등이 있다.

안으로 들어가니 소란스러웠던 신랑의 소리가 차단되고 갑자기 조용해지는 바람에 이상한 기분이 들었다.

그중 어느 방 한 칸에서 호위들과 함께 기다리고 있자니 문밖에서 발소리가 들리고 하이랜드가 나타났다.

"모처럼 편하게 지내러 갔는데 불러들여서 미안하군."

"그럴 리가요. 그보다 제 지혜를 빌리고 싶다니… 그 말씀이 사실입니까?"

적으로 간주하고 잡으러 왔다면 모를까.

그렇게 생각하고 있는데 하이랜드가 말했다.

"나도 속고 있는 것일지도 모르겠지만, 만일 그게 아니었을 경우 후회할 것 같다는 생각이 들었다."

그리고 말을 이었다.

"윈트셔 분대장은 도움을 요청하고 있어. 부대의 존속을 위해."

나도 같은 기분이었기에, 좋은 분을 모시고 있다는 생각이 새삼 들었다.

제 4 막

대성당 종이 울리고 낮 예배가 시작되었다. 석벽에 난 창을 통해 낮의 따스한 햇살과 종소리가 함께 들어오니, 그것만으로도 평화로운 하루를 보내고 있다고 할 수 있으리라.

그런 가운데 대성당의 귀족용 예배당에 모여든 인원은 열 명이 채 되지 않았고, 그중에 약식 갑주를 걸친 노기사가 한 명 있었다.

"처음 만나는군. 성 크루자 기사단의 윈필 분대를 이끄는 클로드 윈트셔 분대장이오."

"하이랜드 님의 명을 받들어 여행을 하는 토트 콜이라고 합니다."

정식으로 녹을 받는 입장은 아니다 보니 '모시고 있다'고 할 수는 없었다.

게다가 기사단이 나를 적대시할 경우 하이랜드에게 끼칠 누를 조금이라도 줄이고 싶었다.

"소문으로는 들었지만 꽤나 젊군."

온화한 미소로 미루어 보아 적의는 없는 것 같다고 생각하고 있는데, 뒤에서 우물쭈물하는 기색이 느껴졌다.

"윈트셔 경, 잠시 괜찮겠습니까?"

보다 못한 하이랜드가 말했다.

"이쪽은 여기 콜 경의 여동생으로, 기사를 동경하고 있었다더군요. 지금까지의 여행에서 적잖은 공헌을 한 재능 있는 아가씨

이기에 이 자리에 동석시켰습니다."

뮤리가 눈을 커다랗게 뜨고 하이랜드를 쳐다본 뒤, 이어서 윈트셔를 보았다.

"호오, 그것 참 영광이로군요."

노기사는 그렇게 말한 뒤 과장스럽게 외투를 손으로 젖히고서, 한쪽 무릎을 꿇고 뮤리의 손을 잡았다.

"성 크루자 기사단 정기사, 클로드 윈트셔라 합니다."

"앗… 와…아…."

얼굴이 새빨개진 뮤리가 금방이라도 귀와 꼬리가 튀어나올 듯한 얼굴로 나를 쳐다보았다.

"불초 소생의 여동생, 뮤리라고 합니다."

"호오, 이름까지 아름답군요."

노기사가 미소를 짓자 뮤리는 넋이 나간 듯 고개만 끄덕였다.

기사에게 화관을 씌워 주는 짓 같은 건 안 하겠다고 우겼지만 어쩌면 기가 죽어서 못 할 뿐인지도 모르겠다는 생각이 들었다.

"고맙습니다, 윈트셔 경."

하이랜드가 말하자 윈트셔는 다시 한번 뮤리에게 미소를 지은 뒤 일어섰다.

뮤리는 잡혔던 오른손을 소중히 가슴께에 대고, 보물을 어딘가에 숨기듯 내 뒤로 몸을 바짝 붙였다.

"일단 내 요청에 응해 모여 주어서 다들 고맙소."

윈트셔가 감사 인사를 했다.

"우리가 삿된 꾀를 부려 귀하들에게 위해를 끼치리라 의심할 수도 있다고 생각하오."

실제로 이 자리에는 하이랜드의 호위가 총 세 명, 에이브가 보낸 호위가 두 명 있었다. 복도 밖에서도 우리를 브론델 수도원으로 데려갔던 그 호위가 급습을 경계하며 지키고 있다.

그에 비해 윈트셔는 혼자였다.

"정확한 상황을 말하자면 내 부하들 중 귀하들을 좋지 않게 여기는 자가 적지 않소. 그래서 그놈들과 떼어놓을 수 있는 유일한 시간인 예배 시간을 이용하게 되었소."

로즈 건으로 그 점은 이해했다.

"저희는 교회를 파멸시키려는 것도 아니고 이단신앙을 퍼뜨릴 생각도 없습니다. 그것만 이해해 주시면 됩니다."

새삼스럽지만 말하지 않고는 견딜 수가 없었다.

윈트셔는 깊이 고개를 끄덕였다.

"교회와 돈 문제는 오래전부터 존재했던 두통의 씨앗이지. 이교도를 섬멸하고 올바른 신앙을 세상에 알리기 위해서는 군자금이 필요하오. 신앙과 기도만으로 해결할 수 없는 게 현실이고, 우리는 그 점에 있어서 한 점 부끄러움도 없지만 그 돈 때문에 탐욕과 색욕에 빠지고 만 성직자가 생겨난다는 것은 변명의 여지가 없소."

그 힘찬 말투만으로도 마귀를 쫓을 수 있을 정도의 박력이 있었다.

"왕국의 활동에는 일정 정도의 이해를 표하오."

의례적인 인사일지 어떨지. 하이랜드는 일단 눈인사를 건네고 그 말을 받아들였다.

"하지만 그렇게 생각하지 않는 세력도 있지. 왕국을 악으로 규정하고, 이단신앙의 근거지로 보는 자들이오. 그리고 우리는 왕국 출신이며, 황금의 양 문장의 배웅을 받으면서 크루자 섬으로 떠난 몸이지. 그 때문에 우리 또한 진정한 신앙을 잃었을 것이라는 의심을 샀소."

그 커다란 조류를 만드는 데 일조한 장본인이 여기 둘이나 있지만 윈트셔는 그 점은 언급하지 않았다.

"우리의 신앙에는 흔들림이 없소. 신께서도 그 사실은 아실 터. 하지만 기도만으로 어찌할 수 없는 현실이 바로 여기에 있소이다. 우리는 이대로라면 부대를 유지할 수도 없겠지."

윈트셔는 절실하게 말했지만 하이랜드는 씁쓸하게 대답했다.

"기부금 재개는 왕께 타진해 보았소. 하지만⋯ 기사단으로서의 당신들에게 기부를 이어 가는 것은 아주 힘든 일이라 예상할 수 있지."

윈트셔는 고개를 끄덕였다.

"왕국의 사정도 이해하오. 만일 전쟁이 벌어질 경우 우리는 맨 앞에 서겠지. 왕국의 기부금으로 구입한 무기와 방패를 들고서 왕국의 병사와 싸우게 될 것이오. 거기에는 옛 친구와 형제, 또는 아비의 모습마저도 있을 터. 설령 참전은 피한다 해도⋯ 그렇게 되면 그때 역시 우리는 커다란 결단을 강요받게 될 테니 우리의 입장은 여전히 애매할 것이오."

어디까지나 교황의 심복으로서 왕국과 싸워야 할까, 아니면 왕국 국민으로서, 또는 왕국의 기부에 의해 유지되는 몸으로서 주군에게는 칼을 겨눌 수 없는 걸까.

물론 신의 가르침에 따라 어느 쪽에도 가담하지 않는다는 선택지가 있을지도 모르지만 어쨌든 윈트셔가 이끄는 기사단은 괴로운 입장일 수밖에 없다.

이 사람들은 대체 누구 편이야? 하고 전방위에서 백안시당할 테니.

"그렇다면⋯."

내 발언에 전원의 시선이 모였다.

"제가 할 수 있는 일은 무엇일까요?"

기사단에 부족한 것은 단적으로 말해 돈이다.

내게는 가장 인연이 먼 존재이며, 그렇다면 차라리 에이브를 불렀어야 하는 게 아닐까 하는 생각마저 들었다.

"실례했군. 이야기가 너무 멀리 돌아왔소. 기사 노릇을 하다 보면 쓸데없이 말이 길어진다니까."

원트셔는 그렇게 말한 뒤 헛기침을 했다.

"여명의 추기경. 귀하에게는 커다란 영향력이 있지. 우리가 존속할 수 있도록 그 영향력을 빌려줄 수 없겠소?"

"영향력? 아뇨, 설령 제게 어느 정도의 영향력이 있다 해도… 저어, 말씀드리기 어려운 일이지만… 그것이 오히려 여러분께 방해가 되지 않을까요?"

왕국은 교회에 대항하기 위해, 노골적인 상징으로서 일부러 여명의 추기경이라는 이름을 추앙하고 있다.

그것은 다시 말해 성 크루자 기사단 입장에서는 적이라는 이야기다.

"원래는 그럴지도 모르지. 하지만 지금 우리는 굳이 말하자면 이쪽저쪽 진영에서 버림받고 아무 쓸모도 없는 존재가 되어 버렸소."

그 말투에서 비굴함은 느껴지지 않았지만, 너무나 딱 잘라 말하다 보니 오히려 듣는 사람의 가슴이 아파지는 느낌이었다.

원트셔는 그런 나를 보고 다정한 미소를 지었다.

"그런데 이때, 그 여명의 추기경님께서 갑자기 우리를 몹시 칭찬한다면 어떻게 되겠소. 예컨대… 그렇지, 적이지만 너무나 장하고 훌륭하다거나."

겉모습만 보면 그야말로 명랑하게 이야기를 늘어놓는, 신앙심에 찬 청렴한 기사나 다름없다. 하지만 그런 원트셔가 무슨 말을 하고 싶은 건지 알아차린 순간 내 마음의 일부가 점점 굳어 가기 시작했다.

"교황님은 귀하들의 존재 때문에 골머리를 썩이고 있지. 왜냐하면 교회 측에는 신앙으로 고명한 아무개가 나타났다! 하는 이야기가 없으니 말이오. 그때 귀하가 대등한, 일종의 호적수로서 우리를 인정하는 거요. 그러면 교황님이나 추기경 등 높은 사람들은 어떻게 생각할까?"

굳어진 마음에 억지로 공기를 불어넣듯 숨을 들이마셨다.

"…적과. 대등하게 맞설 수 있는 존재."

"그렇지. 신께서 내려 주신 전투의 사명을 받은 우리에게 이 이상 더 큰 존재의의는 없을 것이오."

어느 쪽 편인지 알 수 없고, 양쪽 진영에서 모두 적대시되는 기사들.

그랬던 기사들이 여명의 추기경에 대항하는 존재로서, 또는 교회에서 멀어지려 하는 민심을 붙잡아 두는 존재로서 이용가치를 얻게 된다. 그 이용가치만큼 윈트셔가 이끄는 분대는 기사로서 살아가며 얻을 것이 생긴다.

윈트셔는 그런 이야기를 하고 있는 것이다.

하루하루 기도하고, 검을 휘두르고, 훈련에 밤을 지새우며 전쟁이 벌어지면 선두에 서서 목숨을 거는 그들이 요컨대 적에게 칭찬받음으로써 그 존재를 유지하려 한다. 적과 싸우는 게 아니라, 아첨함으로써.

윈트셔 스스로도 기사 취급조차 받지 못할 만큼 형편없는 소리를 늘어놓고 있다는 자각은 있을 터였다. 그것은 마치 가면 같은, 저 지나치게 밝은 미소를 보면 명백하다.

하지만 윈트셔는 부하들을 통솔하고 부대 존속을 위해 노력할 의무가 있다. 설령 상대가 정체조차 모를 애송이라 해도, 그야말로 자신들을 고난으로 몰아넣은 장본인이라 해도 망설이지 않는다.

목적을 위해서라면 그 어떤 굴욕조차 견뎌 낼 수 있는 노련한 기사.

그의 앞에 무릎을 꿇고 싶어지는 마음을 나는 겨우 참는 수밖에 없었다.

"물론 교황님의 검으로서 귀하를 이 자리에서 베어 버리는 선택지도 있을 터. 하지만 그것은 왕국과의 전쟁을 의미하고, 이 대성당에서 주워들은 귀하의 평판으로 미루어 볼 때 옳은 길이라고 생각할 수는 없었소."

어디까지가 입에 발린 말인지는 모르겠지만 고국인 이 왕국에서 싸우고 싶지 않다는 마음은 진심일 터였다.

"무슨 말씀이신지… 이해한 것, 같습니다. 제게 원하시는 역할도."

윈트셔는 고개를 끄덕이고 어디까지나 우호적으로 말했다.

216

"귀하의 입장에서 보면 의도적으로 적에게 힘을 실어 달라는 요청을 받은 셈이겠지. 이상한 이야기라고 생각될 것이오. 하지만 이해해 주길 바라오."

태어날 때부터 늘 기사였던 듯한 남자가 나를 바라보았다.

"우리 성 크루자 기사단 원필 분대는 기사단 서사시에 나오는 수많은 전투에서 화려하게 활약했소. 그 영예로운 분대의 역사를 부디 여기서 끝나지 않게 해 주오."

윈트셔가 그렇게 말함과 거의 동시에 대성당의 커다란 종소리가 울려 퍼졌다.

윈트셔는 종소리 때문에 방해받은 자신의 말을 굳이 두 번 되풀이하지 않고, 종이 울리는 내내 계속 나를 응시했다.

지금 바야흐로 그 여로가 끝나려 하는 자들.

다시 한번 앞으로 나아갈 수만 있다면 적에게 매달려 애원할 수도 있으리라.

"대답을 기다리고 있겠소."

그 한마디를 남긴 후 윈트셔는 하이랜드에게 만나 주어서 감사하다고 말한 뒤 빠른 걸음으로 방을 나갔다.

예배가 끝나고 다른 기사들이 돌아온다. 이 굴욕적인 요청을 알면 그들은 검을 뽑을지도 모른다.

아무도 움직이지 않는 가운데 나는 하이랜드에게 시선을 돌렸다.

마음 착한 왕족은 안이한 미소 한 번 짓지 않고 내 어깨에 손을 얹었다.

"이 계획은 왕께 말씀드려야 한다고 나는 생각한다."

의외의 발언에 고개를 들자, 하이랜드는 내 어깨에서 손을 떼고 벽에 걸려 있는 교회의 문장을 바라보았다.

"성 크루자 기사단의 기사들은 현재 풍전등화의 처지에 놓여서 자신감을 잃어버렸어. 그 기사들에게 다시 희망을 불어넣기 위해 윈트셔는 왕국으로 돌아왔지. 여기라면 자신들을 축복해 줄 사람들이 있으니까."

에이브도 같은 견해였다.

하지만 하이랜드는 결코 에이브의 말처럼 솔직하기만 한 인간이 아니었다.

하이랜드는 또 다른 측면에서 기사들을 둘러싼 진실을 바라보고 있었다.

"하지만 이것은 어떤 의미에선 이들의 시위행위라 볼 수도 있어. 자신들은 민중에게 이만큼이나 인기가 있다고 보여 주는 것이다."

대체 누구에게, 하고 물을 필요도 없었다.

왕이다.

"기사단 분대를 해산시키면 그 소식은 왕국 내에 구석구석 전해져 커다란 반향을 일으키겠지. 왕의 판단에 의문을 품는 자들도 많아질 테고. 단, 정말로 골치 아픈 것은 그런 일시적인 영향이 아니다."

하이랜드의 눈은 더욱 커다란 것을 바라보고 있었다.

"예컨대 앞으로 대규모 이단소동이나 이교도와의 싸움이 벌어질 수도 있겠지. 그때 분대가 없으면 왕국만이 성 크루자 기사단의 기사들을 파견하지 못하여 신앙 싸움에서 홀로 뒤처지게 돼. 세계의 역사에서 이름이 지워지겠지. 지금 이 분기점은 왕가의 미래를 좌우할 수도 있다."

교회와 싸워도 교회 그 자체를 왕국에서 지워 버릴 수는 없듯이, 완전히 관계를 끊어 버릴 수 없을 뿐더러 그것이 꼭 옳은 일이라고 할 수도 없다.

이교도와의 전쟁이 다시 불타올랐을 때 미래의 왕이 이런 말을 듣는 모습을 상상해 보라.

'너희는 그때 기사단을 해산시켰던 불신자들이 아니냐.'

"애당초 기사단 기부 정지도 대귀족들에게 교회와 전쟁하겠다는 각오를 보여 주기 위해 분쟁 초기에 실시했던 일이지. 왕의 본심으로는 그렇게 길게 끌 생각은 아니었는지도 모른다. 물론… 이 분쟁 자체도."

왕국과 교회가 서로 눈싸움만 벌인 지 삼 년이 지났다.

초기 구상으로는 일찌감치 끝낼 작정이었는지도 모른다.

"성 크루자 기사단 내에 윈필 왕국의 영향력을 남기기 위해서라면 왕께서는 이 제안을 틀림없이 채용하시겠지. 문제는….”

하이랜드가 나를 바라보았다.

“그대에게 거짓말을 하게 만든다는 점이다.”

“그건….”

나는 대꾸하려 했지만 말을 이을 수가 없었다. 거짓말까지는 아니라 해도 기만의 냄새를 지울 수 없는 것은 사실이었기에.

하지만 내가 윈트셔의 제안을 받아들이면 기사단은 민중의 인기를 등에 업고, 원하는 대로 교황에게 자신들의 존재의의를 내보일지도 모른다.

게다가 이 안건에서 진정 거짓말을 하는 자는 내가 아니다.

다름 아닌 윈트셔 본인이다.

“하이랜드 님의 의견을 여쭙고 싶은 점이 하나 있습니다.”

“무엇이지?”

하이랜드는 왕족이며, 나와는 하늘과 땅만큼의 신분 차이가 있다.

가라면 가는 수밖에 없고, 산을 움직이라고 해도 최소한 시도는 해 봐야 한다.

하지만 하이랜드는 나와 같은 시선으로 이야기해 주고 있었다.

그런 하이랜드에게 물었다.

“윈트셔 님은 이 계획이 잘 풀린 후에도 계속 기사로 계실까요?"

전혀 그럴 것 같다는 느낌이 들지 않았다.

하이랜드는 입을 꾹 다물었다.

그것이 대답이리라.

석벽에 난 창을 통해 대성당의 종소리가 또다시 들려왔다.

누군가를 희생시켜 전체를 앞으로 나아가게 한다.

전사로서는 그것이 당연할지 몰라도, 나는 확신을 가질 수가
없다.

"시간을 조금 주십시오."

하이랜드는 말없이 고개만 끄덕였다.

윈트셔는 기사로서 말도 안 되는 요청까지 해 가면서 부대를
구하려 한다.

만일 그 제안이 진행되었을 경우, 많은 기사들은 위화감을 느
끼면서도 상명하복의 조직이기 때문에 윈트셔의 결단을 엄숙히
따르리라. 심지어 그 덕분에 부대를 구할 수 있다면 대부분은
의문을 꿀꺽 삼켜 버리지 않을까.

하지만 거기서 기만을 느끼지 않을 리가 없다. 분명 진실은
소문이라는 형태로 퍼져 나갈 것이다. 이 상황이 너무나도 부
자연스럽다는 건 조금만 냉정하게 생각해 보면 금세 알 수 있기

때문이다.

그래도 대다수의 민중은 그렇게 자세한 부분까지는 신경 쓰지 않을 테고, 이 제안은 왕국에나 교황에게나 이익이 될 수 있다는 점이 중요하다. 양쪽 모두에게 이익이 있다면 아마도 잘 풀릴 것이다.

그렇게 생각하다 보니 부대 안에서 생겨난 균열이 어떻게 될지도 쉽게 상상이 갔다.

그 노기사가 혼자 모든 것을 다 감당하리라.

"도와주면 안 돼?"

대성당에서 돌아오는 길, 터벅터벅 걷던 뮤리가 말했다.

윈트셔에게서 숙녀 대접을 받고 얼굴이 새빨개지던 뮤리.

동경하던 기사를 눈앞에서 보았고, 동시에 그 현실도 보았다. 신앙을 품고 검을 휘두르는 고결한 기사들은 사실 세간의 적나라한 사정에 휘둘리며 거기에 필사적으로 매달리려 하는 존재에 불과했다.

찬란하게 빛나는 고상한 자태는 전부 허술하게 만든 소품이었고, 세상의 싸늘한 비에 젖어 다 쪼그라들어 버린 종이 갑주였다.

"도와주면 안 되냐니, 어느 쪽을 말인가요?"

윈트셔를? 아니면 부대를?

내 손을 잡고 있던 뮤리의 손에 힘이 들어갔다.

"둘 다."

어린애이기에 용서될 수 있는, 이기적인 희망.

하지만 사실은 모두가 다 바라는 결과이리라.

그것이 불가능한 이유를 나열하는 건 너무나 쉽고, 지금은 아직 그렇게 절박한 상황도 아니다.

하스킨즈는 성큼성큼 큰 걸음으로 걸어가라고 했다. 발밑은 옆에 있는 사람이 봐 줄 테니까.

"가능한 한 생각해 봅시다."

더 부정적인 답변을 예상했던 모양이었다.

뮤리는 고개를 들고 살짝 놀란 표정으로 눈을 깜박였다.

"그 사람들은 나쁜 짓이라고는 무엇 하나 하지 않았습니다. 그렇다면 신께서 반드시 길을 터 주실 겁니다."

무엇보다 이대로 윈트셔가 모든 책임을 짊어지는 형태로 기만에 의지하여 기사단을 존속시키는 일이 정의라고는 도저히 생각할 수가 없다.

뮤리와의 문장 이야기 때도 나왔던 말.

누군가에게 소중한 무언가를 만든다면 거짓과 기만을 그 속에 넣어서는 안 된다는 말.

자신이 무엇인지를 나타내는 것이라면 더더욱.

성 크루자 기사단이라는 이름은 로즈나 윈트셔를 비롯한 기사들의 인생을 만드는 형태였다.

"기사 여러분을 돕자고요."

뮤리는 눈을 반짝이며 큰 소리로 맞장구를 쳤다.

기사들에게 부족한 것은 존재의의도 있지만 단적으로 말해 돈이다. 이곳 라우즈번에 찾아온 것도 대성당이 문을 열어, 당면한 의식주를 포함해 자신들을 받아 주리라는 계산을 했기 때문이리라.

당분간의 활동비용을 확보했으니 내 영향력을 빌리는 방법 외에도 부대를 구할 길을 찾을 수 있을지도 모른다.

그렇다면 제일 먼저 상의해야 할 사람이 있다.

"그놈들을 도와줘 봐야 아무 이득도 없는데?"

하이랜드의 빈 저택을 지키고 있던 에이브는 자기 할 일을 하면서 쌀쌀맞게 말했다.

브론델 수도원의 양털 구매를 일레니아에게 제안하는 편지를 쓰고 있던 모양이었다.

왜 이렇게 질 좋은 양털을 지금까지 사러 가지 않았느냐고 힐문하는 문장이 흘끔 보였다. 일레니아가 하스킨즈와 사이가 좋지 않기 때문에 그곳 양털을 사지 않았을 거라고 생각하니 왠지 내가 조금 잘못한 기분이 든다.

"너희가 다녀온 브론델 수도원도 예전에 역경에 처한 적이 있지 않았나? 그때는 상인들이 선한 사람으로 가장하고, 원조해 주는 척하며 자산을 사들이러 갔을 텐데."

"맞습니다."

"그것은 놈들에게 팔아야 할 재산이 있고, 또 쥐고 있는 권력이 달콤했기 때문이었지. 하지만 기사 놈들에겐 그런 게 없어. 놈들을 도구로 삼을 이용가치가 없단 말이야."

심장을 저울에 올리고 그 무게를 금화로 다는 냉혈한 상인의 말에는 추호의 자비도 없었다.

"독지가가 모여들면 기부금도 모이겠지. 황금만능주의 상인들은 신앙도 돈으로 살 수 있다고 생각하니까. 하지만 그 경우엔 네게 도움을 청하는 것과 똑같은 문제가 발생해."

"어떤 구실을 댈 것인가, 말인가요?"

"구실도 그렇지만 놈들이 필요로 하는 게 단순히 살아가기 위한 돈인가 하면, 그건 또 아니잖아?"

가난이란 신앙이 없는 상태를 의미한다고 로즈는 말했다.

왕국은 돌봐 주지 않고, 교황은 신용해 주지 않는다. 그래서 부대를 유지할 수 없으니 돈을 달라고 유세를 하며 돌아다닌다. 자금이 모여 그것으로 빵을 사고, 검을 갈고닦는다.

하지만 그게 대체 무슨 의미가 있단 말인가.

"그 녀석들은 도구라고 했잖아. 아무도 필요로 하지 않는 도구이니 문제없어. 그 점에서 윈트셔는 똑똑하군. 자신들이 누구인지에 대한 일말의 희망도 품고 있지 않아. 도구로서 자신들의 가치를 올리는 데에만 온 힘을 쏟고 있잖아. 네게 도움을 청하는 그 자세는 아름다울 정도야."

에이브의 차가운 말투에 뮤리는 물어뜯기라도 할 듯 노려보았으나 에이브를 책망한다 한들 상황은 달라질 게 없다.

"하지만 윈트셔의 말이 사실이라면…."

편지를 다 쓴 에이브가 잉크를 말리기 위해 모래를 뿌린 뒤, 우산을 든 처자에게서 다음 편지를 받아 들었다.

"고삐 풀린 사냥개가 어슬렁거리고 있다는 뜻인데, 그쪽이 문제로군."

에이브는 교황이 꾀를 부려 윈트셔가 이끄는 기사단을 이용하고 있을 사태를 상정하고 있었다.

그것 역시 귀찮은 일이겠지만 그렇지 않을 경우 또한 문제였다.

"클리벤드 왕자 말씀이신가요?"

"나를 여기에 끌어다 놓고 간 하이랜드는 꽤나 판단력이 좋은 인간이야. 도구를 사고파는 건 상인의 본능이지."

"그러지 좀 마세요."

일부러 하는 소리 같았지만 내가 못을 박자 에이브는 더욱 고의적인 미소를 지었다.

"개라는 건 보통 주인이 있어야 하는 법."

"네?"

"지금은 아직 녀석들도 동네 사람들의 칭송을 받는 일로 머릿속이 꽉 차 있을 거야. 차갑게 굳어 있던 가슴속에 칭찬이라는 이름의 뜨거운 포도주가 부어지고 있지. 하지만 그런 고양감도 영원히 지속되지는 않아. 진수성찬 세례로 즐거운 것도 며칠뿐이야. 반드시 질리게 되고, 마음이 식을 거야. 그때 비로소 현실에 새삼 눈을 뜨겠지. 지금까지 모시던 주인에게서 버림받고 더는 검을 휘두를 이유가 어디에도 없다는 걸. 허무함을 얕보면 안 돼. 바닥이 보이지 않는 깊디깊은 구멍이라고."

깃펜 끝이 나를 가리킨 뒤, 뮤리를 향했다.

"만일 네가 마차에 치여 허망하게 죽기라도 하면 이 늑대는 어떻게 될까?"

나는 움찔해서 뮤리를 쳐다보았다.

어떻게 하겠느냐는 질문을 들으니 내 눈앞에는 눈보라가 치던 밤 얼음바다에 떨어졌을 때의 기억이 떠올랐다.

뮤리는 그 죽음의 바다에 거침없이 뛰어들어 나를 쫓아왔다.

"살아갈 이유를 잃었다는 사실을 깨달은 기사들이 대체 무슨 짓을 저지를지, 그런 것까지 상상하고 싶진 않군. 무용한 혼란은 장사에 방해만 되니까."

자포자기한 기사들은 하나같이 일기당천이라 불리는 호걸들이다.

심지어 민중들에게 인기까지 좋으니 군자금을 제공하는 자들도 생겨나리라.

비극 이야기에서 자주 등장하는 '반란군'의 완성인 셈이다.

"그래서 나는 차라리 제2왕자 녀석한테 계획적으로 팔아넘기는 게 어떨까 생각했지."

그런 일이 허용되어서는 안 된다고 내가 말하려던 찰나, 뮤리가 끼어들었다.

"그 얘기, 나는 조금 의심스러워."

뮤리의 말에 에이브는 다음 이야기를 재촉하듯 턱짓을 했다.

"그 두 번째 왕자님은, 말하자면 왕가의 배신자잖아?"

"뭐, 왕위 찬탈을 노린다는 의미에서는 그렇지."

"고결한 기사님이 그리 쉽게 왕자님 편을 들까? 주군 살해는 대역죄야. 그런 이야기에서 정의가 승리하는 건 임금님이 아주 포악한 폭군이었을 때뿐이라고."

뮤리의 지식은 전쟁 서사시에 한정되어 있지만 그 속에도 많은 진실이 담겨 있다.

"착안점이 좋군. 포도를 주마."

에이브는 사막의 언어로 우산을 든 처자에게 지시를 내렸다. 처자는 고개를 끄덕이고 뮤리를 향해 미소를 지은 뒤 방을 나갔다.

"자연스럽게 야합하진 않을 거야. 그러니 설득이 필요해."

"야합할 가능성이 있다는 뜻이야?"

"열쇠와 자물쇠를 상자 속에 넣고 그냥 떨그럭떨그럭 흔든다고 자물쇠가 열리지는 않겠지만, 방향을 맞춰 놓으면 꼭 안 열릴 거라고 할 수도 없지."

우산을 든 처자가 녹색 포도를 접시에 산더미처럼 담아 가져왔다.

에이브가 그것을 받아 들고 말했다.

"나는 다음 음모에 너희를 부르겠다고 말했다. 너희는 어떻게 할래?"

포도를 받을 수 있을 줄 알고 손을 뻗던 뮤리가 동작을 멈췄다.

에이브는 어디까지나 상인이었다.

"뮤리."

이름을 부르자 뮤리는 일부러 그러는 것처럼 늑대 귀와 꼬리를 내놓고 신경질적으로 파닥파닥 흔들었다. 그리고 손을 쭉 뻗어, 포도송이에서 움켜쥘 수 있는 만큼의 포도 알을 쥐어뜯었다.

"일단, 여기까지 얘기를 들은 만큼만 받아 갈게."

뮤리는 뾰족한 송곳니를 내보이며 입을 크게 벌리고 포도 알을 우적우적 씹었다.

"내 밑에서 일을 시키고 싶을 정도야."

에이브는 즐거운 얼굴로 웃었다.

"너희가 찬성하지 않는다면 내가 먼저 움직이지는 않겠어. 또 상황이 뒤집힐 경우 귀찮아지니까."

에이브는 어둠 속의 싸움이 특기다. 하이랜드의 눈에 띄어 밝은 불빛 아래로 끌려나온 이상 경솔하게 움직이는 건 손해라고 생각하는 모양이었다.

"하지만 취할 수 있는 선택지가 그리 많진 않을걸."

사람 목숨보다 무거운 금화를 매일같이 다루는 상인은 그렇게 말하며 깃펜을 휘둘렀다.

일에 방해된다는 모양이었다.

뮤리는 마지막으로 포도송이에서 포도 알을 한 줌 더 쥐어뜯은 뒤 방을 뒤로했다.

우리 방으로 돌아오자 뮤리는 침대에 엎드려 문장 도안을 그리고, 나는 책상에 앉아 나무창 밖을 멍하니 바라보았다.

브론델 수도원에 가 있는 동안 식당에 맡겨 두었던 강아지는 오랜만에 뮤리를 보고 무척 반가워했지만 당사자인 뮤리의 반응은 쌀쌀맞았다.

문장 도안도 성의 없이 흐느적흐느적 그리고 있다.

"에이브 씨는 뭔가 알고 있다는 말이네요."

자물쇠와 열쇠의 비유.

그 둘이 철컥 들어맞게 만들 핑계거리를 에이브는 알고 있다.

"정의의 기사는 악이랑 손잡지 않아."

뮤리를 돌아보니 밀랍 바른 나무판에 비뚤배뚤한 기사 그림이 그려져 있었다.

"설득이 필요하다고는 했죠."

뮤리는 싫은 듯 코를 킁킁거리며, 자신의 은빛 꼬리를 가지고 장난을 치는 강아지를 발뒤꿈치로 콕콕 찔렀다.

"그나저나 기사 여러분이 이 칭찬 세례에 허무함을 느낀 후의 일을 용케 상상했네요. 감탄이 나오더군요."

그것이 한 수 너머를 읽는다는 일이겠지만, 무엇보다 에이브에게서 느껴지는 것은 그 차가운 시야였다. 먼지는 먼지로, 재는 재로. 그 말이 그토록 잘 어울리는 사람은 없다.

"오라버니는…."

뮤리가 말했다. 엎드린 채 나무펜을 옆에 내려놓고, 가슴 사이에 끼고 있던 베개를 양팔로 꼬옥 안고 있는 자세였다.

"나쁜 왕자랑 손을 잡아도 기사들이 행복할 거라고 생각해?"

바로 대답하기는 망설여졌지만, 잔머리를 굴려 대답한들 뮤리는 결국 실망할 뿐이리라.

"대의(大義)를 얼마나 믿느냐에 따라 다르겠지요."

기사단은 도구라고 에이브는 말했다.

"사실은 교황님이 뒤에서 이끄는 상황에서, 제2왕자를 끌어

들여 어두컴컴한 밀실에서 손을 잡는다. 그런 상황이라면 윈트서 님은 오히려 마음이 편할지도 모르겠네요. 어떤 의미에서는 그게 기사로서의 숙원일 수도 있겠습니다."

교회와 맞서는 왕국을 공격하기 위해서라면 무슨 짓이든 다할 수 있다. 그 정도 변명은 할 수 있었겠지. 아무튼 그들은 기사다. 주군이 명하면 기꺼이 진흙탕 속도 기어갈 것이다.

하지만 교황이 뒤를 봐주지도 않는데 자신들의 존속만을 위해 제2왕자와 손을 잡아야 한다면 의미가 크게 달라진다.

하는 일은 완전히 똑같아도 거기에 담겨 있는 독의 성질이 달라져 위선자를 괴롭게 만든다.

명분과 실리.

두 가지가 다 따르지 않으면 사람은 괴롭기 마련이다.

"따라서 에이브 씨는 대의를 마련할 수 있다고 생각한다는 뜻이 되죠."

"상상이 안 돼. 도대체 임금님이 뭐가 나쁘다는 건지 모르겠어."

토라진 듯 내뱉는 뮤리의 말은 옳았다.

왕은 물론 완벽하진 않지만 단두대에 내걸라며 사람들이 분노를 내뿜을 만큼 실정을 하진 않았다. 교회와의 싸움도 불공정한 징세를 철폐하겠다는 목적이 있고, 사람들로부터 어느 정도의 지지도 받고 있다. 겨우 그것만으로 기사들이 의분에 휩싸여

정의를 믿으며 제2왕자의 편에 서는 광경은 전혀 상상이 되지 않는다.

의자에 앉아 한숨을 내쉬다 문득 떠오른 점이 있었다.

"그렇다면 제2왕자 편에 서는 사람들은 무엇을 믿고 있을까요?"

"으엥?"

엎드린 자세에서 몸을 돌려 벌렁 드러누워서, 질리지도 않고 강아지의 두 앞발을 붙잡고 들어 올리는 장난을 치던 뮤리가 내 쪽을 쳐다보았다.

"그건 그 나쁜 여우랑 똑같지 않을까?"

"왕위 찬탈이 성공했을 때의 막대한 보수?"

에이브는 특권 등 상업적인 이득을 보수로 약속받고 제2왕자를 지원할 터였다.

"그리고 단순히 임금님을 싫어하는 귀족들을 자기편으로 끌어들였다거나."

"그래서 이참에 힘을 빌려준다… 뭐, 그런 말이군요."

그건 너무 안일한 발상 같다. 제2왕자조차 언제 반란죄로 처형당할지 모르는 위험한 다리를 건너고 있는 상황인데 귀족이라면 그 위험도가 더욱 높아지지 않을까. 지금은 아직 왕위 찬탈 이야기가 소문의 영역을 넘어서지 않았고, 실제로 노리고 있다는 명확한 증거도 없다… 그런 정도라 하더라도.

더욱 이해되지 않는 상황에서 뮤리 또한 생각에 잠긴 듯 주위를 둘러보았다.

그리고 가슴 위에 강아지를 내려놓자, 강아지는 뮤리의 턱을 핥았다.

"…그 계산 빠른 여우가 옆에 붙어 있다면 승산이 있을 수도 있다는 얘긴데."

강아지는 뮤리의 입으로 코끝을 들이밀려다가 목덜미를 잡혔다.

"승산이 있을까?"

뮤리는 근본적인 의문을 입에 담았다가 금세 스스로 답변을 찾아냈다.

"있겠지, 분명. 그러니까 기사들을 합치면 더 승산이 올라가게 될 거야."

몸을 일으킨 뮤리의 몸에서 강아지가 굴러떨어졌다.

놀아 주는 것으로 착각한 강아지는 꼬리를 흔들며 뮤리의 손목을 물고 늘어졌다.

"있잖아, 오라버니."

강아지의 목덜미를 붙잡고 얼굴 높이까지 들어 올리며 으음~ 하고 신음하던 뮤리가 말했다.

"적을 알고 나를 알면 백 번을 싸워도 위태로워지지 않으리라, 그런 얘기 아닐까 싶어. 신께서도 그렇게 말씀하셨잖아."

"…절대로 그렇게 무시무시한 말씀은 안 하셨겠지만요."

일리는 있다.

"그보다는 왠지 우리가 이렇게 하도록 저 여우가 몰아붙인 것 같아 솔직히 거슬려."

강아지는 침대에 내려놓아도 계속 꼬리를 흔들며 뮤리 옆에서 배를 내보였다.

"뮤리가 뒤를 봐 줄 거죠?"

이것까지 전부 에이브의 계략일 수 있다는 것 역시 너무나 그럴듯한 이야기였고, 그렇다면 경계를 게을리해서는 안 된다.

내가 묻자 뮤리는 히죽 웃으며 책상다리를 하고 앉았다.

"들개 꼬리를 밟지 않도록 지켜봐 줄게."

뮤리의 말투에 나는 쓴웃음을 지으면서도, 그렇다면 한 걸음 앞으로 나아가야겠다고 생각했다.

내가 의자에서 일어나니 뮤리도 덩달아 일어섰다.

밖에 좀 나갔다 오겠습니다, 하고 전하자 에이브는 자기 뜻대로 되었다고 생각했는지 아닌지는 모르겠지만 행선지를 묻진 않았다.

"미행당해도 어차피 내가 다 알아."

뮤리는 숲 사냥에서는 거의 달인 급의 실력을 지녔다. 경계하는 사슴이 뒤를 신경 쓰는 사이 앞으로 돌아가서 그 코앞을 찌르는 작전도 얼마든지 해낸다.

그것만으로도 마음이 든든한데 뮤리에게는 늑대의 피를 물려받았다는 압도적인 강점까지 있다.

"온 동네 들개들은 다 내 편이거든."

거리를 배회하는 동물들을 아군으로 끌어들이는 일은 인간 아닌 자들의 상투수단이라고, 뮤리는 양 일레니아에게서 배웠다. 저 에이브도 들개까지 매수하지는 못할 테니 우리가 유리하다.

"지금은 어때요?"

"없는 것 같아. 들킬 걸 알아서인지, 갈 곳이 뻔해서인지."

둘 다겠지.

나와 뮤리가 향하는 곳은 라우즈번의 복잡한 골목길 너머에 있는, 조용한 주택밀집지역의 낡아 빠진 건물이었다.

"닭~나~와~라~"

뮤리가 부르자 지붕 위에 앉아 있던 새가 소리 높여 울더니 지붕과의 틈새를 통해 안으로 들어갔다. 내가 뮤리의 머리를 쿡 찌르고 있는데 문에 난 창이 불쾌한 듯 열렸다.

"먹이가 필요하면 시장에 가라, 멍멍아."

"이잇~"

오히려 이 두 사람은 사이가 좋은 게 아닐까, 하는 생각이 드

는 대화 후 창이 닫히고 자물쇠가 풀리며 문이 열렸다.

"좋은 얘기야, 나쁜 얘기야?"

"그걸 확인하러 왔습니다."

샤론은 흥, 하고 코웃음을 친 뒤 들어오라는 듯 턱짓을 했다.

샤론과 클라크가 유지하는 고아원은 소젖을 흘린 자국처럼 독특한 아이들 냄새가 가득했다. 하지만 묘하게 텅 빈 느낌이 드는 것을 보니 클라크와 함께 아이들이 모두 일하러 나간 모양이었다.

"이 시기에는 양털이 차례차례 도시로 보내지지. 어느 상회든 다 실 잣기 등의 작업에 사람 손이 필요해서, 아이들이 돈을 벌 시기다."

일하지 않는 자, 먹지도 말라. 기부금을 받아 풍족하게 살 만한 곳도 아니다.

"그래서? 성 크루자 기사단 관련 이야기인가?"

"근본적으로는 그렇습니다만."

내가 입을 열자 샤론의 미간에 주름이 잡혔다.

"제2왕자 이야기를 듣고 싶습니다."

왜 그런 이야기를, 그렇게 의아해 하는 샤론에게 나는 에이브 이야기와 대성당에서 윈트셔가 제안했던 이야기를 전부 털어놓

238

았다.

"샤론 씨가 징세인 조합을 이끌 때 그 근거로 갖고 있었던 징세권은 제2왕자가 발행했죠?"

"그건 그런데… 면식은 없어."

"정말이야?"

어린애가 만든 듯 울퉁불퉁한 양털 인형을 손가락으로 콕콕 찌르던 뮤리가 물었다.

"내가 어떻게 그런 사람을 만나겠어? 네가 '금발'이라고 불러 대는 그 사람도 원래는 그리 쉽게 만날 수 있는 인물이 아니야."

"그렇구나. 우리 집은 여러 가지 높은 사람들이 탕에 몸을 담그러 오는 온천이라서."

천연덕스러운 얼굴로 말하는 뮤리를 샤론이 텅 빈 눈길로 쳐다보았다.

"무슨 소문 같은 거라도 괜찮은데요."

샤론에게 한 방 먹였다는 생각에 의기양양해 하는 뮤리의 목덜미를 움켜잡고 내가 물었다.

"됨됨이라거나."

"됨됨이… 소문 정도는 되지."

"저희는 그조차도 모릅니다. 그러니 저 에이브 씨가 성 크루자 기사단이 제2왕자와 손을 잡을지도 모른다는 말을 해서 곤혹스러워하고 있는 겁니다."

샤론은 싫은 듯 눈을 가늘게 뜨더니, 먼 곳에 있는 사냥감을 포착한 듯 멀리 시선을 던졌다.

"기사단 놈들은 교황의 명령으로 이곳에 온 건가?"

양쪽이 손을 잡는다면 바로 떠올릴 수 있는 건 그 가능성이었다.

"낮 예배 중에 만났을 때의 인상으로는, 교황님은 좋은 의미로든 나쁜 의미로든 아무 상관없어 보였습니다."

버렸다는 표현까지 하진 않았지만 샤론은 알아들은 모양이었다.

"그렇다면 성 크루자 기사단이 자발적으로 제2왕자와 손을 잡는다는 말이야?"

의아해 보였다.

"기사들 입장에서 볼 때 제2왕자 같은 작자는 주종의 도리를 짓밟은 반역자일 텐데. 그런 자와 손을 잡는다고?"

"역시 그렇게 생각하시는군요."

샤론은 어깨를 으쓱했다.

"그래서 제2왕자를 조사하고 있었던 거로군. 어디서 이어지는지 알기 위해."

"그럼 닭 너는 아무것도 모르는 거야?"

실망한 뮤리의 목소리에 샤론이 혀를 차는 듯한 입 모양을 했다.

하지만 결국은 한숨과 함께, 상대하는 것조차 바보스럽다는 듯 어깨를 으쓱했다.

"소문이나 일화라면 길거리의 어린애들도 알고 있지. 유명하니까. 나도 그 소문의 인상으로 볼 때 기사단이 손을 잡고 싶어 할 인간이라고는 생각할 수가 없어."

"그 이야기라도 좋습니다."

가슴 앞에서 팔짱을 낀 샤론이 귀찮은 듯 말했다.

"일찍부터 유명했던 건 방탕하다는 점이지."

하이랜드에게서 슬쩍 들었던 이야기로는 사기꾼에 가깝고, 신앙 따위도 없으며 도저히 믿을 수 없는 인물인 듯했다.

"자신을 추종하는 귀족들의 자제와 치정싸움을 벌였다는 건 사실이야. 나도 징세인 동료들을 모을 때 여기저기 돌아다니면서 실제로 본 적이 있어. 빵으로 만든 거대한 배를 요리사들에게 짊어지게 하고서 거리를 걸으며 술을 마셔 대더군. 술의 바다로 대항해를 떠난다느니 어쩐다느니 난리도 아니었지."

전혀 영문을 알 수 없는 일이었지만 말도 안 되는 짓거리를 벌인다는 사실만은 대충 알 수 있었다.

축제의 난리법석을 좋아하는 뮤리가 옆에서 눈을 반짝였다.

"하지만 흔해 빠진 방탕귀족처럼 사람들을 괴롭혀서 그 사람들에게 미움과 원망을 받느냐 하면 또 그렇지도 않아."

"그렇습니까?"

제대로 하는 일도 없고 치정싸움이나 벌인다면 그것만으로도 반감을 살 법한데 말이다.

"소란을 피우는 방식이 그럴싸하다고나 할까… 내가 봤을 때도 결국은 빵으로 만든 배를 통째로 구빈원으로 가져가서, 그야말로 이젠 세상에 즐거움 따윈 없을 거라고 자포자기하고 있던 사람들과 어깨동무를 하고 난리를 피우더군. 그런 녀석이라고 하면 대충 알겠지?"

행실이 바르다고는 도저히 말할 수 없지만, 본성은 나쁘지 않은 호방한 인물이라는 느낌이었다.

"교회를 갖고 노는 것도 좋아해서, 한밤중에 돌로 된 화덕으로 교회 주위를 빙 둘러싸 놓았다가 아침부터 양 통구이로 연기 공격을 퍼부었다는 이야기도 들은 적이 있어. 그야말로 그놈이 할 만한 짓이지."

뮤리가 귀와 꼬리를 내놓고 이야기를 재미있게 듣는 모습에, 샤론도 썩 기분이 나쁘진 않아 보였다.

"그 양 통구이 이야기도 교회가 가난한 자들에게 자비 베풀기를 꺼려했다는 이야기가 있었기 때문에 저지른 일이라고 기억해. 대부분의 이야기 속에서 왕자는 항상 누군가의 편이었지."

"그럼 양고기는 거리의 사람들과 함께 먹었다… 그런 이야기인가요?"

"이야기의 마무리는 그렇지. 따라서 제2왕자의 방탕한 짓거리가 용서되는 이유는 왕족이기 때문이 아니야. 사람들의 편이기 때문이지. 그 양 통구이 사건 이후 반성했다면서 교회에 양의 창자로 만든 소시지를 보냈다는 이야기도 들은 적 있어."

그게 무슨 반성인가 싶었지만 샤론은 즐거운 표정으로 이야기를 이어 갔다.

"창자에 채운 것은 도저히 먹을 수가 없는 쓰레기 고기에, 심지어 비누도 섞여 있었다고 해. 육식을 그만두지 못하는 뱃속 시커먼 너희에게는 그게 어울린다면서. 식탐 심한 주교가 말 그대로 입에 거품을 물었다는 게 흔히 이 이야기를 끝내는 방식이지. 교회가 얼마나 거만한지 아는 사람에게는 속 시원해지는 일화야."

뮤리가 배꼽을 쥐고 넘어갔다.

아무튼 제2왕자의 인물상이 어떤지는 대충 알았다.

권위 따위에는 집착하지 않고, 애당초 반역 정신이 충만한 이단아였다.

"그럼 제2왕자에게 붙은 사람들은 그런 인간성에 반했다는 말인가요?"

뻔뻔한 얼굴의 권력자들을 마음껏 짓밟는 이야기는 민중들에게 언제나 인기가 있다.

일종의 희극 영웅으로서 활약하는 제2왕자가 그 기세를 몰아 왕위에 도전하는 것을 지원하는 사람들.

그렇게 생각하던 나는 문득 엄청난 위화감을 느꼈다.

과연 그렇게 가벼운 동기로 왕위 찬탈이라는 피비린내 나는 이야기에 한몫 거들 수 있을까?

실패하면 단두대가 기다리고 있다. 그냥 못된 장난의 대가로는 짐이 너무 무겁다.

"왕위 찬탈을 노린다는 이야기가 그럴싸한 소문으로 퍼진 계기는 놈들이 소동을 피운 원인에 있지, 놈들이 소동을 피운 결과가 아니야."

"…네?"

권위 같은 걸 신경 쓰지 않는 제2왕자이기에 최대의 권위인 왕에게도 도전할 수 있다.

말만 들으면 그럴 법한 이야기지만 확실히 위화감이 느껴졌다.

그렇게 쉽게 반역을 계획할 수 있을까, 하는 의문이 첫 번째.

또 하나는 뮤리가 저택에서 했던 말에 있었다.

거기에는 정의가 없다.

"클리벤드 왕자를 따르는 건 대부분이 약소 귀족, 그리고 갈 곳 없는 귀족 자제들이야."

샤론은 그렇게 말하며 아이들이 만든 울퉁불퉁한 인형을 집어 들었다.

그것을 만든 아이가 떠올랐는지 좀처럼 보이지 않는 다정한 미소까지 지으면서.

"귀족의 장자상속제도는 알고 있지? 집안을 잇지 못하는 차남 이후의 자식들은 어지간히 큰 가문이나 자애로운 가문이 아닌 이상 푼돈과 함께 집에서 쫓겨나게 돼. 개중에는 장사에 재주가 있거나 학문을 갈고닦아 관리가 되는 자도 있지만 대부분은 갈 곳을 잃고 하루살이 신세가 되지. 약소 귀족도 비슷한 상황이고, 귀족이란 건 이름뿐이지 보다 강한 자들에게 늘 짓밟히는 하루하루를 보낼 뿐이야. 클리벤드 왕자는 그런 불만분자들의 대장이라 할 수 있지. 잘난 척 떵떵거리는 놈들의 기를 꺾어주는 기분전환의 왕인 셈이야. 뭐, 본인부터가 큰형인 차기 왕의 예비 취급을 받는 사람이니까. 한때는 귀찮은 존재를 허울 좋게 내쫓을 핑계로 기사가 된다는, 그런 이야기, 도…."

거기까지 이야기하던 샤론의 다음 말이 입속에서 사라져 버렸다.

나와 뮤리 또한 눈을 커다랗게 뜨고 그런 샤론을 응시했다.

"기사도, 마찬가지군요."

그 한마디에 반쯤 벌렸던 샤론의 입이 다물어졌다.

"기사가 된 사람들도, 자기 집에서 쫓겨나 결국 검에 의지해 살아갈 길을 찾아냈죠."

"둘을 잇는 지점이 바로 여기라는 뜻인가?"

한쪽은 권위 따위는 신경도 쓰지 않고 마음대로 짓밟고 다니는 방탕한 왕자.

다른 한쪽은 신앙을 품고 살아가며 정의를 그 갑주 속에 숨긴, 고결한 기사.

둘은 정반대지만 완전히 똑같은 사정에 처해 있고, 단순히 나아갈 길만이 달랐을 뿐이라면.

"하기야 왕이나 차기 왕인 큰형이 제2왕자의 방탕한 행동에도 세게 나올 수 없는 이유 중 하나가 죄책감 때문이라는 이야기를 들은 적은 있어."

샤론이 짧게 말했다.

"둥지에서 비교적 작은 새끼를 밀어 떨어뜨리는 새처럼 왕족 역시 동생들을 집에서 내쫓음으로써 가문을 지키지. 하다못해 강하게 살아 달라고 비는 건, 강자들의 이기적인 속죄겠지만… 흔히 있는 이야기다."

샤론을 따르던 징세인들도 원래는 성직자의 사생아로서 버림받은 신분이었다.

기사들은 가문을 잇지 못하고 밖으로 쫓겨나 겨우 기사가 되어 얻은 위치를, 그야말로 잃기 직전의 상황에 처해 있다. 그때 제2왕자가 말을 건다.

우리를 배제하고 자기들끼리만 이익을 보는 놈들에게 한 방 먹여 주지 않겠나.

"제2왕자와 손을 잡으면 왕에게 대적하는 세력이 될 텐데."

샤론의 중얼거림에 나는 어두운 생각에서 빠져나왔다.

"교황 입장에서 보면 기사들이 왕에 대항하는 귀중한 세력을 물어 온 셈이지. 왕국 출신의 기사들을 보는 관점이 달라질 가능성은 충분해."

에이브는 기사들을 두고 도구라고 했다.

쓸모도 없고 아무도 필요로 하지 않는 도구라고.

"기사들이 그런 희망에 매달릴 가능성은 적지 않아. 하지만 내가 보기엔 네가 제안받은 방법이 훨씬 나아 보여. 어이가 없어 웃음이 나는 우스꽝스러운 촌극이긴 하지만 그래도 웃을 여유가 있잖아."

윈트셔는 분명 제2왕자 노선도 생각해 본 뒤 아까의 제안을 했으리라.

제2왕자와 손을 잡는 방법 너머에는 진짜 전쟁이 흘끔흘끔 엿보인다. 대성당 회합에서 노기사 자신이 말했듯이 기사들은 교황의 심복이자 신앙의 파수꾼인 동시에 윈필 왕국 사람들이기도 하다.

고국의 사람들에게 검을 겨눌 수는 없다고 윈트셔는 말했는데, 어쩌면 진심으로 그 가능성을 걱정하고 있는지도 모른다. 애당초 기사들은 윈필 왕국에 대해 어두운 감정을 마음속 깊은 곳에 감추고 있으니 말이다.

집안 상속에 필요 없는 존재라며 밖으로 쫓겨났고, 정책에 맞지 않는다며 기부도 정지당했다. 심지어 왕국이 교회와 대립한다는 이유로 자신들의 신앙심마저 의심받고 있다.

고국을 향해 칼을 빼 들 때는 아마도 원한이라는 기름 때문에 칼질이 더욱 매끄러워질 것이다.

하지만 신앙 아래 검을 휘두르기에 기사라 부르지, 원한에 의해 검을 휘두르는 자는 더 이상 기사라 할 수 없다.

달을 사냥하는 곰 이야기를 할 때 뮤리의 눈동자에 떠오르는 어두운 불꽃의 빛깔을 보면 그 사실은 명확하다.

그것은 완전히 다른 사람이 되어 버리는 모습이었기에, 소중한 누군가의 눈빛이 그런 빛깔로 물드는 것을 그냥 지켜볼 수만은 없었다.

여명의 추기경을 끌어내는 방법이라면 그나마 촌극으로 그칠 수 있다.

"누군가가 당연히 누리는 위치를 손에 넣을 수 없었던 자. 또는 겨우 손에 넣은 그것을 잃게 될 처지에 놓인 자."

갈 곳 없는 아이들이 살 집을 만든 샤론은 팔짱을 낀 채 커다란 한숨을 내쉬었다.

"나는 솔직히 라우즈번으로 온 성 크루자 기사단이 빨리 꺼져 줬으면 해. 왕국 내에 쓸데없는 혼란을 일으키면 우리 수도원의 존속도 위태로워지고, 전쟁이 터질 경우 불행한 아이들이 더 늘어나니까. 하지만….."

비정한 하늘의 사냥꾼 같아 보이는 독수리의 화신은 울퉁불

248

통한 인형을 선반에 되돌려 놓았다.

"그것은 약한 자를 배제하는 측의 논리라는 사실도 알아. 할 수 없잖아, 좀 이해해 줘, 하는 목소리가 귓속에서 울려 퍼지는 것 같아."

이 세상은 평등하지 않고, 모든 사람에게 따스하게 만들어져 있지도 않다. 공평의 천칭을 준비해 주어야 할 신의 모습은 온 데간데없고 자신들의 손으로 마련해야만 하지만, 그조차 강한 자가 자신들에게 유리하게 만들어 버린다.

갈 곳 없는 귀족 자제들과 함께 교회를 놀려 먹고 빵으로 배를 만들어 구빈원으로 쳐들어간 제2왕자와, 집안을 잇지도 못한 채 끊임없이 신앙과 훈련으로 하루하루를 보냈던 기사들.

그들은 정반대인 입장이지만 태어난 순서에 따라 천칭에서 굴러떨어졌다는 공통점이 있다.

양측이 서로 이어져 있다면, 거기엔 음울한 이유밖에 없으리라.

"오라버니."

뮤리가 소맷자락을 잡아당기고 나서야 나는 겨우 막혀 있던 숨을 토했다.

샤론의 고아원 안쪽 방에서 갓난아기 울음소리가 들렸다.

샤론은 그쪽을 보고, 나를 돌아보았다.

"나는 너희가 기사들 상대로 공개문답을 하는 모습이나 기대하고 있겠어."

적이지만 훌륭하다고 말해 주었으면 좋겠다고, 윈트셔는 말했다.

어차피 다 짜인 공개문답 따위는 정말이지 한심한 풍경이겠지만 그 효과는 충분히 상상할 수 있다. 많은 기사들이 적에게 아첨하는 일을 달가워하지 않겠지만 온건히 끝내는 방법이라는 사실은 분명하다. 무엇보다 그들의 눈에 수치심과 울분은 떠오를지언정 원한의 불꽃이 피어나지는 않으리라. 기사는 기사로 존재할 수 있다. 제2왕자와 손잡는 일보다 훨씬 낫다.

"자, 그럼 미안하지만 잠들어 있던 아이가 깬 모양이라서."

"…네. 클라크 씨에게도 안부 전해 주세요."

샤론은 어깨를 으쓱하고 재빨리 걸어가 버렸다.

우유를 쏟은 듯, 어린애 특유의 냄새가 풍기는 사설 고아원. 로즈는 집에서 쫓겨난 뒤 어떻게 살았을까.

문득 그런 생각이 들었다.

돌아가는 길, 뮤리는 말이 별로 없었다.

동경하던 기사들에게 남겨진 길은 두 갈래.

꼴사나운 선택지, 아니면 어두컴컴한 선택지. 특히 제2왕자 노선은 전쟁을 전제로 한다는 이유가 아니더라도 기사들이 선택하지 않았으면 했다.

어느 쪽을 고르든 완벽한 정답은 아니겠지만 어느 쪽이 실패인지는 확실하다.

"뮤리."

평소라면 옆에서 걸었을 텐데, 지금은 몇 걸음 앞을 걸어가는 뮤리에게 말을 걸자 뮤리는 돌계단 위에 올라서서 나를 돌아보았다.

"나는 예배당에서 받은 요청을 받아들일 것 같아요."

뮤리를 따라잡아 그 등에 살며시 손을 얹자, 뮤리는 나와 나란히 걷기 시작했다.

"윈트셔 님께는 괴로운 선택이 되겠지만 분명 부대는 존속할 수 있어요."

왕의 확인을 받고서 기사들을 칭찬하는 일이니, 왕도 그 조치의 일환으로서 기사들에게 돈을 주기가 쉬워진다. 아무리 적이라 해도 훌륭한 자들에게는 상을 내릴 수 있으니 말이다. 그렇다면 기사들의 체면도 서고, 한동안은 살아남을 수 있는 군자금을 얻으면서도 왕족의 군으로 편입되지는 않는다.

저 증오스러운 여명의 추기경과 대등하게 맞설 수 있으면서도 윈필 왕국의 민중들에게서 절대적인 지지를 얻고 있다는 사실을 알면 왕국의 발밑을 무너뜨릴 아성으로서 기사들의 존재가 교황의 마음속에서 커질 게 분명하다.

지나치게 잘 만들어진 작위적인 기만이라고 느끼는 사람도 생길 테고, 진실이 소문의 형태로 퍼져 나가리라는 사실도 상상할 수 있다. 하지만 그 불화는 전부 노기사가 한 몸에 받아 내리라. 나쁜 것은 안이한 판단을 내린 자신뿐이라면서.

이리하여 부대는 그 후로도 존속된다.

현실적인 마무리다.

"뮤리에게는 슬픈 선택일지도 모르지만요."

"아니야, 오라버니. 난 말이야…."

그렇게 말하며 고개를 들고 내가 걱정된다는 듯 최선을 다해 웃는 뮤리를, 나는 똑바로 바라보았다.

"나는 최선을 다해 성 크루자 기사단의 적을 연기할 겁니다."

그리고 놀라는 뮤리에게 이렇게 말했다.

"뮤리는 나를 무척 칭찬하곤 하지만, 저 기사들 또한 전혀 나에게 뒤처지지 않는 사람들이라는 사실을 알릴 거예요."

뮤리가 나를 그토록 높이 평가한다면 뮤리가 그렇게 좋아하는 기사들도 그 높이에 어울리는 사람들이라고 밝힘으로써, 고통을 어느 정도 경감할 수 있으리라.

기사들도 오라버니만큼이나 대단하니까, 라는 논리에 의해.

그러니까 너무 낙담하지 말라고 뮤리의 어깨를 붙잡자 뮤리는 살짝 어깨를 으쓱하며 내 손을 쳐냈다.

"저기 말이야, 오라버니."

"어, 네?"

"난 그냥 오라버니를 무지 좋아할 뿐이지, 오라버니를 딱히 칭찬한 적은 없는데."

"어…?"

"오라버니를 칭찬하는 건 금발 아니면 잘 모르는 동네 사람들이잖아."

"……."

말없이 기억 속을 뒤져 보니 그런 느낌이 안 드는 것도 아니었다.

쓸데없이 자신감에 넘쳤던 일이 금세 창피해졌다.

어쩌다 좀 성큼 걸었나 싶었더니 이 꼴이잖아, 하고 몸을 웅크리고 싶은 기분을 맛보고 있는데 누가 내 팔을 움켜쥐었다. 달리 누가 있는 것도 아니니 당연히 뮤리였다.

"하지만 오라버니가 무슨 결심을 했는지는 알겠어."

재미있어하며 웃을 때와는 명백히 이질적인, 부드러운 미소.

뮤리는 내 팔을 쑤욱 잡아당겨 자세를 무너뜨린 뒤 발돋움을 하고 내 뺨에 입을 맞췄다.

"오라버니의 그런 점이 정말 좋아."

두 번이나 기습을 당한 일이 부끄럽기 짝이 없었으나… 아니, 첫 번째는 자업자득이었지 하고 생각을 고쳐먹었다.

하지만 뮤리에게 내 마음이 전해졌다면 아무래도 좋다.

한숨을 뱉어 수많은 감정의 잔해를 다 토해 낸 후, 새봄의 공기를 들이마셨다.

"그러기로 했으면 빨리 시작하죠. 제2왕자 진영에도 기사단이 도착했다는 소식이 전해졌을 겁니다. 그쪽에서 좋지 않은 술책을 떠올리기 전에 결판을 내 버릴 필요가 있습니다. 윈트셔 님의 결의를 헛되이 할 수는 없어요."

뮤리가 붉은 눈동자를 크게 뜨고 송곳니를 드러냈다.

"응!"

뮤리는 팔에 피가 통하지 않을 정도로 나를 세게 껴안은 뒤 걸어 나서며, 이렇게 말했다.

"후후, 오라버니의 연기라. 웃음이 터질까 봐 불안한데."

"……."

내가 떫은 표정을 짓자 뮤리는 심술궂은 미소로 답했다.

뭐 이렇게 못된 늑대가 다 있나 싶어 어처구니가 없었지만, 아무튼 기운을 차린 걸 보니 안심이 되었다.

에이브는 결국 진짜로 우리에게 미행을 붙이지 않은 모양이었다.

저택에 돌아온 뒤 뮤리가 노골적으로 묻자 에이브는 무척이나 싫은 표정이었다.

"내가 연중무휴 음모나 꾸미고 있는 줄 아나?"

"아니야?"

그 순간 포도가 든 바구니를 자기 쪽으로 홱 잡아채는 모습은 의외로 어른스럽지 못했다.

"제2왕자와 기사들이 손잡게 만드는 일 가지고는 결정적으로 정세를 바꿀 수가 없어. 그러니 더 확실한 장사를 하기로 했을 뿐이야."

"장사?"

테이블에 몸을 내밀고 에이브가 갖고 있는 포도 바구니에 손을 뻗는 뮤리와 그런 뮤리를 밀어내는 에이브가 둘이서 촌극을 벌이는 가운데, 우산을 든 처자가 웃으면서 새 바구니를 가져왔다.

"너희 이야기를 들은 후 바로 대성당의 야기네에게 달려갔지. 기사와 너의 연극이 끝나고 나면 기사들이 필요로 할 물자 조달 담당에 기부금 접수 및 환전 업무를 우리한테 맡긴다는 약속을 받아 내고 왔다. 왕도 기사들에게 어떤 형태로든 돈을 줄 거잖아? 그쪽 돈을 노리는 게 확실하지."

에이브는 항상 한 걸음 앞을 걷고, 손도 어마어마하게 빠르다.

감탄의 한숨을 내쉬는데 포도 바구니를 받은 뮤리가 한 알을 따서 입에 던져 넣었다.

"그럼 이건 그 이득의 일부를 미리 받는 거네."

"일부가 아니고 전부다."

"쩨쩨해!"

나이 차이가 많이 나는 자매처럼 구는 두 사람을 보며 쓴웃음을 짓고 있는데 문득 에이브가 입을 열었다.

"아, 그렇지. 노파심에서 미리 말해 두겠는데."

"네?"

내가 물으니 에이브가 눈을 사악하게 빛냈다.

"네가 그놈들을 적으로서 인정했다고 치자. 민중들 또한 '역시 기사단이야'라고 생각하겠지."

"아, 네."

"거기서 끝이라고 방심하면 안 돼."

잠시의 공백이 머릿속을 지배했다.

"…네?"

"포도 바구니를 둘 다 가져갈지도, 모른단, 소리야!"

뮤리가 테이블 위로 손을 뻗어 에이브의 바구니를 낚아채려 했다.

에이브는 당연히 가볍게 피했다.

"둘 다라니… 무슨 뜻인가요?"

"오라버니의 싸움 상대로 인정받은 기사들이 그 기세를 몰아서 나쁜 왕자하고도 손을 잡을 수 있단… 아, 진짜!"

"값어치가 생겨난 만큼 왕자에게도 이득이지."

에이브가 또 가볍게 피하자 어느 순간부턴가 귀와 꼬리를 다 내놓고 있던 뮤리가 분한 듯 테이블 위에 배를 깔고 엎드려 버렸다. 우산을 든 처자가 깔깔 웃으며 뮤리의 머리를 쓰다듬어 주었다.

"뭐, 준비만 제대로 해 두면 문제는 없겠지만."

에이브는 승리의 포도를 한 알 입에 넣었다.

"기사 놈들은 나쁜 의미로든 좋은 의미로든 단순해. 승리의 길을 보여 주면 딴생각은 하지 않고 앞으로만 나아갈 거다."

무슨 소 이야기라도 하는 것 같았지만 대충 이해는 됐다.

기사들의 늠름함은 적지 않은 부분에서 그 우직함의 덕을 보고 있으니까.

"그냥 죽게 내버려 두긴 아까운 놈들이지."

에이브가 의자 등받이에 몸을 기댄 채 말했다.

"나도 전쟁 서사시를 싫어하진 않아."

교회 문장 앞에 검 두 자루를 교차시킨 기사단의 깃발.

에이브는 입으로는 이러쿵저러쿵 떠들어 대지만 마음은 아직 윈필 왕국에 있으리라.

"노력하겠습니다만….."

"음?"

나를 쳐다보는 에이브를 향해 말했다.

"너무 폭리를 취하지는 말아 주세요."

에이브가 허를 찔린 표정을 짓더니 어깨를 떨며 웃음을 터뜨렸다.

중요한 이야기를 편지로 주고받는 것은 불안했기에, 저택에서 대기하던 병사를 통해 하이랜드에게 연락을 취했다.

그러자 금세 답장이 왔는데 기사들이 대성당에서 떨어져 있으니 지금이라면 만날 수 있다고 했다. 기사들은 도검상 조합과 대장간 조합의 수호성인제에 참가하기 위해 도검상과 직인 공방이 집중되어 있는 구획에 출장을 나갔다고 했다.

"에이~ 난 그쪽에 가고 싶어!"

저택 하인에게서 검 연무(演武)가 있으리라는 이야기를 들은 뮤리가 잽싸게 떼를 썼으나 당연히 무시했다. 불만이 가득한 뮤리의 손을 잡고 거리로 나서자 왠지 인파가 한 방향을 향해 흘러가는 느낌이 들었다. 어쩌면 뮤리가 직인 거리가 있는 그쪽만 쳐다보고 있어서 그런 건지도 모르겠지만.

"다들 축제 보러 가는 거야~"

뮤리는 빈정거리는 투로 그런 말까지 내뱉었다.

대성당으로 가 보니 낮 예배 때만큼은 아니라 해도 여전히 어마어마한 사람이 오가는 모습에 압도당했다. 벌써부터 이 정도라면 저녁 예배 때는 일을 끝낸 사람들까지 참석할 테니 엄청난 상황이 되리라.

그렇게 생각하고 다시 만난 하이랜드에게 물어보았더니, 하이랜드는 어깨를 으쓱했다.

"기사단이 오기 전부터 이미 하루하루 사람이 늘어나고 있었다. 아무래도 근린 도시에서 일부러 찾아오는 자들도 있는 모양이지. 기사단이 왔기 때문이라기보다는, 왕국의 다른 많은 도시엔 아직 성당과 교회의 문이 닫혀 있기 때문이라고 생각하는 편이 정확해."

지난번 라우즈번 대소동에서 날짜를 계산해 보니, 라우즈번의 이야기가 주위로 퍼지고 신앙에 굶주렸던 사람들이 여행 준비를 한 후 이곳에 도착할 시기가 대략 지금쯤 될 듯했다.

"다른 도시의 교회 조직도 문을 열어 주면 좋을 텐데…."

"교황님 측에서는 바로 그 가능성 때문에 전전긍긍하고 있는 것 같은데, 실제로는 어떻죠?"

시간은 왕국의 편이라고 왕 측에서는 판단했다.

"어딘가에서 봇물이 터진 듯 와르르… 뭐 그런 일도 가능은 하겠지만, 지금은 아직 다음 소식이 없다. 문이 열린 건 너희가 지나온 곳뿐이야."

주목받는 이유를 알겠지? 하고 하이랜드가 장난스럽게 덧붙였다.

"게다가 사태가 너무 진행되면 또 교회 측의 태도도 경직될 테지. 너무 상대방을 자극하지 않으면서, 동시에 왕국에 있는 교회의 성무도 재개시킬 수 있는 방법을 찾아야 할 텐데."

3년이라는 시간은 너무도 길다.

태어난 아기의 세례식을 사람들이 손수 거행하고, 결혼 서약도 동네 장로가 더듬더듬 읽고, 죽은 자의 장례식에서도 사람들이 눈물을 흘리며 애매한 기억을 더듬어 띄엄띄엄 기도를 올린다.

그 사이 성직자들은 문을 닫고 수입이 끊어지는 가운데, 잔뜩 쌓아 둔 자산으로 먹고살거나 성직록을 찾아 대륙으로 건너갔다.

양쪽 다 행복해질 수 없는 인내심 싸움은 농성전이나 마찬가지다.

"게다가 문을 열기에는 내부의 썩은 악취가 너무 심한 교회가 다수 존재하는 것도 사실일 테고. 개탄스러운 이야기지."

바로 얼마 전 방문했던 브론델 수도원도 건전한 신앙생활과는 거리가 먼 곳일 것이다. 그래서 하스킨즈가 우리를 의심한 것 이상으로, 수도사들이 우리를 더욱 의심하지 않았을까 하는 생각도 들었다.

문을 닫아 버린 것은 교황의 명령인 동시에 누가 파헤쳤다가는 곤란해질 사정을 숨기기 위해서이기도 할 터였다. 그리고 그런 짓을 하던 사이 나쁜 상회의 눈에 걸려서 결국 자산이 다 팔려 나가는 경우도 있었다.

그렇다고 문을 닫은 교회에 왕국이 직접 손을 대면 교황의 분노를 불러일으킬 게 자명하다. 제2왕자가 발행한 징세권보다 훨씬 강렬한 반응을 보이겠지.

교회의 자정작용이 알아서 작용하면 좋을 텐데, 하고 생각하다 문득 무언가가 뇌리를 스쳤다.

그게 뭘까 고민하고 있는데 하이랜드가 말했다.

"그런 가운데 교황의 심복이 칼을 번득인다는 건, 어떤 의미에서는 위험한 판단일 수도 있지만….."

하이랜드는 한숨을 내쉰 뒤 "아니, 긍정적인 이야기만 하자고." 하고 웃으며 말했다.

"그대가 결단해 주어서 정말 다행이야."

"아, 아뇨."

짧게 대답한 나는 머리에 떠오른 무언가를 곁눈질로 좇으며 덧붙였다.

"제2왕자와 기사 여러분이 손을 잡는 일에 비하면 이 계획이 압도적으로 피해가 적으리라 여겨집니다."

"윈트셔 앞에서 그 말을 할 수는 없었지만… 저택에 에이브가 있어서 놀랐겠군."

하이랜드가 조금 미안한 듯 웃으며 말하자 나도 미소로 답했다.

"에이브 씨는 암약(暗躍)을 의심받아 기분이 상한 모양이었지만, 올바른 판단이라고 생각합니다."

"혹시 에이브가 정말로 제2왕자와 기사들의 결탁을 획책하고 있는 건 아니겠지?"

"야기네 님을 만나서 저희의 이야기에 편승하여 돈 벌 길을 확보해 두었다고 합니다. 기사 여러분이 그 이후 필요로 하게 될 물자 마련과 모이게 될 기부금의 환전 업무를 맡겨 달라고 했다는군요."

하이랜드는 놀란 듯, 또 안심한 듯 복잡한 표정을 지었다.

"벌이가 되기만 하면 정말 뭐든 다 상관없다는 말인가?"

"그런 의미로는 신용할 수 있습니다."

하이랜드는 이해하기 힘들다는 듯 고개를 절레절레 저었다.

"하지만 방해가 언제 어디서 들어올지는 모르는 일. 이야기를 신속히 진행했으면 한다."

명분과 실리 중 명분의 이야기였다. 진실을 북돋워 올리는 일은 도시 사람들이 기사들에게 다대한 관심을 보이고 있는 사이, 그리고 기사들이 엉뚱한 쪽에 시선을 빼앗기기 전에 해치워야만 한다.

"문제는 윈트셔 측에 항상 누군가가 붙어 있다는 점이지. 내일도 아침부터 계속 행사가 있어서 비밀 계획을 짜기가 대단히 어렵다."

"밤에는?"

뮤리의 물음에 하이랜드가 지친 표정을 지었다.

"철저히 훈련받은 기사들을 얕보면 안 돼. 밤에는 반드시 불침번이 있으니까. 역시 성 크루자 기사단이라고 칭찬해야 할 부분이겠지만 이번만큼은 난감할 노릇이지."

뮤리는 천진난만하게 기사들의 멋진 모습에 기뻐했다.

"낮에도 호위가 옆에 딱 붙어 있었어."

"그렇게 경계하는 걸 보니… 역시 교황 측에서 자객을?"

뮤리는 모험담 같은 이야기에 흥미를 느낀 모양이었지만 하이랜드는 쓴웃음에 가까운 표정을 지었다.

"그쪽에서는 그걸 대비하고 있을지도 모르지만, 교황이 일부러 왕국 내에서 그런 짓을 저지를 생각이었다면 섬에서 배를 내보내지도 않았겠지. 게다가 항해 도중에도 나포는 가능하지 않나."

"임금님이 자객을 보낼 수도 있잖아."

뮤리의 말에 하이랜드는 난감한 얼굴로 웃었다.

자객이 찾아올지도 모른다는 건, 그냥 기사들 스스로가 그렇게 생각하고 싶어 할 뿐이라는 뜻이다.

자신들이 하찮은 존재라는 사실을 알고 기뻐할 사람은 없다.

"아무튼 기사들은 오늘 도검상과 직인들의 축제에 갔으니 밤까지 돌아오지 않을 것이다. 내일도 무리지. 어떻게든 모레는 시간을 확보해야 해."

"…찜찜한 기분으로 기다려야겠군요."

오늘 낮에 윈트셔와 회담을 할 수 있었던 건 행운이었던가 보다.

"그러게나 말이다. 지금도 제2왕자가 보낸 사자가 이곳으로 향하고 있을지도 모르는 것을. 하지만 기사들은 상인보다 약속을 중시하니까, 서약을 나누기만 하면 괜찮을 거야."

기사들의 고지식한 성격을 생각하면 제2왕자가 아무리 꼬드겨도 윈트셔의 결단을 그리 쉽게 뒤집진 못하리라.

"그래도 결국 윈트셔의 비는 시간을 기다리는 수밖에 없어. 억지로 추진했다가 다른 기사들에게 계획을 들키는 일은 피해야 한다. 이 이후 바로 파발마를 보낼 예정이야. 왕께서는 적도 아군도 아닌 기사단의 내방에 골머리를 썩고 계실 테니, 낭보라며 기뻐하시겠지."

서른 명쯤 되는 전력은 무력이라고 하기에는 너무 부족하지만 상징으로서는 의미가 있다. 뮤리가 말했듯이 상상 속의 기사는 일기당천의 실력을 갖고 있다.

살짝 기분 좋게 해 주기만 하면 큰 혼란도 빚지 않고 왕국에서 나가 줄 수도 있으니, 왕으로서는 그보다 더 반가울 일이 없다.

게다가 장기적인 시점으로 볼 때 하이랜드가 말한 미래의 교회와도 관련이 있다.

"애당초 기다리는 시간은 한가한 시간이 아니다. 신설 수도원에도 아직 밟아야 할 수속이 남아 있고, 할 일은 잔뜩 있어. 다행인지 불행인지 모르겠다만."

배려 섞인 미소를 지은 하이랜드가 뮤리를 바라보았다.

"비품 구매는 다 끝났던가?"

"응. 그쪽은 이미 다 끝나서 에이브 씨한테 계산을 맡겼어."

"역시 민완 행상인이라 불리던 인물의 딸이군."

"그치? 나도 상인이 될까 싶어."

로렌스가 들으면 대단히 기뻐할 말이었다.

"그나저나 수도원 예정지 건물이 상상 이상으로 황폐한 상황이라고 하던데요…."

샤론에게서 들은 이야기를 하자 하이랜드는 시큼한 무언가를 씹은 표정을 지었다.

"오랫동안 비어 있던 건물이지만, 관리는 하고 있다고 들었는데…. 샤론과 클라크에게서 보고가 올라오면 직인을 보내 두마."

"고생이 많으십니다."

나는 고개를 숙였다.

"그런데…."

하이랜드가 다소 갑작스럽게, 약간은 일부러 그러는 듯 아무렇지 않은 척하며 말했다.

"문장 건은 어떻게 됐지? 재미있는 이야기는 좀 들었나?"

우리와 거의 비슷하게, 또는 그보다 더 신경 써 주는 모양이었다.

하이랜드의 조마조마해 하는 태도에 괜히 기뻐지던 나는 뮤리가 나를 쳐다보며 눈을 번쩍번쩍 빛내고 있다는 사실을 깨달았다.

"얘기해도 돼?"

저 황당무계한 곰 이야기 말이군, 하고 나는 깨달았다. 정체가 들킬 만한 실수는 안 하리라 생각하지만 자신이 떠올린 이야기를 다른 누군가에게 하고 싶어 근질근질한 모양이었다.

"너무 폐를 끼치면 안 됩니다."

뮤리는 내 말을 허락으로 알아듣고, 늑대 문장이 적다는 이야기에서부터 시작해서 곰 문장으로 이야기를 이어 가며, 도중에 '왕국의 양 문장은 털이 좀 짧지 않아?' 하는 이야기까지 끼워 넣었다.

하이랜드는 뮤리의 이야기가 재미있는지, 아니면 뮤리와 대화를 나눌 수 있는 게 즐거운지 모르겠지만 시종 기분이 좋아 보였다.

그런 평화로운 광경을 지켜보며 나는 벽에 걸려 있는 교회 문장을 향해 기사를 둘러싼 계획이 모쪼록 잘 풀리기를 기도했다.

뮤리는 결국 도검 조합이 주최하는 수호성인 축제를 구경하러 나갔다.

나는 기사들에게 얼굴을 들켰다가 만에 하나 누가 기억하기라도 하면 계획에 지장이 생길지도 모르지만 뮤리는 꼭 그렇지도 않다. 그 논리로 공격당하니 반론도 할 수 없어 나는 의기양양하게 뛰쳐나가는 뮤리의 뒷모습을 씁쓸하게 지켜보았다. 해가 진 후 돌아온 뮤리가 자랑스럽게 허리에 목검을 찬 모습을 보니 한숨만 나왔다.

그다음 날은 시내의 대상회가 커다란 선박의 의장을 새로 바꾼다면서 그 축하 연회에 기사들을 불렀다고 했다. 물론 뮤리는 거대한 선박을 보고 싶어 했고, 축하 연회에도 참가하고 싶어 하지 않을 리가 없었다.

결국 무언의 압박에 지긴 했지만 뮤리가 밖에 나가 주면 그 사이 나도 조용한 방에서 성전의 세속어 번역을 계속할 수가 있다. 이해는 일치하는군… 하고 생각하면서, 뮤리를 배웅한 후 방에서 번역작업을 이어 갔다.

저녁 무렵이 되자 다음 날 윈트셔의 일정을 파악한 하이랜드가 편지를 보냈다.

근처 주교구에서 온 성직자들을 대상으로 특별한 예배가 열리는데 거기에 윈트셔가 기사 대표로 참가하게 되었다고 한다.

평기사들은 통상 예배에 참석하기 때문에 지난번처럼 윈트셔 주위에 다른 기사들이 없는 시간이 생긴다.

거기서 예의 제안을 진행하자는 비밀 서약을 맺고, 계획의 개요를 윈트셔와 함께 이어 가자고 쓰여 있었다. 계획을 대충 훑어보니 우선은 대성당 앞에서 공개문답을 열어 이 분쟁을 민중들에게 인식시킨다고 쓰여 있었다. 그야말로 샤론이 말했던 대로였다. 성인전에 흔히 나오는 장면이었기에 거기에 내가 참가한다고 생각하니 왠지 근질근질했다.

"오라버니, 뭐 읽어?"

"우왓!"

하이랜드가 보낸 편지를 읽고 있는데 갑자기 팔 밑에서 뮤리의 머리가 쑤욱 솟아났다. 어느 틈에 돌아온 걸까, 하고 생각할 틈도 없이 그 냄새에 얼굴이 찌푸려졌다.

"으, 뮤리. 왜 그렇게 생선 비린내가 지독한 거예요…."

"응? 진짜?"

뮤리는 귀와 꼬리를 내놓고 자기 옷 냄새를 킁킁 맡았다.

"항구 여기저기서 생선구이를 얻어먹어서 그런가? 맛있었는데."

"나 참…."

심지어 하루 종일 바다 근처에서 바닷바람을 맞은 탓인지 뮤리의 몸 전체가 축축했다.

"뜨거운 물 받아다가 깨끗이 씻고 와요."

"네에~"

"귀랑 꼬리!"

방에서 나가기 직전 뮤리는 알아~ 라고 말하기라도 하는 듯 과장스럽게 허리와 머리를 흔들며 늑대의 자취를 숨겼다. 그런 뮤리를 보며 한숨을 쉰 뒤, 나는 하이랜드의 편지에 답장을 썼다.

성 크루자 기사단과 여명의 추기경이 공개문답을 한다면 일반 사람들이 알아듣기 쉬운 소재를 선택할 필요가 있었다. 성전의 어디에서 인용하면 좋을지를 검토하고, 후보를 적어 나갔다. 윈트셔도 자신들의 위치를 명확히 하기 위해 사람들 앞에서 호소하고 싶은 신앙상의 문제가 있을 테니, 그 부분도 끌어들이기 쉽도록.

번역하기 위해 모조리 암기할 정도로 읽고 또 읽은 성전을 다시 한번 펼쳤다. 그리고 갖고 있는 지식을 전부 쏟아부은 편지를 쓰는 내 뒤에서 뮤리가 커다란 통에 뜨거운 물을 첨벙첨벙 붓고 있어, 긴장감을 유지하느라 애써야 했다.

그리고 뭉게뭉게 피어오르는 김 때문에 잉크가 번지기 시작할 무렵 뮤리가 말했다.

"오라버니, 머리 감겨 줘!"

이미 옷을 다 벗고 준비가 된 상태였다. 부끄러움도 뭣도 없

는 뮤리 앞에서 신학문답 초고 같은 걸 무슨 재주로 쓰란 말인
가. 나는 포기하고 펜을 내려놓고서 팔을 걷어붙였다.

"에헤헤."

집어 든 비누는 역시나, 싫을 정도로 향초를 넣어 향을 낸 고
급스러운 물건이었다. 거품을 내서 뮤리의 머리를 감겨 주니 간
지러운 듯 몸을 뒤틀며 늑대 꼬리로 참방참방 물을 휘저어댔다.

뮤리에게서 한시도 떨어지지 않으려 하던 강아지는 뜨거운
물이 무서운지 물통에서 조금 떨어진 곳에 엎드려 있었다.

"아참, 그렇지. 대성당에 수상한 사람이 드나들진 않는지 닭
한테 감시하라고 했어."

"네?"

놀라서 묻자 뜨거운 물에 살짝 상기된 어깨 너머로 뮤리가 돌
아보았다.

"오라버니, 진짜 내가 나가서 계속 놀기만 한 줄 알았어?"

침묵이 답변이었다.

뮤리는 꼬리로 물을 튀겨 내 발을 적셨다.

"축제 중에도 수상한 사람이 없는지 찾아봤지만 딱히 없었어.
나쁜 왕자님이 사람을 보냈다면 인파 속에서도 아마 알아봤을
텐데."

꼬마 계집애의 서투른 기술이라 무시하기엔 뮤리는 실제 사
냥에서도 상당히 유능했다.

그런 뮤리가 샤론의 도움까지 빌렸다고 한다면 신용할 수 있을 터였다.

"오라버니가 실수만 안 하면 분명 잘될 거야."

"다른 연극이라면 대사를 못 외우겠지만, 신학문답이라면 괜찮아요."

오히려 너무 푹 빠져 버리지 않을까 다소 불안할 정도다.

"그러고 보니 집에서도 수염 난 할아버지들이랑 계속 얘기했었지."

"뮤리는 그걸 쓸데없는 잡담이라고 불렀지만, 그래도 도움이 되죠?"

머리에 묻은 거품을 헹궈 주자 뮤리는 늑대 귀를 접고, 사람 귀에 손가락을 쑤셔 넣었다.

안 들린다는 의사표시도 겸하는 모양이었다.

머리에 물을 여러 번 끼얹어 주고 나서, 살짝 뼈가 도드라져 보이는 등을 찰싹 때렸다.

"자, 나머지는 스스로 닦아요."

"에이~"

"난 편지를 마저 써야 해요. 물이 식기 전에 어서 씻어요."

나무창을 열어 두었기 때문에 습기는 많이 빠졌다. 덕분에 편지도 쓸 수 있을 듯했다.

뮤리가 불평하면서도 첨벙첨벙 내기 시작한 물소리를 들으며 나는 편지를 계속 써 내려갔다.

그때 뮤리가 말했다.

"있잖아, 오라버니. 기사님들 말인데."

고개를 들고 돌아보니 뮤리는 강아지에게 물을 끼얹으며 심술을 부리고 있었다.

"다들 즐거워 보였어. 빨리 그 애도 돌아오면 좋을 텐데."

구원 요청 편지를 들고 브론델 수도원으로 달려가던 로즈.

나도 로즈가 마을 사람들의 열광적인 환영을 맛보았으면 좋겠다는 생각이 들었다.

"모두 함께 웃으며 끝나면 좋겠다."

뮤리가 강아지를 향해 송곳니를 드러냈다.

코끝을 간질이는 비누 향을 맡으며 나는 "그러게요." 하고 대답했다.

늑대와 양피지

제 5 막

대성당 안에 성가가 울려 퍼지고, 달콤한 향유 향기가 감돌았다.

교회 문이 열리지 않고 오랫동안 예배를 보지 못해 우울했던 것은 비단 마을 사람들뿐만이 아니었다. 주위 도시에서 왔다는 주교와 성직자들은 대성당 안의 공기를 맡고는 마치 1년 만에 탕에 몸을 담그러 온 뇨히라의 온천객들 같은 표정을 지었다.

대주교 야기네가 그런 그들을 특별한 예배당으로 맞아들여서 서로의 안부를 묻고 확인했다. 성직자들은 윈트셔의 모습을 보고도 크게 감격하여 강렬한 포옹을 나누었다. 왕국 내 교회에서 숨을 죽이고 지내던 그들도 입장으로 따지면 윈트셔와 다를 바 없는 처지이긴 했다.

그런 광경을 멀찍이서 바라보며 우리는 대성당과 친밀한 사이인 상인 가문 사람 같은 표정으로 복도에서 대기하고 있었다. 고위 성직자들이 긴 옷자락에서 차르르 소리를 내며 예배당 복도에 무릎을 꿇는 모습이 문틈으로 보였다. 야기네가 성전을 손에 들고 문틈 사이로 이쪽을 흘끔 쳐다보았다. 잠시 후 윈트셔가 복도로 나오고, 야기네의 기도 소리와 함께 젊은 사제가 문을 살며시 닫았다.

노기사는 닫힌 문을 돌아보며 말했다.

"저들에게도 이곳은 신앙의 사막에 있는 샘 같은 곳인 모양이더군."

바로 얼마 전까지 라우즈번 역시 성직자들이 사제복을 입고 거리를 활보할 만한 분위기가 아니었다.

실제로 나는 그 때문에 항구에 들어오자마자 징세인 조합에 끌려갔었다.

"귀하가 부탁하여 왕국 내의 더 많은 교회 문을 열어 달라고 할 수는 없겠소?"

"저도 과거에 같은 생각을 했었노라고 답변 드리는 것을 용서해 주십시오. 하지만 교황님께서 그것을 어떻게 받아들이실지 생각하면….”

그렇게 말하자 윈트셔는 목구멍 깊은 곳에서 신음했다.

한편 이 이야기를 하이랜드에게 했을 때 마음속에 무슨 생각인가가 떠올랐던 일이 문득 생각났다. 뭐였더라, 하고 머릿속을 뒤지고 있는데 윈트셔가 말했다.

"왕국의 공격이라고 볼 수도 있고, 또 그렇다고 성직자들이 자발적으로 문을 열면 교황님의 성무정지 명령을 어기는 일이 되는군…. 귀하가 성당 문을 두 곳 연 정도가 한계인지도 모르겠소.”

노기사는 한숨을 쉬고 고개를 흔들었다.

"아니, 쓸데없는 이야기는 그만합시다. 귀중한 시간이니.”

"하이랜드 님이 별실에서 기다리십니다.”

내가 먼저 걸어 나서자 호위들이 앞으로 나아갔고, 어느 방의

문이 열렸다.

"윈트셔 경."

"오래 기다리셨지요."

하이랜드와 윈트셔는 악수를 나누고 원탁에 앉았다.

"본론으로 들어가지요. 이쪽에서 제안의 골자를 정리해 왔습니다."

하이랜드가 눈짓으로 신호를 보내자 대기하고 있던 다른 호위가 서류를 윈트셔 앞에 내려놓았다.

"기본적으로는 귀하들 기사와 콜 경의 공개문답으로 민중의 이목을 모은 뒤, 야기네 님이 중재역으로 서서 토의를 벌이는 흐름으로 갈까 합니다. 거창하게 해야 하니 시정참사회에서도 도시귀족들을 부를 예정입니다."

하이랜드가 원탁에 놓은 서류를 들여다보며 윈트셔가 물었다.

"저들에게도 참가를 부탁할 수 없겠소이까?"

손가락은 벽 너머를 가리키고 있었다. 예배하러 온 근린 성직자들을 말하는 모양이었다.

"우리 기사들 쪽의 편을 늘리고 싶은… 것은 아니지만, 저들 역시 고립무원의 처지에서 숨을 죽이고 지내던 몸. 하다못해 전투에 참가했다는 위로라도 나누고 싶소."

자신들의 진퇴가 걸려 있는 상황에서도 항상 주위를 배려할 줄 아는 자.

하이랜드는 감동한 듯 고개를 끄덕였다.

"참가자가 많을수록 그만큼 위엄도 올라가겠지요. 콜 경, 괜찮겠나?"

그 물음에는 다소 장난기가 담겨 있었다.

"괜찮습니다. 신학문답은 목소리 큰 사람이 이기는 승부가 아니니까요."

하이랜드뿐만이 아니라 윈트셔도 눈을 커다랗게 떴다.

그러더니 난처한 듯 웃었다.

"귀하가 우리와 같은 편이었다면…."

같은 편입니다, 하고 말하려다 그만두었다. 진정한 의미에서 같은 편은 될 수 없고, 이들을 여기까지 몰아붙인 원인은 내게 있다.

내 침묵이 두드러지기 전 하이랜드가 재빨리 끼어들었다.

"공개문답 말입니다만, 일반인들도 모두 이해할 수 있는 소재를 선택할까 합니다."

"알겠소. 신께서 내려 주시어 천사가 갖게 된 검과 천칭의 이야기라니 정말 좋은 소재를 발견했더군. 상인들이 많은 이 거리에는 딱 맞겠지. 우리의 검에 의한 정의의 존재와, 신앙 앞에서 중립이라는 점을 호소하기 쉽겠소."

왕국의 적도 아니고 아군도 아닌, 그저 신앙의 파수꾼으로서.

"귀하는 어떻게 공격할 생각이오?"

이것은 성전의 해석을 둘러싼 유쾌한 토론회가 아니다.

나는 하이랜드 밑으로 급히 달려 들어온, 교회와 싸우는 개혁의 기수라는 역할을 짊어지고 있다.

"애당초 왕국은 교회가 거두는 십분의 일 세금에 불복하는 입장입니다. 왜냐하면 그것은 이교도와의 전쟁을 위해 거둬들였던 임시 세금이었기 때문이죠."

거기까지 말하니 윈트셔는 바로 이해한 모양이었다.

"바로 우리가 그 세금 덕분에 유지되던 검이라는 말이군. 아픈 곳을 찔렀소."

기사들은 전력이자, 전쟁의 상징이다. 전쟁이 끝나면 아무짝에도 필요 없는 도구로 전락할 뿐이다. 교황이 윈트셔의 분대를 저버리는 싸늘한 짓을 서슴지 않았던 것도 사실상 이교도와의 싸움이 끝났기 때문이리라.

"모여든 사람들은 상반된 기분에 사로잡히겠지요. 거리 술집에서 의견 충돌이 일어나고, 이렇게 말하긴 뭣하지만 아마 분위기가 상당히 고조될 겁니다."

기사들을 응원하고 싶은 솔직한 마음과, 부조리한 세금을 요구하는 교회에 대한 울분.

윈트셔는 뮤리와 다르게 연배 있는 인간 특유의 은발을 쓸어올렸다.

"후후, 어지간히 각오하고 덤비지 않으면 우리가 질 수도 있겠소."

그럴 리 없을 거라는 말은 나오지 않았다. 건방질지도 모르겠지만 이길 자신이 있었다.

왜냐하면 정의는 우리 쪽에. 세상의 커다란 흐름이 우리 쪽에 있기 때문이다.

그리고 그것은 너무나 잔혹한 일이라는 생각이 들었다.

윈트셔의 앞에 서 보니 피아(彼我)의 나이 차이는 서른 살 이상, 거의 마흔 가까우리라고 어림짐작할 수 있었다. 아마도 눈앞에서 웃고 있는 윈트셔는 젊은 시절 진짜 이교도와의 싸움에 나섰던 경험이 있을 테고, 목숨을 걸고 교회의 신앙을 지킨 진짜 기사일 것이다.

나처럼 책만으로 신앙을 갈고닦은 사람이 아니다. 많은 동료를 잃고, 아무도 모르는 비극도 수없이 지켜봐 왔으리라. 기사들은 그렇게 이교도와의 싸움에서 이기고 살아남았다.

이윽고 추세가 바뀌어 이교도들은 쫓겨났다. 내가 어렸을 때조차도 이교도와의 전쟁은 이미 정형화된 행사가 되어 있었고, 북방대원정이라 불리는 연중행사가 이루어질 정도였다. 그리고 그마저 십 년 전에는 끝나고 세계가 평화로워졌다.

이교도의 위협이 현실이었을 당시 윈트셔는 이런 장면을 상상이나 했을까. 이교도들을 물리치고 세계에 평화가 찾아올 경우, 누구보다도 기사들이 바로 그 명예를 한 몸에 받으리라고만 생각했겠지.

설마 자신들이 버림받다니, 아마 꿈에도 몰랐을 것이다.

"하지만 전쟁은 불리한 게 더 재미있는 법. 부하들의 결속도 더욱 단단해질 것이오."

윈트셔는 포기한 듯 후련한 표정으로 말했다.

에이브는 이 노기사를 두고 '자신들의 입장에 일말의 희망도 품고 있지 않다'고 평했다.

'우리의 결속'이라 말하지 않은 것도 그 때문이리라. 윈트셔는 적에게 빌붙은 반역자이자 더는 자신을 성 크루자 기사단의 일원이라 생각하지 않는 것이다.

"여명의 추기경이여."

윈트셔가 나를 바라보았다. 다리가 움츠러들 정도로 맑은 눈이었다.

"부디 봐주는 것 없이 덤비길 바라오. 우리는 그만큼 저항하며 우리의 입장을 주장할 테니. 부하들은 발밑을 모래처럼 불안하게 여기고 있소. 하늘은 흐려지고, 나아갈 방향도 알 수가 없지. 허나 적이 있으면, 맞설 곳이 있으면 그들은 단결할 수 있소. 이 폭풍우 속에서 일체감을 유지할 수 있을 거요."

그것이 아무리 기만에 찬 일체감이라 해도 뿔뿔이 흩어지는 것보다는 낫다.

"오랜만에 싸울 수 있게 해 주어서 진심으로 감사하오."

그 티 없는 미소에 나는 눈이 시렸다.

거사일은 모레로 결정되었다.

왕이 반대하지 않는다는 전제가 있긴 하지만 그럴 일은 없을 것이라고 하이랜드가 말했다.

"그나저나 모레라…."

헤어지기 직전 윈트셔가 문득 중얼거렸다.

"무슨 문제라도?"

하이랜드가 묻자 윈트셔는 다급히 고개를 가로저었다.

"아니, 실은 왕국에 오기로 결정했을 때 우리를 받아들여 줄 곳을 찾아 사자를 보냈다오. 여기 대성당이 받아 주리라는 보장은 없었으니. 그중 한 명이 아직 돌아오지 않아서 말이오."

"그것은… 걱정스럽겠군요. 급히 사람을 보내 찾아보겠습니다."

"아니, 그건…."

윈트셔가 입을 떼었을 때, 나와 얼굴을 마주 보고 있던 뮤리가 말했다.

"로즈라는 애 말이야?"

윈트셔가 놀라서 뮤리를 쳐다보았다.

"브론델 수도원으로 가는 길에 발견했어. 비틀거리면서 진흙탕 길에 얼굴을 처박고 쓰러져 있긴 했지만, 무사히 도착은 했었어."

진흙탕이라는 대목에서 윈트셔가 손으로 눈을 가렸다. 묘하게 애정이 느껴지는 탄식이었다.

"기사 된 자로서 한심하기 짝이 없군… 하지만 앞을 바라보고 쓰러졌다는 게 실로 그 녀석다워."

윈트셔는 그렇게 말한 뒤 웃으면서 한숨을 내쉬었다.

"내가 부끄러워질 정도로 기사도를 중히 여기는 견습이라오. 싸울 때 우리 진영에 두면 참 든든하겠다고 생각했소만."

그렇게 말하는 모습은 마치 손자 이야기를 하는 할아버지 같았다. 나와 기사단의 논쟁은 틀림없이 라우즈번 연대기에 남을 대소동이 되리라. 심지어 기사들이 또다시 무대 위로 나설 계기가 될 테니, 거기에 로즈가 참가하지 못하는 게 조금 가엾다고 여긴 모양이었다.

"파발마를 보내 두겠습니다. 제때 도착할지는 모르겠지만요."

"아니, 으, 음…. 이런 일로 번거롭게 하다니, 너무나 면목이 없는데…."

"전혀 그렇지 않습니다."

하이랜드는 오히려 윈트셔의 자상함에 감동한 눈치였다.

기사들은 입단 때 기사수도회에 입회하여 서로를 위해 죽을 때까지 싸우겠다는 서약을 나눈다.

그 연대는 거의 가족에 비유될 정도인데, 그 말이 과장이 아니라는 사실을 실감할 수 있었다.

기사들이 앞으로 쭉 그 관계를 유지할 수 있도록 최선을 다해야겠다는 생각이 들었다.

하지만 거기에 윈트셔의 모습이 함께 있을지 없을지를 생각하니 내 가슴속에 시커먼 뱀이 나타나는 기분이었다. 심장 주위를 기어 다니며 물어뜯어 가슴을 아프게 하는 뱀. 그래도 각오를 한 기사의 결의를 무시할 수는 없었기에, 두 다리에 힘을 주고 반듯하게 섰다.

그 후 윈트셔는 다른 기사들과 합류하기 위해 방을 나갔고 우리는 야기네를 불러 당일 계획의 흐름을 확인한 뒤, 대성당을 뒤로했다.

라우즈번 거리는 오늘도 북적북적하고 평화로웠다.

"오라버니."

저택을 향해 걷던 도중 뮤리가 소맷자락을 잡아당겼다.

"맛있는 거라도 먹고 갈까?"

그것이 평소처럼 군것질을 조르는 말이 아니라는 건 바로 알 수 있었다.

분명 내가 그런 표정을 지었기 때문이리라.

"뭘 먹고 싶어요?"

"어? 내가 정해도 돼?"

뮤리가 맛있게 먹는 그것이 내게도 가장 맛있게 느껴질 테니까.

그렇게 생각하다가 다급히 덧붙였다.

"생선뼈 튀김은 빼고요."

"에이~ 그거 맛있었는데."

먹는 모습을 보기만 해도 속이 느글느글해진다.

뮤리는 결국 달걀부침과 소금에 절인 고기를 빵 사이에 끼운, 지극히 멀쩡한 음식을 골랐다.

다만 빵은 라우즈번에서 가장 실력 좋은 빵 장인이 만들었는지 쇄도하는 손님들 속에 짓눌려 가며 사느라 무척이나 애를 먹었다.

아무튼 그 가치는 확실했다. 빵은 부드럽고 소금기가 있어서 맛이 좋았다.

"오라버니는 쓸데없이 마음이 약해."

정신없이 사람들이 오가는 항구 구석에 놓여 있던 나무상자에 앉아 빵을 깨물며 뮤리가 말했다.

"그래 가지고 앞으로 계속 싸워 나갈 수 있겠어?"

덥석덥석 빵을 먹는 뮤리가 질책하듯 그렇게 말했다. 그저께 윈트셔에게서 제안을 듣고 돌아가는 길엔 오히려 뮤리가 더 의기소침한 표정이었는데, 참 이상한 일이다.

그 사실을 지적하자 뮤리는 오랜 옛날 이불에 오줌을 싼 일을 지적당한 듯한 표정을 지으며 송곳니를 드러냈다.

"그나마 나은 선택지가 그것밖에 없다는 걸 알았단 말이야. 꾸물거리고 있어 봤자 아무 소용도 없잖아. 전장에서는 제일 바람직하지 못한 짓이야."

뮤리는 빵을 덥석 깨물고 오른쪽 뺨을 다람쥐처럼 부풀렸다.

"망설이는 일. 검에 망설임이 있어선 안 된댔어. 그건 적이 파고들 틈을 주는 행위일 뿐만이 아냐. 그 망설임 때문에 적에게 쓸데없는 상처를 입히게 된다는 거야."

베어 버릴 거라면 차라리 단숨에.

"뮤리는 체념이 너무 빨라서 무서울 정도예요."

그러자 재에 은가루를 섞은 듯한 털을 지닌 늑대 소녀는 우아한 미소를 지었다.

"그 잘난 기사들은 마지막으로 하고 싶은 말이나 실컷 퍼붓고 싶은 것 같으니까, 오라버니도 하고 싶은 말 마음껏 해도 돼."

잇새에 낀 고기 힘줄을 버릇없이 손가락으로 빼내며 뮤리가 말했다.

"얼굴을 시뻘겋게 물들이고 입에서 침을 튀기며 서로 고함을 질러 대란 얘기야. 분위기도 엄청 달아오를 거야."

뮤리는 어깨를 으쓱하며 웃더니 상자 위에 책상다리를 하고 앉았다.

그러고 있으니 완전히 시건방진 상회 도제 같았다.

"하지만 그 정도쯤은 해 두는 게 좋을 거라고 생각해. 고요한 전장은 전장 같지가 않잖아?"

윈트셔의, 아마도 마지막이 될 전장. 가능한 한 시끌벅적하게, 기만 따위는 생각도 나지 않을 정도로. 그런 장면을 상상하니 내 입가에는 긴장과 애수의 미소가 떠올랐다.

관중들에게 둘러싸인 가운데 목소리를 높이는 일만으로도 긴장이 될 테고, 그때 내 눈앞에 있는 사람은 진짜 역전의 기사이며 심지어 그 뒤에는 건장한 기사들이 줄줄이 대기하고 있을 것이다.

전통과 역사, 그리고 강렬한 자부심을 지닌 신앙집단, 성 크루자 기사단.

그 앞에 맞서야 한다니 그야말로 산속에서 곰 무리를 만난 나무꾼이나 다름없는 처지가 되리라.

하지만 공포에 질릴 필요는 없다. 차분하게 주위를 둘러보면 된다.

내 옆에는 분명 그 어느 때라도 신뢰할 수 있는 은색 늑대가 있을 테니까.

"문장이…."

"응?"

아직 생각에 잠겨 있는 틈을 타 내 빵에서 소금절임 고기를 몰래 빼내 가려던 뮤리가 시선을 들었다.

"문장이 때를 맞출 수 있어 다행이에요."

"……."

소금절임 고기를 빼내자 달걀부침까지 덩달아 스르륵 빠지는 바람에 뮤리가 입으로 받아 냈다. 그 기묘한 자세를 유지한 채 뮤리는 눈을 깜박거렸다.

"우리 둘의 문장을 처음 선보이는 무대로는 나쁘지 않다고 생각해요."

달걀부침을 후루룩 삼킨 뮤리는 손가락에 묻은 노른자와 소금절임 고기의 기름을 핥으며 즐거운 얼굴로 웃었다.

"오라버니는 나보다 훨씬 더 몽상가야."

그 지적에 나는 희미하게 웃었다.

뮤리의 곁에 있으면 그 어떤 적과도 맞서 싸울 수 있을 것 같은 기분이 든다. 그런 우리 둘의 인연을 상징하는 문장이니, 세상에 처음으로 내놓는 데에는 그에 걸맞은 무대가 준비되어야 한다고 생각한다.

남들에게 보여 주기 위해 드러내 장식하지는 않더라도 한 쌍의 문장을 각자가 몸 어딘가에 지니고 있는 모습을 상상해 보았다.

너무나도 모험담의 한 장면 같아 웃음이 날 정도였다.

그 순간 문득, 그런 나와 뮤리의 관계를 나타낼 말이 형태로 나타날 듯했다. 하지만 그것은 잡으려 하면 도망쳐 버리는 눈송이처럼 손바닥 속에서 스르륵 녹아 버렸다.

필사적으로 쫓으려다 보니 무심코 현실 속에서도 손을 뻗었다.

"오라버니?"

의아한 듯 뮤리가 묻자 나는 포기하고 한숨을 내쉬었다.

"미안해요. 왠지 방금, 뮤리와 나의 관계를 나타낼 말이 생각날 듯했는데….."

"아내."

"아닙니다."

그런 대화를 주고받다 보니 생각날 듯했던 무언가가 완전히 사라져 버렸다.

"아아, 정말. 완전히 날아갔잖아요."

뮤리가 나무상자에서 뛰어내려 즐거운 얼굴로 말했다.

"딱히 뭐든 상관없어."

뮤리는 허리에 손을 얹고 바다를 바라보았다.

"그 노기사님은 기사단을 나가도 계속 기사일 테니까."

바람이 불어 뮤리의 은빛 머리카락이 나부꼈다.

"그 남자애가 견습이지만 누구보다도 기사다웠던 것처럼."

뮤리는 다정하면서도 강했다. 나이도 어리고, 여태껏 여동생으로 돌봐 왔던 여자애 앞에서 꼼짝도 못 하다니 한심하다고 생각했던 건 정말이지 처음이었다.

늠름하게 선 모습의 뮤리에게 "뮤리도요." 하고 말하려던 내

입이 그대로 굳어 버렸다.

잠시 놓쳤던 답이 순식간에 나타났다.

나와 뮤리의 관계성.

너무나도 딱 들어맞는 그 한마디.

"왜 그래?"

의아한 듯 돌아보는 뮤리를 바라보며 나는 굳어 있던 입을 천천히 다물었다.

그리고 미소를 지었다.

"아니, 아무것도 아닙니다."

"으응? 거짓말, 뭔가 숨기는 표정인데!"

이 상황이 정리되면 이야기해야겠다는 생각이 들었다.

분명 기뻐할 테니까.

"아이 참, 오라버니~!"

그런 뮤리를 달래며 모레의 일 준비를 위해 저택으로 돌아가는 길을 걸어 나섰다. 뮤리는 한동안 내 팔을 때리고 잡아당기고 했지만 결국 포기했는지 토라진 채 내 손을 잡았다.

완벽을 추구할 수는 없지만 가능한 한 이상을 좇고 싶다.

모레의 토론은 절대 대충 해서는 안 된다.

그렇게 마음을 다잡고 걸어가던 중이었다.

"?"

뮤리가 문득 걸음을 멈추고 뒤를 돌아보았다.

"왜 그래요?"

나도 멈추자 어느샌가 들개 한 마리가 뮤리를 올려다보고 있었다.

그리고 머리를 들이받듯 뮤리의 옆구리에 코끝을 문질러 댔다.

"잠깐. 아니, 간지럽잖아, 왜?"

"워후."

들개는 작은 소리로 짖은 뒤 성큼성큼 걸어가다가 멈춰 서서는 우리를 돌아보았다.

"따라오라는 느낌인데요."

뮤리는 어깨를 으쓱하고 개를 따랐다. 그러자 들개는 또다시 걸어갔고, 큰길에서 골목으로 들어가 잠시 걸어서 골목을 빠져나가니 다시 큰길이 나왔다.

뮤리는 나를 쳐다보며 고개를 갸웃하더니 개를 따라갔다.

개는 큰 상회 옆 골목으로 들어가서 그 안쪽을 향해 짖었다.

"그냥 뼈 숨겨 놓은 거면 꼬리털을 홀랑 다 깎아 버릴 거야."

뮤리는 그렇게 말하며 쌓여 있는 나무상자 옆을 빠져나가 골목 깊은 곳으로 계속 들어갔다.

그 걸음이 우뚝 멈추었다. 놀라서였다.

"…이런 데서 뭐 하고 있어?"

그곳에 있던 것은 울어서 퉁퉁 부은 얼굴로 쪼그려 앉아 있는 로즈였다.

들개는 뮤리의 허리싸개에 꿰맨 기사단 문장과 로즈의 냄새가 똑같다는 사실을 알아차리고 뮤리를 이리로 데려온 모양이었다. 칭찬받고 싶은지 뮤리를 올려다보기에 머리를 쓰다듬어 주자 꼬리를 흔들어 댔다.

곤혹스러워하는 뮤리와 내가 얼굴을 마주 보고 있는데 등 뒤에서 사람 목소리가 들렸다.

"뭐야, 너희들. 그 꼬맹이하고 아는 사이냐?"

딱딱해 보이는 수염을 덥수룩하게 기르고 통통하게 살찐 상인풍의 그 남자는 솔직히 인상이 좋지는 않았다.

하지만 손에는 나무 접시에 담긴 빵과 김이 피어오르는 수건이 들려 있었다.

"잠깐 비켜 줘."

"아, 네."

옆으로 비켜서 남자를 들어가게 하니 역시나 들고 있던 물건들은 로즈를 위한 것이었다. 남자는 로즈의 발밑에 빵을 내려놓고 얼굴에 수건을 난폭하게 들이밀었다.

"나 참, 남자가 그렇게 쉽게 우는 게 아니라고 했잖냐."

그리고 난폭하게 얼굴을 닦아 주면서 억지로 손에 빵을 쥐여 주었다.

"저기… 이 아이는, 어떻게…."

남자는 성가신 표정으로 일어서서 한숨을 내쉬었다.

"양털을 사러 갔다가 거기서 마주쳤지 뭐야. 방금 돌아왔는데, 이렇게 질질 짜고 있으니 상회에 데려다 놓을 수가 있어야지. 이래선 팔 것도 못 팔아."

"혹시 브론델 수도원?"

뮤리의 말에 상인은 놀라더니 금세 어깨를 으쓱했다. 우리 역시 상인풍의 차림이었기에 마찬가지로 양털을 사러 갔다가 길을 엇갈렸다고 생각한 모양이었다.

"뭔지 모르겠지만 경비병한테 말 그대로 목덜미를 붙잡혀 밖으로 내던져지더라고. 듣자 하니 라우즈번으로 돌아가고 싶다기에 짐칸에 실어서 데려왔는데… 오는 내내 징징거리기나 하고, 도대체 무슨 사연인지 모르겠어. 당신들이 아는 사이면 제발 좀 데려가 줘."

귀찮아 죽겠다는 듯 말하는 것치고는 며칠을 들여 여기까지 데려오고, 식사와 얼굴을 닦을 따뜻한 수건까지 가져다준 사람이다. 사람을 겉으로만 판단하면 안 되는 법이다.

남자가 고개를 절레절레 젓고서 가게로 돌아가려 할 때, 로즈가 갑자기 벌떡 일어섰다.

"가, 감사합니다!"

남자는 어깨 너머로 돌아보고는 코웃음을 치더니 그냥 가 버렸다. 로즈는 애써 닦은 얼굴에 다시 눈물을 줄줄 흘리며 빵을 움켜쥔 손으로 얼굴을 닦았다.

"저기… 어떻게 된 거야?"

뮤리가 묻자 로즈는 겨우 뮤리가 곁에 있다는 사실을 알아차린 듯, 놀라서 눈을 커다랗게 떴다.

그리고 다시 펑펑 울음을 터뜨렸다.

"기사단이…."

"어?"

"기사단이, 없어질 거라고…."

통곡하는 로즈를 달래느라 그 후 한참의 시간이 걸렸다.

수도원에서 극진한 대접을 받은 건 첫날뿐이었다고 로즈는 입을 열었다. 그 배신자 놈들, 하고 끙끙거리며 로즈는 꽉 쥐어서 다 짜부라진 빵을 먹었다.

"그 후로는 태도는 정중하지만 사람이 계속 바뀌어 들어와서는 심문 같은 걸 당했어요. 기사단에 대해서 자세히 묻고… 섬에서의 식사 내용까지 묻더군요."

빈궁해진 상황을 확인하느라 그랬던 모양이지만 수도원 사람들이 로즈에게 화를 낸 이유는 다른 곳에 있어 보였다.

"배신자라니?"

뮤리가 묻자 로즈는 소맷자락으로 눈가를 훔치며 말했다.

"저는… 도와줄 거라는 생각에, 단의 곤경을 호소했어요. 그런데 놈들은 이야기만 실컷 듣더니 이렇게 말하는 거예요."

'그래서, 기사단과 여명의 추기경은 한패라는 말인가?'

"그런 말도 안 되는 일이 있겠냐고요!"

로즈가 토하듯 외치자 뮤리 옆에 잠들어 있던 들개가 놀라서 일어났다.

하지만 놀란 건 우리도 마찬가지였다.

"여명의 추기경…이라고 말했다고요?"

"네. 저도 영문을 알 수가 없었어요. 몇 번을 말해도 들어 주질 않고, 심지어… 그놈들의 밀서를 숨기고 있는 게 아니냐며 옷까지 벗기는 거예요. 대체 어떻게 된 일인지 모르겠어요!"

뮤리가 슬그머니 나를 쳐다보았다.

하이랜드에게 편지를 받아 온 게 실수였다고 할 수는 없지만, 로즈와 시간차를 두고 수도원에 가야 했는지도 모르겠다. 하스킨즈가 경계했듯이 당연히 수도원의 수도사들도 하이랜드의 편지를 가져온 인물의 방문을 경계할 수밖에 없다. 우리를 보고 여명의 추기경 본인이라고까지는 생각하지 않더라도 그에 관련된 인물이 수도원의 부패를 조사하러 온 게 아닌가, 하고 생각하는 건 자연스러운 발상이다.

로즈가 첫날 극진한 대접을 받았다는 말도 그렇다면 앞뒤가 맞는다. 성 크루자 기사단의 사자가 왔으니 잘 대접하고 있는데 얼마 지나지 않아 하이랜드의 편지를 가져왔다는 자가 나타난다. 우연이라고 하기에는 너무 의미심장한 상황이다. 무슨 관계가 있는 게 아닌가 의심하는 건 당연하고, 로즈가 우리에게 도움 받았던 이야기도 숨김없이 다 털어놓았을 테니 더더욱 그렇다.

"놈들은 무례한 심문을 한참이나 한 끝에 구원 편지도 제게 도로 집어던졌어요. 저희가 왕국의 앞잡이가 아니라는 사실을 증명할 수 있다면 다시 한번 이야기를 들어 주겠다면서. 저는, 저는… 부끄럽게도 분노에 휘말려 덤벼들었어요. 하지만 금세 병사들이 쫓아 들어와 저를 제압했죠. 그리고 그 배신자 수도사들이 경멸 섞인 말투로 말하더군요. 우리는… 원필 분대는 머지않아 해체될, 이젠 아무 쓸모도 없는 집단이라고."

그리고 마치 개나 고양이처럼 수도원 밖으로 내팽개쳐지는 상황에서 아까 그 상인이 찾아왔다고 한다. 어쩌면 양털을 인수할 때 하스킨즈가 한마디 해 주었을지도 모르지만, 아무튼 그 상인의 도움을 받아 로즈는 이리로 돌아올 수 있었다.

그러나 돌아오는 내내 머릿속에서는 수도사에게 들었던, 기사단이 없어진다는 말이 도저히 떠나질 않았다고 한다.

"분하지만… 그 이야기는 이미 모두가 다 알고 있었어요…."

크루자 섬에서 왕국까지는 꽤나 긴 여행길이다. 오는 도중 여러 항구에 들르며 수많은 상인이나 마을 사람들과 대화를 했을 터. 가는 곳마다 큰 환영을 받았겠지만, 주워들은 이야기도 적지 않았으리라.

무엇보다 아무리 훈련을 해도 이젠 쓰러뜨릴 적이 없다는 사실을 이들 자신부터가 잘 알고 있었을 것이다.

"운영이 힘들었던 건 저희 분대만이 아니에요."

로즈가 나직이 말했다.

"크루자 섬 전체가 힘들었어요. 모든 분대가 다 고국의 지원이 줄어들고 있었죠. 교황님이 보내 주시는 수당조차도 줄었어요. 전쟁이 일어날 일이 없으니 당연하겠죠."

로즈는 눈물도 다 말라붙은 듯 땅바닥을 내려다보았다.

"머릿수가 줄면 적어도 교황님이 보내 주시는 수당이 개개인에게 돌아가는 몫은 늘어난다. 아마 그 정도 생각이었을 거예요. 저희를 음으로 양으로 몰아세우는 사람들과의 불화도 끊이지 않았고, 도저히 신앙의 섬이라 할 수 있는 곳이 아니었죠. 그래서 저희는 이대로 거기서 썩어 버리는 것보다는 낫다는 생각에 섬을 뒤로했던 거예요."

왕국에서의 기부가 끊어지는 바람에 그 부조리함에 대항할 배짱조차 유지할 수가 없었던가 보다.

"오는 길에 많은 분들이 참 잘해 주셨어요. 오히려 섬을 나온 후로 훨씬 기사답게 행동할 수 있었죠."

로즈는 그때 일이 떠오르는지 겨우 미소를 지었다.

"하지만 기항지의 환대를 뒤로하고 바다로 나서면 매번 강렬한 불안에 사로잡히곤 했어요. 넓은 바다 위를 헤매고 있으면 마치 저희의 마음속에 떠 있는 듯했죠. 우리는 이제 어떻게 되는 걸까, 하고 다들 자문했어요. 왕이 환영해 주리라는 보장은 없죠. 고향집으로 돌아가도 부모님 얼굴조차 기억하지 못하는 사람들이 대부분이었고요."

로즈는 자기가 태어난 지역의 계절조차 몰랐다.

"저희는 배 위에서, 화가 날 정도로 새파랗고 한없이 펼쳐진 하늘 아래에서 생각했어요. 의지할 수 있는 건 여기 있는 사람들뿐이라고."

'우리의 가족은 우리뿐이라고.'

얇은 옷차림으로 눈이 녹아 질척한 길을 걸어가고, 빈사의 상태에서도 필사적으로 앞으로 나아가려 한 것은 동료를 위해서였다. 그런 로즈를 보냈던 윈트셔는 귀환이 늦어지는 일을 걱정하고, 모레의 거사에 참여하지 못할 것을 애석하게 생각했다.

이들은 신앙보다도 더욱 강렬한 인연으로 묶여 있었다.

기사수도회뿐만이 아니라, 교회에서도 같은 집단 사람들을 이렇게 부르는 습관이 있다.

형제, 자매여.

그런 이야기를 하는 로즈 앞에서 뮤리는 눈을 커다랗게 뜨고 얼어붙어 있었다. 숨 쉬는 일조차 잊어버린 듯했다. 현명한 소녀니 알아차렸으리라. 그것은 뮤리와 나 단둘만이 쓸 수 있는 문장의 이야기. 어떤 관계라면 마음속에 와닿을 수 있을까에 관련된 이야기였다.

동생이나 연인도 아니고, 스승과 제자도 아니다. 그러나 서로를 위해 목숨을 걸 정도로 강렬한 인연으로 맺어져 있으며 심지어 **오라버니**다.

자, 그런 신기한 관계를 나타낼 말이 대체 무엇일까. 이것은 난제였으나 놀랍게도 정답이 존재했다. 심지어 계속 눈앞에 굴러다니고 있었다. 내 옆에 서서 언제나 주위를 경계하고, 때로는 서로 마음을 터놓고, 때로는 손을 힘차게 잡고, 길을 열어젖혀 주는 든든한 존재.

기사.

은빛 갑주와도 같은 털가죽으로 온몸을 두른, 고결하고 아름다운 늑대 소녀에게 그보다 더 어울리는 호칭이 있을까.

하지만 겨우 숨을 들이마시고 내게 안겨 들려 하는 뮤리를 막은 이유는 로즈의 앞이기 때문이 아니었다. 뮤리와의 관계를 기사라는 단어로 표현한다면 눈앞에 있는 소년을 저버릴 수는 없었다.

로즈 같은 견습기사조차 분대의 존속을 위태롭게 여기고 반쯤은 포기할 정도의 고난을 겪는 가운데 윈트셔는 부하들을 이끌고 라우즈번까지 찾아왔다. 그리고 도시의 상황을 꼼꼼히 조사하여 열심히 머리를 굴려, 자신들의 존재를 이어 갈 수 있는 희미한 가능성을 찾아냈다.

적인 여명의 추기경을 지렛대 삼아 분대의 존재를 다시금 무대 위로 끌어올리겠다는 작전이었다. 괴롭고 원통한 마음이 서로 맞아떨어지는 제2왕자 진영과 손을 잡는다는 안이한 발상도 없지는 않았으리라. 오히려 그쪽이 훨씬 더 속 시원한 방법이다.

하지만 윈트셔가 선택한 길은 기사들이 기사로 계속 존재하게 만들기 위한 방책이었다. 광대 같고, 기사도에 어긋나며, 적에게 알랑거리는 것은 자기 하나뿐이면 된다고 결심하고서.

나는 윈트셔의 생각을 '그나마 나으니까'라는 이유로 선택했다. 윈트셔 자신도 그랬으리라. 에이브가 감탄할 정도로 냉철하게, 그렇게 판단했던 것이다.

하지만 그것이 최선의 길은 아니다. 모두 함께 웃으며 끝날 수 있는 선택지는 아니다. 여기서 어설프게 로즈를 위로해 두고, 시치미 뚝 뗀 얼굴로 모레 재회하여 심각한 표정으로 문답을 벌일 수도 있다.

하지만 그런 기만을 저질러 놓고 뮤리에게 나의 기사가 되어 달라고 할 수 있을까. 세상 속에 홀로 남겨진 외톨이라고 울던 소녀를 위해 마련한, 특별한 의미를 가진 문장에 그런 기만을 담아도 되는 걸까.

하이랜드라면 안 된다고 할 테고, 나도 그렇게 생각한다.

이상을 믿고 뇨히라를 나왔다. 로즈를 구하지 못하면 우리의 여행은 여기서 끝장이라는 느낌마저 들었다. 뮤리와 함께 여행하지 않는다는 선택지는 없고 우리 둘의 문장만이 그 길을 비춰준다고 생각하면, 믿어야만 한다. 길이 있을 것이라고.

무엇보다 나는 기사들이 아무 쓸모없는 도구라고는 도저히 생각할 수가 없었다. 이교도는 자취를 감췄을지도 모르지만 신앙을 더럽히는 자들까지 사라진 건 아니다. 신앙이 흔들리는 상황에서 기사들의 존재 덕분에 신앙을 되찾는 일도 충분히 생길 수 있다.

대성당에서 윈트셔와 포옹하던 성직자들을 떠올리면 된다. 기사들은 그 사람들의 약해졌던 마음을 지탱해 주는, 훌륭한 기둥이 되어 주었다.

이 소년을 박대했던 브론델 수도원처럼 자기 이익만 생각하면서 신앙 따위는 뒤로 제쳐 둔 성직자들이 대체 얼마나 많을까. 그들은 올바른 신앙을 잊고 황금을 숭배한다. 다름 아닌 이교도가 아닌가.

그야말로 신앙의 수호자인 기사들이 싸워야 할 정도의….

"싸워야, 할, 정도?"

나는 그 말을 입속에서 중얼거리다가 눈을 부릅떴다.

"앗!"

그 순간 머릿속에서 대성당의 종이 울려 퍼지고, 열쇠구멍에 열쇠가 찰칵 들어맞는 느낌이 들었다. 하이랜드나 윈트셔와 이야기할 때 머릿속을 자꾸만 스치던 무언가가 갑자기 형태를 맺었다.

적은 있다.

기사들이 아니면 싸울 수 없는 적이 수두룩하게 있지 않은가!

"오라, 버니?"

걱정스러운 듯 내 얼굴을 바라보는 뮤리를 흘끔 본 뒤, 나는 로즈를 돌아보았다.

"칼 로즈라고 했지요?"

그 이름을 부르자 로즈는 겁먹은 얼굴로 고개를 끄덕였다.

"내 이름은 토트 콜."

"어? 오, 오라버니?!"

놀라는 뮤리는 개의치 않고 말했다.

"또 다른 이름은 여명의 추기경이라 합니다."

무슨 농담이냐며 로즈는 웃었다. 그러더니 내 눈빛을 보고는 웃음이 사라졌다.

'여명의 추기경'의 인상착의와 풍채에 대한 소문 정도는 어디서 들은 적이 있으리라.

뮤리와 나를 번갈아 본 순간, 로즈의 짧게 자른 금발이 거꾸로 솟구치는 듯했다.

진흙탕 길에 얼굴을 처박았다는 이야기를 듣고 윈트셔는 그녀석답다며 웃었다.

로즈는 너무나도 기사답다. 그 누구보다 기사다.

"너 때문에…."

분노에 불타, 얼굴에 핏기가 돌아왔을 때 내가 말했다.

"당신이 기사단을 구해 주길 바랍니다."

신앙으로 뒷받침된 고집이라면 제아무리 격렬한 감정에 휩쓸리기 쉬운 소년이라 해도 나 역시 지지 않는다.

로즈는 뮤리가 끼어들려 할 정도로 나를 향해 몸을 바짝 들이밀었지만, 내가 정면으로 마주 보자 움직임을 멈추었다. 나는 설령 얻어맞는다 해도 눈을 돌리지 않을 자신이 있었다.

"당신이 구해 줬으면 합니다. 내 입장으로서는 어렵습니다. 하지만 당신이라면 가능합니다."

"무, 무슨. 아니, 넌…."

로즈는 울 듯한 얼굴이었다. 자신을 구해 준 상대가 사실 가장 원망스러운 적이었으니.

어쩌면 기사들을 구해 달라는 말에 이성보다 먼저 감정이 반응했는지도 모른다.

"그래요, 나는 여명의 추기경입니다. 교회개혁의 기수라고 불리는 자죠. 하지만 당신 역시 기사라면 들은 적이 있지 않겠습니까?"

"뭐, 뭘, 말이야…?"

화를 내야 좋을지 울어야 좋을지 알 수 없는 듯, 혼란에 빠진 얼굴로도 로즈는 다부지게 되물었다.

강한 소년 로즈에게 나는 이렇게 말했다.

"윈필 왕국이 생기기 전, 기사들이 이 섬의 야만족과 싸워서 신앙을 되찾은 이야기 말입니다."

"……."

곤혹의 빛이 짙어진 얼굴을 향해 말을 이었다.

"이 섬에서 삿된 신앙을 몰아내는 데는 나보다 당신들이 적임자입니다. 그런 당신들이 잃어버렸던 기사단의 역할을 다해 주길 바랍니다."

"…그걸 어떻게…."

"할 수 있습니다."

단언하고 자리에서 일어섰다.

뒷골목에 웅크리고 앉아 울고 있던 소년이 눈 아래로 보였다. 그 소년에게 손을 내밀었다.

"일어서세요, 성스러운 기사여. 당신들이 악을 처단하고 왕국과 신앙을 구하는 겁니다!"

로즈는 당황한 얼굴로 내 손을 바라보았다.

그러자 뮤리가 로즈의 손을 잡더니 말했다.

"기사는 말이지, 우는 거 아니야."

로즈는 어깨를 바짝 세우고 소맷자락으로 힘차게 눈가를 닦았다.

고집쟁이에 우직하고, 몇 번이고 다시 일어설 만큼 포기를 모르는 성품.

기사의 면면을 전부 갖춘 소년은 도전적으로 내 손을 움켜쥐고 일어섰다.

"우리 기사단은 적 따위에게 빌붙지 않는다."

윈트셔의 얼굴이 눈앞에 떠올랐다.

"하지만 기사는 적에게도 관대한 마음을 가져야 하지."

기사도의 신조가 이렇게까지 잘 어울리는 소년은 흔치 않다.

윈트셔가 얼굴을 붉힐 정도로 기사다운 로즈를 향해 뮤리가 기쁜 얼굴로 웃었다.

"이야기를 들어 보겠어, 여명의 추기경."

교회 문장 앞에서 교차된 검.

그것은 바로 이 소년을 나타내는 모습이라는 생각이 들었다.

기사들이 활약할 길이 있다. 쓰러뜨릴 적은 벌써 몇 년 전부터 거기에 있었다.

지금까지 아무도 그 적에 손을 대지 않았던 데에는 물론 이유가 있었고, 그 이유를 뛰어넘기 위해서는 누구나가 주춤할 만한 정론이 필요했다. 그리고 정론을 방패로 세움에 있어 성 크루자 기사단보다 더 잘 어울리는 배우는 없다.

내가 그 생각을 로즈에게 말하자, 로즈는 마치 두꺼비가 성전의 경구를 암송하는 모습을 본 것 같은 표정을 지었다.

그와 동시에 왜 그 생각을 스스로 떠올리지 못했는지 분하게 여겼다.

상식이나 고정관념은 언제나 사람의 눈을 흐리게 만든다. '정론으로는 그렇게 말할 수 있겠지만…' 하고 사람들이 떨떠름하게 중얼거릴 때, 그 정론을 들이밀기 위해서는 용기가 필요하다.

하지만 로즈는 그 제안을 듣고 그야말로 지금의 자신들에게 어울리는 일이라고 말했다.

입장도 애매하고, 그 누구도 아군으로 봐 주지 않고, 닻 없는 배처럼 표류하고 있기 때문에 비로소 할 수 있는 일이 있다. 해야만 하는 일이 있다. 로즈는 그렇게 말했다.

"그 제안을 내가 분대장님께 전달하면 되는 건가?"

로즈는 성급하게 말했지만 여기서는 몇 살이라도 나이를 더 먹은 내가 진정시킬 차례였다.

큰일을 하려면 사전준비가 필요하고 계획의 타당성도 먼저 확인해야 한다.

그래서 정론이라는 이름 아래 사람들을 입 다물게 만드는 심술궂은 짓에 일가견이 있을 만한 인물의 이야기를 들어야겠다는 생각에, 우리는 하이랜드의 저택으로 향했다.

"…네 오라비는 가끔 네 부친을 몹시 닮았다."

"뭐? 오라버니랑 아버지는 별로 안 닮은 것 같은데."

"멍하니 있는 것 같지만 실은 그 누구보다 매사를 널리 보고 있지. 심지어 한 번 결정하면 절대로 굽히지 않지. 양과 똑같아."

에이브와 뮤리는 하이랜드의 저택에 있는 어느 방에서 서로 머리를 맞댄 채 그런 이야기를 나누고 있었다.

방에 함께 있던 로즈가 초조한 얼굴로 두 사람을 향해 말했다.

"그래서 어떻다는 거지? 나는 그 제안에 무슨 문제가 있다는 생각은 안 드는데."

빨리 정의를 구현하고 싶어 몸이 근질근질한 표정의 로즈를 보고 에이브는 살짝 놀라는 듯 코웃음을 쳤다.

"너희들 기사는 소나 다름없지. 앞밖에 안 보여."

로즈가 머쓱한 표정으로 뭐라 대꾸하려 할 때 내가 끼어들었다.

"저는 에이브 씨에게서 들었던 포도 이야기에서 착상을 얻었습니다. 그래서 에이브 씨라면 이런 이야기에 조예가 깊을 것 같더군요."

내가 떠올린 계획은 빈정거리는 게 아닐까 싶을 만큼 정론을 무기로 삼는 방법이었다. 너무나도 올곧기에 오히려 성격이 더 못돼 보인다고 할 수도 있다. 그런 면에서 에이브는 둘째가라면 서러운 인간이다.

그러자 에이브가 한숨 섞인 목소리로 말했다.

"그 이야기는 커다란 힘을 가진 놈들이 자잘한 놈들을 장기짝 삼아 상대를 거래 자리로 끌어내는 이야기지. 네가 지금 가져온 건 자잘한 놈들이 커다란 힘을 가진 놈들의 코를 잡고 질질 끌고 다니는 이야기고. 심술로 네게 질 줄은 상상도 못 했다."

에이브는 일부러 그러는 것처럼 어깨를 으쓱했다.

"돈벌이도 날아가 버렸네."

뮤리의 말에 에이브는 실눈을 뜨고 나를 노려보았다.

"그러게나 말이야. 야기네한테 미리 해 뒀던 사전교섭도 쓸모가 없어졌잖아. 오랜만에 불로소득을 좀 누려 보나 했더니."

"이미 충분할 정도로 많이 버셨잖아요."

"하핫."

에이브는 내 말을 웃어넘기고 로즈를 돌아보았다.

"너, 견습기사라고 했지?"

"그, 그렇다."

살짝 압도당한 눈치였지만 그래도 로즈는 등을 곧게 펴고 말했다.

그런 로즈를 보고 에이브는 이를 드러내며 히죽 웃었다.

"너희를 바보로 만든 놈들의 궁둥이를 있는 힘껏 걷어차 주고
와."

그 말의 의미를, 그 자리에 있는 전원이 이해했다.

에이브가 봐도 충분히 잘 풀릴 계획이라는 뜻이었다.

"궁둥이는 걷어차 줘도 되는데, 나도 수지타산은 맞춰야겠어."

에이브는 한쪽 눈썹을 치켜올리고, 뮤리는 웃고, 나는 든든하
다는 생각이 들었다.

"나 참, 빛이 있는 곳에 어둠 또한 있으리. 누가 한 말인지 정
말 그럴싸하다니까. 하이랜드는 복잡한 기분이 들겠지만."

"임금님한테는 우리의 존재를 비밀로 하는 거지?"

이 계획은 윈필 국왕과 교황, 양쪽이 다 벌레 씹은 표정을 짓
게 만드는 일도 된다. 정의라는 이름을 마음대로 휘두를 수 있
는 건 유일하게 윈트셔뿐이다.

그렇기 때문에 이 계획을 떠올린 건 어디까지나 로즈라고 밀
어붙일 필요가 있다. 내가 짠 계획이라는 사실이 왕에게 알려
지면 여명의 추기경이 왜 왕국 편을 들어 주지 않느냐며 원망을
받게 된다.

"보통 좋은 약은 입에 쓰다고들 하지. 설령 그 덕에 병이 낫는
다 해도 원망은 남게 돼 있어. 너희는 후방지원에 전념하는 게

무난할 거다."

에이브의 말에 로즈는 의아한 표정을 지었다.

"나는 그 점이 이해가 안 돼. 이 계획은 왕국의 암 덩어리를 제거하고 교황님께는 명예로운 결과를 가져올 텐데 왜 나쁜 일처럼 이야기하는 거지? 이 일은 정의가 아닌가?"

로즈는 정면으로 그렇게 물었지만, 그게 아직 경험이 부족한 솔직한 아이라서 그런 건 아니었다.

로즈는 이렇게 생각하고 있겠지.

올바른 일을 하니까 올바를 터. 오히려 그것을 이리저리 꼬아 생각하는 왕과 교황이 잘못되었다.

"너희처럼 정의란 걸 향해 똑바로 돌진할 줄밖에 모르는 소는 나한테 천적이야."

에이브가 그렇게 말하고 자리에서 일어섰다.

"이제 그만들 가 버려. 난 돈 계산하느라 바빠."

방을 나가는 에이브의 뒤를 따르던 우산 든 처자가 생긋 웃으며 나갔다.

로즈는 에이브가 대답을 얼버무리는 바람에 불만스러운 모양이었지만 뮤리가 달래자 할 수 없다는 표정으로 화를 가라앉혔다.

게다가 로즈에게 이 계획이 타당한지 아닌지 따위는 애당초 고려할 일도 아니었다.

안 한다는 선택지는 처음부터 없었고, 그저 에이브가 반대할지 안 할지가 더 중요했다.

"이제 더 걱정할 일은 없겠지?"

한시라도 빨리 윈트셔에게 계획을 전달하고 싶어 안달을 내는 로즈에게 내가 대답했다.

"예. 이제 약간의 준비와 당신의 협력이 필요합니다."

"분대를 위해서라면 무엇이든 다 협력하겠어. 말만 해 줘."

나를 양이라 평했던 에이브는 로즈를 비롯한 기사들을 일컬어 소라 했다.

너무나도 와닿는 비유여서 재미있게 느껴지는 한편 든든하기도 했다.

"그럼 대성당으로 간 후, 이렇게 해 주십시오…."

로즈는 여러 번 확인한 후 '알겠다'고 답했다.

그리고 하이랜드의 저택에서 나왔을 때, 로즈는 갑자기 자세를 고치며 나를 보았다.

"너… 아니, 당신은 교황님의 적일지도 모르지만 신앙의 적은 아닌 것 같군."

뭐라고 답해야 좋을지 알 수가 없었다.

하지만 굳이 말은 필요치 않다는 생각도 들었다.

미소로 답하자 로즈는 눈인사를 한 뒤 발걸음을 돌렸다.

외투를 휘날리며 작전을 위해 한 걸음 앞서 대성당으로 달려

가는 로즈를 배웅하고 나서 뮤리가 살짝 웃었다.

"숨이 갑갑해질 정도로, 기사님 그 자체네."

로즈에게는 칭찬의 말이리라.

"반했어요?"

내가 묻자 뮤리는 내 허리를 때리며 "좀 생각해 볼 수는 있어."라고 대답했다.

그 후 우리도 대성당으로 가서 통용문으로 돌아 들어갔다. 하이랜드에게 급한 볼일이 있다고 하니 들여보내 주었다. 차가운 석벽으로 둘러싸인 복도를 걸어가며 나는 여러 번 심호흡을 했다.

"그 금발은 화 안 낼 거야."

뮤리가 내 긴장을 눈치채고 그렇게 말했다.

내 계획은 윈트셔의 제안을 실현시키기 위해 물심양면으로 노력한 하이랜드의 공을 전부 허사로 돌리는 짓이었다. 뿐만 아니라 하이랜드가 추후 왕에게서 질책을 받을 가능성도 충분했다.

왕은 틀림없이, 기사들을 잘만 제어하면 왕국에 유리한 형태로 이야기를 진행시킬 수 있을지도 모른다고 생각하고 있으리라. 하이랜드는 두 눈 멀뚱멀뚱 뜨고 그 좋은 기회를 놓친 셈이다.

당연히 하이랜드도 금세 그런 미래를 알아차릴 것이다.

"뭐, 화를 낸다면 그때는 같이 사과해 줄게."

마치 장난칠 계획 이야기라도 하는 듯한 뮤리의 말에 나는 무심코 웃고 말았다.

신이 어쩌면 곰일지도 모른다는 이야기를 늘어놓을 정도의 뮤리에게 사실 이 정도는 전부 장난의 범주에 들어가는 게 아닐까.

"괜찮아요. 하이랜드 님은 그런 일로 화내는 분이 아니니까요."

하이랜드 편을 들자 뮤리는 금세 뚱한 표정을 지었다.

나는 말을 이었다.

"게다가 윈트셔 님을 비롯한 기사 여러분이 실로 기사답게 행동해 주실 거라 생각합니다. 누구나가 분노를 잊어버릴 정도로 멋진 모습이지 않겠어요?"

뮤리는 계단에서 발을 헛디딘 듯한 표정을 짓더니 분한 얼굴로 웃었다.

"그러게. 그 말이 맞아."

뮤리는 그렇게 말하고 나서 기사들이 멋지게 활약하는 모습을 상상한 모양이었다. 안심한 듯, 마음이 놓인 듯 한숨을 내쉬더니 코를 훌쩍거렸다.

그 모습에 피식 웃다가 옆구리를 꼬집혔다.

그러저러하는 사이 우리는 하이랜드가 있는 방에 도착해, 무슨 일인가 싶어 놀라는 하이랜드를 향해 사정을 대충 알렸다.

그렇잖아도 막 왕의 답장을 받았던 하이랜드는 편지를 떨어뜨렸다.

"…맙소사."

하이랜드의 입에서는 그런 혼잣말이 튀어나왔다. 그리고 하이랜드는 자신의 머리를 때리듯, 뺨에 손을 댔다.

"맙소사… 아아, 대체 왜, 왜 그 가능성을…."

머리를 부여안은 하이랜드를 보고 뮤리는 어째서인지 의기양양한 표정이었다.

"…이렇게 얄궂은 일이 있을 줄이야. 난 대체 뭘 봤던 거지?"

테이블에 양손을 짚은 하이랜드는 몇 초 동안 말이 없었다.

높은 입장에 있는 몸으로서 다양한 것들을 생각했으리라.

"왕의 가신으로서, 나는 사실 이 계획을 최대한 왕국을 위해 진행할 의무가 있다."

그리고 고개를 든 하이랜드가 제일 먼저 내뱉은 말이 이것이었다.

그 길은 틀림없이 존재한다. 무시무시할 만큼 유리하게, 교황의 코를 납작하게 만들 절묘한 일격을 날려 얼굴까지 새파랗게 질리게 만들 수 있다.

하지만 그러면 윈트셔를 비롯한 분대의 입장은 계속 애매해지기만 할 뿐이다.

이 계획은 윈트셔와 기사들이 성 크루자 기사단 분대 내에서

316

다시금 확고한 입지를 얻기 위한 유일한 방법이자 아마도 최후의 방법이리라.

"하지만 나는 왕의 가신이기 이전에 신의 종복이지."

하이랜드는 그렇게 말하며 의자를 걷어차다시피 일어나서는 성큼성큼 걸어 내게 다가왔다.

그리고 내 손을 양손으로 굳게 잡았다.

"왕께서 하실 푸념은 내가 달게 받겠다. 나는 윈트셔처럼 훌륭한 인물이 배신자라고 비방당하는 모습을 보고 싶지 않아."

"그럼 괜찮겠습니까?"

"물론이다마다!"

하이랜드는 말했다.

"성 크루자 기사단이 왕국에 입성했다. 그리고 썩어 빠진 교회의 문을 두들겨 그 안에 있는 놈들을 회개시키다니, 이 얼마나 멋진 이야기란 말이냐!"

내가 떠올린 계획은 바로 이것이었다.

왕국과 교회는 대립하고 있지만 왕국 안에도 당연히 교회 조직이 잔뜩 있다.

그중에는 브론델 수도원처럼 왕국보다도 역사가 오래되고, 또 막대한 부를 소유한 자들이 있다. 원래는 그 부정을 파헤쳐 백일하에 드러내야 하지만 그러면 교황 측에서는 조직을 지키기 위해 일어설 수밖에 없다.

그래서 왕국이 속을 끓이고 있는 가운데 제2왕자가 징세권 불하라는 수단을 이용해 완곡한 방법으로 교회의 재산을 노렸다. 그 때문에 당연히 왕국과 교회 사이에는 또 불화가 생기고, 거의 전쟁 직전에 이르렀다.

이때 성 크루자 기사단이 등장한다.

본래 성 크루자 기사단은 교황의 심복이며 그 부대가 왕국으로 들어온다는 건 즉, 전쟁을 의미한다. 하지만 들어온 부대는 윈필 왕국 출신의 기사들이며, 이들은 기사단 내부에서 입지를 잃고 이곳에 찾아왔다고 한다. 하지만 그렇다고 이 기사들이 왕국 진영에 소속되어 있지는 않으니, 적인지 아군인지 확실히 알 수가 없다.

나는 바로 그 점을 이용해야겠다고 생각했다.

왕도 교황도 적인지 아군인지 구분하지 못하는 존재가 왕국 내의 교회라는, 이 또한 애매하기 짝이 없는 존재의 부패를 파헤친다는 구도.

적인지 아군인지 알 수 없는 기사들이 도대체 누구를 위해 그런 짓을 하는 거지? 하고 권력자가 묻는다. 양쪽 모두의 물음에 말문이 막힐 것 같지만, 양쪽 모두를 입 다물게 할 수 있는 답이 딱 하나 있다.

신앙을 위해!

윈필 왕국도 교황도 거기에는 트집을 잡을 수 없다.

"교황 입장으로서는 진퇴양난이겠지. 교회의 부정을 기사들이 바로잡아 나가면 사람들은 분명히 그것을 칭송할 테고, 기사들을 보낸 교황님은 역시나 옳은 분이셨다고 생각하게 돼. 단 교황은 기사들을 냉대했다는 약점이 있고, 이것 때문에 왕국 교회가 문을 열어 버리면 신앙의 보급을 끊고 있던 성무정지도 어영부영 풀리게 될 거다."

하이랜드는 즐거운 듯 말하면서 동시에 한숨도 쉬었다.

"왕 또한 과한 수면 후의 두통 같은 것을 느끼시겠지. 왕국 교회의 부정을 파헤치고 그 문을 열어 준 건 대단히 고맙지만, 기사단의 인기 때문에 덩달아 교황의 인기가 올라가는 건 달갑지 않으니. 심지어 왕국 내 교회의 부정은 본래 자신들의 손으로 바로잡아야 했다는 걸 생각하면 정말이지 철면피가 따로 없어."

양쪽 진영 모두에게 좋은 일과 나쁜 일이 다 존재한다.

심지어 윈트셔의 분대는 애당초 적인지 아군인지 확실하지도 않다.

그래서 왕국과 교황은 모두 윈트셔의 분대가 제멋대로 저지른 행동을 질책해야 하는지 지원해야 하는지 알 수가 없어 그저 방관만 할 것이다. 윈트셔의 분대가 자신들 편이라면 지원해야겠지만 적이라면 지원했을 경우 돌이킬 수 없는 사태가 벌어지리라.

윈트셔의 분대는 자신들의 애매한 입장 때문에 고통을 받았다.

그렇다면 그 애매함을 이용해서 주인들을 휘둘러도 되지 않겠는가.

"이리하여 기사들은 신의 대리인으로서 왕국의 교회에서 부정을 몰아내겠지. 왕국 사람들은 다시 교회로 발걸음을 옮겨, 신의 자비를 누릴 수 있게 돼. 왕 입장에서는 교회 앞에서 당당해질 이유가 하나 생긴 셈이다."

하이랜드는 기사들이 가져다줄 효과를 하나하나 꼽아 보았다.

"한편 기사들은 올바른 신앙의 기수로서 명성을 높일 수 있게 된다. 교황은 그 업적을 높이 평가할 수밖에 없고. 뭐라 해도 적진에 단신으로 뛰어들어 교회의 이름을 드날리고, 민중들의 칭송을 한 몸에 받은 것이니까!"

하이랜드는 그렇게 말하며 이야기의 결말을 움켜쥐듯 주먹을 부르쥐었다. 크게 심호흡하는 모습을 보니 어마어마한 아이러니로 가득한 이 계획의 편안한 씁쓸함을 음미하는 모양이었다.

"나 참."

하이랜드는 커다란 한숨을 내쉬며 말했다.

"신도 생각 못 할 거다, 이렇게 심술궂은 계획은."

어이없는 웃음은 칭찬이기도 했다.

하지만 이 계획이 잘 풀린다면 그것은 아마 기사들의 삶의 태도 덕분일 것이다.

"윈트셔 님의 분대라면 진실로 신앙을 따라 올바른 일을 하리라고 모두가 믿을 수 있습니다. 그 신뢰가 없으면 성립하지 않는 계획입니다."

악의는 없다. 그러니 책망할 수가 없다.

올바른 일을 올바르다고 정면으로 말할 수 있는 사람은 고결한 기사들뿐이기에.

"하지만 불안한 점이 있다면….."

하이랜드는 상기되어 있던 얼굴을 약간 흐리며 말했다.

"이 이야기의 전달을 맡긴 소년은 신용할 수 있는 인물인가, 하는 점인데."

이 계획에는 명분과 실리가 절묘한 비율로 배합되어 있다.

악의를 포함시키면 너무나도 쉽게 원하는 방향으로 움직일 수도 있다.

로즈가 여명의 추기경을 계략에 빠뜨리고 어디까지나 왕국을 무너뜨리는 방향만으로 머리를 굴린다면 왕국에 해를 가하는 형태로 오로지 교황만을 위해 이 계획을 실행시킬 수 있다.

"괜찮아."

그렇게 말한 사람은 뮤리였다.

"그 근거는?"

하이랜드의 물음에 뮤리는 어깨를 으쓱했다.

"그치만 그 남자앤 나한테 홀딱 반했는걸."

세상에서 몇 안 되는, 찝찝한 설득력을 지닌 말이었다.

"저는 로즈 소년을 믿지만 윈트셔 님도 믿습니다."

로즈에게서 이 계획을 들은 윈트셔는 여명의 추기경이 잔머리를 굴린다고 의심하지 않을까.

로즈와 우리가 길에서 마주쳤다는 사실은 알고 있고, 로즈가 느닷없이 이런 계획을 짜낸다는 건 아무리 생각해도 부자연스럽다.

하지만 나는 걱정하지 않는다.

"윈트셔 님은 기사 중의 기사입니다."

올바른 일을 그저 올바른 형태로 행할 뿐.

"아아, 그래. 그랬지. 그 점을 의심해서는 안 돼."

하이랜드와 나는 시선을 마주치고 서로 고개를 끄덕였다.

이 세상에는 신용할 수 있는 것이 존재한다.

그 사실을 확인이라도 하듯.

"좋아~ 그럼 결정됐네, 결정됐어."

그때 뮤리가 끼어들어 내 가슴을 밀어내 하이랜드와의 거리를 벌렸다.

"계획을 실행한다고 그 남자애한테 말하고 올게. 괜찮지?"

로즈는 대성당 한구석에서 우리의 신호를 기다리고 있다.

그 신호를 받으면 자기 동료들에게 달려가기로 되어 있었다.

"그 남자애가 아니고, 로즈예요."

"그 남자애라고 부르는 게 나아. 울보인걸."

뮤리는 차갑게 어깨만 으쓱했다.

하이랜드와 내가 마주 보며 쓴웃음을 짓자, 내 손을 잡아끌며 방을 나가려던 뮤리가 문득 하이랜드를 돌아보았다.

"아, 맞다."

"음?"

의아한 표정의 하이랜드에게 뮤리가 말했다.

"오라버니랑 얘기해서 문장에 쓸 그 관계라는 걸 정했어."

"오오!"

얼굴을 빛내는 하이랜드를 보고 뮤리는 마치 이겼다는 듯 말했다.

"나를 오라버니의 기사라고 써 줘."

"……."

그때 하이랜드의 얼굴은 마녀가 재채기도 못 할 만큼 짧은 순간 지은 표정으로 얼어붙어 버렸다. 그런 하이랜드를 본체만체한 채 뮤리는 문을 열고 내 등을 밀며 복도로 나오더니 얼굴만 방 안으로 들이밀고 말했다.

"그리고 우리 문장, 당신도 써도 돼. 특별히 봐주는 거야!"

그리고 문을 닫았다. 하이랜드가 어떤 표정을 짓고 있을지는 상상하는 수밖에 없지만 뮤리의 머리를 콩 때리는 건 잊지 않았다.

"문장을 우리만의 것으로 삼을 수 있는 건 하이랜드 님이 하사해 주셨기 때문이에요. 알기나 하는 건가요?"

"아프잖아… 아, 진짜! 나도 알아!"

"정말 아는 거 맞아요? 어휴….."

그런 대화를 나누며 성당 중앙이 넘겨다보이는 숨겨진 복도로 돌아왔다.

뮤리는 재빨리 격자창에 매달려 사람으로 북적이는 성당 내부를 내려다보았다.

"있어요?"

"으음… 아, 있다."

뮤리는 일단 격자창에서 얼굴을 떼고 조심조심 웃옷을 걷어 올리더니 허리싸개를 들어 올렸다.

"으응… 어, 어라, 왜 안 떨어지지…."

신호에 사용하기로 한 물건은 로즈에게서 받았던 문장이었는데 허리싸개에 너무 튼튼하게 꿰맸던 모양이었다. 뮤리는 그냥 포기하고 허리싸개를 벗어 들었다.

"오라버니, 밑에서 붙잡아 줘."

"네? 자, 잠깐…."

내가 당황하거나 말거나 뮤리는 벗은 허리싸개를 손에 감아 들고 격자창으로 내밀었다.

로즈는 그것을 금세 알아차릴 터였다.

길바닥에 쓰러져 있을 때 자신을 구해 준 소녀에게 선물했던, 재회의 맹세니까.

"벽 뒤에서 내가 이런 한심한 짓을 하고 있을 줄은 상상도 못 하겠죠…."

자꾸 흘러내리는 바지를 붙잡고 있는 나 따위는 개의치도 않 고 뮤리는 손을 열심히 흔들어 댔다.

'자, 달려라' 하고 소를 몰아세울 때처럼.

"아, 알아차렸나 봐."

뮤리는 그렇게 말하며 겨우 손을 뒤로 뺐다.

"흐흥, 아주 의욕이 넘치네."

그러고는 가슴 앞에서 팔짱을 끼더니 마치 누나처럼 그렇게 말했다.

그런 짓은 그만두고 빨리 자기 바지나 붙잡았으면 좋겠는데 말이다.

"괜찮아 보이나요?"

내 쪽에서는 보이지 않았기에 그렇게 물었다.

뮤리는 격자창으로 비쳐 드는 불빛에 눈을 가늘게 뜨며 대답 했다.

"괜찮아. 다부진 남자애니까."

쓴웃음을 지을 수밖에 없었다. 어쩌면 로즈는 내일의 내 모습 일지도 모른다.

"오라버니, 그거 알아?"

뮤리가 나를 돌아보며 활짝 웃었다.

"기사는 있지, 진짜 멋져."

"알고 있어요."

나는 뮤리의 바지를 한 손으로 붙잡은 채 다른 한 손으로 뮤리에게서 허리싸개를 받아 들었다.

그리고 뮤리의 가냘픈 허리에 팔을 둘러 허리싸개를 다시 감았다.

마지막으로 허리 옆에서 남은 천을 묶어 준 뒤, 내내 가만히 있던 뮤리의 눈을 바라보았다.

"뮤리가 내 기사라고 하지 않았던가요?"

비아냥거리듯 말해도 뮤리는 멋쩍은 듯 웃으면서 내 목에 양팔을 감았다.

"네에~ 충성을 맹세합니다."

몇 년 전 펑펑 울던 뮤리를 꼭 안아 줄 때와는 반대가 된 구도.

어른이 된 것 같기도, 잔머리만 늘어난 것 같기도 하지만 어쨌든 성장했다.

그런 뮤리를 보고 한숨을 쉬며 대충 마주 안아 주었다.

뮤리는 다소 불만스러워 보였지만 나는 이렇게 말하는 것도 빠뜨리지 않았다.

"기사는 일찍 자고 일찍 일어나고, 절제와 근면이 신조인 사람들이에요."

"어?"

자유분방한 뮤리에게 깃발만 건네주었다가는 요란하게 깔깔 웃어 대며 마구 뛰어다니다 어딘가로 가 버릴지도 모른다. 야무지게 고삐를 쥐고 있어야 한다.

뮤리는 내 가슴을 밀어내고 몸을 떼었다.

"오라버니는 심술쟁이야."

송곳니를 드러내고 으르렁대는 뮤리에게 내가 대꾸했다.

"그럼 뇨히라로 돌아갈래요?"

뮤리의 새빨간 눈동자가 두 배는 되도록 커졌다가 금세 반으로 가늘어졌다.

"이잇~"

이를 드러내더니 고개를 홱 돌려 버린 뮤리를 보니 문장은 역시 고개를 홱 돌린 늑대 그림으로 해야겠다고, 나는 웃으며 생각했다.

그러저러하는 사이 성당 내부에서 지금까지와는 다른 웅성거림이 들려왔다.

뮤리와 얼굴을 나란히 하고 격자창을 내다보니 윈트셔가 이끄는 기사들이 모여 있었고, 개중에는 주먹을 휘두르는 자도 있었다. 윈트셔 옆에는 로즈가 있었는데 아직 가냘픈 그 어깨에는 윈트셔의 팔이 얹혀 있었다. 기사단의 소중한 일원으로서, 원의 중심으로서.

윈트셔가 무어라 설명할 때마다 멀리서 봐도 기사들의 사기가 오르고 무언가를 결의하는 의지가 솟구치는 모습이 뚜렷했다. 누구나가 입을 꽉 다물고 심각한 표정을 짓고 있는데도 왠지 울음을 터뜨릴 듯한 얼굴로도 보이는 건 내 기분 탓일까, 아닐까.

"기사들의 일체감이라는 거지."

뮤리는 그렇게 말하며 내 옷소매를 움켜쥐었다.

그 직후 성당 내부는 다시 술렁거렸다. 기사들이 드디어 허리에 차고 있던 검을 빼 들었던 것이다.

그리고 그 검끝을 머리 위에서 모으고, 함성을 질렀다.

결속을 새롭게 다진 기사들을 앞에 둔 뮤리의 손에 힘이 들어갔다.

다소 토라진 표정을 보니 기사들이 부러운 모양이었다.

"우리도 지지 않잖아요?"

내가 말하자 뮤리는 나를 쳐다보더니 씩 웃었다.

"당연하지!"

달콤한 향유 냄새가 코끝을 간질인 순간, 대성당의 종소리가 울려 퍼졌다.

나아가야 할 길의 지도를 얻은 기사들이 윈트셔의 지시에 따라 움직인 찰나 로즈가 우리 쪽을 올려다본 듯한 기분이 들었다.

부디 그 신앙에 걸맞은 신의 축복을 받기를.

내가 마음속으로 기도할 무렵, 로즈는 윈트셔와 함께 다른 기사들과 열심히 이런저런 이야기를 주고받고 있었다. 성 크루자 기사단과 여명의 추기경은 이 정도 관계가 딱 좋다.

나는 뮤리의 손을 잡았다.

그리고 뮤리가 야무지게 내 손을 맞잡는 것을 확인하고 그 자리를 떴다.

늑대와 양피지

종 막

로즈에게서 계획의 개요를 들은 윈트셔는 적확하게 행동했다.

우선 하이랜드를 찾아와서 앞선 제안을 철회하고, 앞으로 어떻게 할지를 설명했다고 한다.

거기에 우리의 그림자가 어른거린다는 사실을 아는 것 같기도 하고 모르는 것 같기도 한 태도였다고 하이랜드는 말했다.

아무튼 윈트셔의 분대는 전신에 전투용 갑주를 장착하고 봄 햇빛에 갑주를 번쩍번쩍 빛내면서 대성당 앞에서 앞으로의 일을 선언했다. 문을 닫고 자신들의 악을 감추려 하는 교회를 처단하겠노라고.

사람들은 교회에 불만이 있지만 삶에 필요한 것이라는 사실을 잘 알고 있다. 따라서 왕국의 현황을 바꾸어 줄 기사단의 발표를 대갈채로 맞아들였다.

이리하여 윈트셔 일행의 존재감은 맹렬하게 커지고, 교황도 태도를 바꿀 수밖에 없을 테니 이걸로 모두가 행복한 결말을 맺게… 되겠지만, 나는 어두운 기분으로 오른쪽 무릎을 달달 떨고 있었다.

"이런 건 필요 없을 것 같은데요…."

"아직도 그 소리야? 자, 고개 들어!"

뮤리의 말에 고개를 드니 목 주위에는 색이 들어간 띠가 걸려 있었다. 성직자의 지위를 상징하는 물건이지만 내 경우 성직록에 실려 있는 입장이 아니다 보니 그냥 하얀색이었다. 그러나 그것은 어떤 의미에서는 교회제도에 대한 비판이기도 하다.

그건 뭐 상관없지만, 내가 처한 상황이 도통 이해가 되지 않았다.

성전 번역을 하고 있는데 뮤리가 방에 뛰어들어 억지로 끌어내서는 가타부타 말도 없이 마차에 태운 것이다. 그 안에는 이미 하이랜드가 타고 있었고, 내가 내리겠다는 말도 하기 전에 마차가 출발했다.

대체 이게 무슨 짓이냐고 물으려 할 때 뮤리가 옷을 집어던졌다.

뇨히라에서 입고 왔던 성직자풍의 평상복인데 요즘 들어서는 거의 입을 기회가 없었던 옷이었다.

"사전에 의논했으면 거절할 게 뻔해서 이런 방법을 취했다. 미안하다."

맞은편에 앉은 하이랜드가 미안한 얼굴로 그렇게 말하며 왜 이런 일을 했는지 알려 주었다. 이 계획을 시작한 게 누군지는 몰라도 질책할 생각은 들지 않는다.

효과가 어느 정도인지는 나도 잘 아니까.

하지만 그 모습을 생각하니 자꾸만 마음이 무거워져, 아까부터 교회의 문장을 양손에 든 채 불안하게 계속 만지작거리기만 하고 있었던 것이다.

"공개문답보다 마음 편하지 않은가? 그, 내가 할 말은 아닐지도 모르지만 그대는 서 있기만 해도 되니 말이다."

너무나 우울한 내 표정에 하이랜드가 드물게도 변명하듯 말했다.

목둘레에 띠를 다 두른 뮤리가 이번에는 빗을 꺼내 내 머리를 빗어 주기 시작했다.

가까이 다가가니 뮤리에게서는 평소와 조금 다른, 꽃처럼 달콤한 향기가 났다. 나는 그제야 깨달았다. 뮤리의 옷은 뇨히라에서 나올 때 입었던 옷도 아니고 상인 도제 같은 옷도 아니었다.

"…설마 뮤리도?"

내 머리를 빗기다가 꼬불꼬불한 곱슬머리를 하나 발견했는지 쏙 뽑은 뮤리가 어깨를 으쓱했다.

"당연하지. 난 오라버니의 기사니까!"

그렇게 주장하는 뮤리는 마치 여행하는 수도녀를 연상케 하는 로브 차림이었다.

하지만 수도녀와 다른 점은 금실이 수놓인 화려한 허리싸개를 두르고, 단검 칼집을 차고 있다는 점이었다. 이렇게 자기주장이 강한 수도녀는 한 번도 본 적 없다.

"검은 준비 못 해서 칼집만 찼지만 말이지. 오라버니의 기사가 될 거니까 검도 마련해야겠다. 아~ 어떤 검으로 할까, 우후후."

"……."

뮤리와의 관계를 기사로 설정한 건 실수였을지도 모르겠다는
생각이 들었을 때, 하이랜드의 시선이 느껴졌다.

미안한 표정으로 웃고 있으니 나도 받아들이는 수밖에 없다.

"저는 그냥 가만히 서 있기만 할 겁니다. 기사 여러분 중에는
저를 달가워하지 않는 분도 여전히 계실 테니까요."

애초에 기사들을 기사회생시킨 그 방법은 로즈가 생각해 낸
것으로 되어 있다. 여명의 추기경은 여전히 교회의 적이자 기사
들의 표적이리라.

그런 가운데 하이랜드가 제안한 것은 이제부터 근린 교회로
출발하는 기사들의 전송식에 참석하자는 이야기였다.

"그걸로 충분하다. 사람들 사이에 소문이 퍼지기만 하면 돼."

"여명의 추기경이 불구대천의 적인 기사들을 배웅한다… 그
래, 신앙 때문에!"

신앙심 따위는 손톱만큼도 없는 뮤리가 그런 말을 하면서 내
머리를 뒤에서 꽉 묶고는 만족스러운 한숨을 내쉬었다.

"달걀 흰자로 머리를 굳히면 더 좋을 텐데."

"글쎄, 난 지금이 더 자연스럽고 좋은 것 같다. 다정하면서도
늠름한 분위기가 잘 드러나니까."

"그건 그래. 자, 오라버니. 등 반듯하게 펴!"

뮤리와 하이랜드에게서 품평하는 시선을 받은 나는 허리를
폈다.

허울 좋은 장난감이 된 기분도 든다.

"자, 슬슬 도착한 것 같은데… 인파가 엄청나군. 시벽 밖까지 나온 게 정답이었어. 거리 안에서는 도저히 무리다."

마차는 어느샌가 시벽을 넘어 밖으로 나와 있었다. 하지만 그것을 알아차리지 못할 정도로 창밖을 오가는 사람들은 어마어마했다. 누구나가 기사단 전송을 하러 뛰쳐나왔고, 직접 만든 기사단 깃발을 들고 있는 사람도 적지 않았다.

"아아, 신이시여. 저를 구원해 주소서…."

좀처럼 입 밖에 내지 않는 기도를 올리자 뮤리가 내 손을 잡았다.

그리고 안심하라는 듯 천진한 미소를 지었다.

고난에 처했을 때 곁에서 지탱해 주는 기사 노릇을 하려는 건지도 모르겠지만, 내 눈에는 장난이 성공했을 때 짓는 회심의 미소로밖에 보이지 않았다.

"뮤리, 쓸데없는 짓을 하면 저녁밥 안 줄 거예요."

뮤리는 여유로운 미소를 지은 채 어깨를 으쓱하며 하이랜드가 문 여는 것을 도왔다.

금세 가도의 난리통이 쏟아져 들어와 심장이 꽉 죄어들었다.

"자."

먼저 밖으로 나간 하이랜드와 그 뒤를 따른 뮤리가 봄 햇살 아래에서 내게 손을 내밀었다.

정말이지 왜 뇨히라에서부터 데려온 걸까, 하고 한순간 후회하면서도 그 손을 잡았다.

작은 손인데도 그 힘찬 느낌은 어른 못지않았다.

"온다!"

하이랜드도 사람들의 흥분에 덩달아 고조되었는지 큰 소리로 그렇게 말했다.

거리 쪽을 바라보니 기사들이 지금 막 이쪽을 향해 오고 있었다.

"성 크루자 기사단에 영광 있으라! 올바른 신앙에 축복 있으라!"

거리 양옆에 선 사람들이 목청 높여 외치며 들고 있던 꽃잎을 길에 뿌렸다.

선두에는 심홍색 깃발을 내건 백마에 탄 기사 두 명이 서고, 그 뒤로도 말을 탄 기사가 몇 명 따랐다. 윈트셔의 얼굴은 거기서 바로 찾을 수 있었고 말 뒤에서 걷는 기사들 속에 로즈의 모습도 보였다.

"후후, 아주 의기양양한 표정이네. 울보 주제에."

"뮤리도 남 얘기를 할 때가 아닐 텐데요?"

뮤리의 머리를 쿡 찌른 뒤 마차를 몰았던 마부가 가져다준 발판에 발을 얹었다.

뮤리도 옆에 있는 발판에 올라 직접 몸단장을 했다.

"어때, 오라버니. 귀여워?"

고개를 갸웃하며 묻는 그 모습은 평소와 달리 얌전한 축에 드는 옷을 입고 있어서인지 확실히 귀여웠다. 여기에 지나치게 화려한 허리싸개와 검만 없으면 좋겠는데, 하는 생각이 들었지만 그건 이미 뮤리가 아닐 거라고 생각을 고쳐먹었다.

"네, 네. 귀엽네요."

무성의한 듯 말하자 뮤리는 다소 불만스러운 표정이었지만 결국은 기뻐하며 고개를 움츠렸다.

그러저러하는 사이 사람들의 환성은 더욱 높아지고, 기사들이 다가왔다.

나는 마부에게서 커다란 성전을 받아 들어 오른쪽 겨드랑이에 끼고 왼손에는 교회 문장을 움켜쥐었다.

뮤리의 지적이 떠올라 평소보다 가슴을 펴고 등을 곧게 뻗었다.

처음에는 사람들의 기묘한 술렁임이 들렸다. 그것이 차츰 하나의 덩어리가 되고 파도가 되고, 손을 들어 나를 가리키는 사람들이 나타났다. 기사들도 사람들의 변화를 눈치채고 고개를 들었다.

금세 기수인 말 두 마리가 접근하고 한발 늦게 윈트셔와 눈이 마주쳤다.

그 눈은 놀람으로 커지나 싶더니 다음 순간, 다정한 눈빛으로 바뀌었다.

이미 다 꿰뚫어 보고 있었다는 사실을 그것만으로도 바로 알 수 있었다.

놀란 이유는 설마 이런 곳까지 배웅을 나왔나, 하는 부분이었는지도 모른다.

나는 왼손의 교회 문장을 높이 치켜들고 허리를 숙여 기도하는 자세를 취했다.

기사들은 그대로 내 앞을 지나쳐 갔다.

그렇게 생각한 직후였다.

"오오!"

하는 환성이 퍼졌다.

무슨 일인가 싶어 고개를 드니 기사들이 모두 가슴에 손을 얹고 나를 보며 지나가고 있었다. 모든 기사들이 나를 향해 경례를 취하고 있었던 것이다.

즉, 그들은 진상을 알고 있었다. 로즈가 말했는지, 윈트셔가 이야기했는지는 모른다. 어쩌면 누가 알려 주어서가 아니라, 그들의 공평한 신앙심 때문에 배웅하러 나온 자에 대한 예의를 지키느라 그랬을지도 모르겠다.

어쨌든 기사들의 응답에 가슴이 뜨거워지는 가운데 로즈가 눈앞을 지나갔다. 로즈의 시선은 뮤리를 향하고 있었고, 뮤리가 살며시 손을 흔들자 로즈는 얼굴을 새빨갛게 붉히고 양옆에 있

던 기사들이 쓴웃음을 지었다.

기사들의 행진은 눈 깜짝할 사이 우리 앞을 지나갔다. 그리고 이번에는 기사들의 뒤를 쫓아온 사람들이 우르르 몰려와 악수를 청하고 옷자락을 만지는 등 난리가 났다.

그 사람들도 마치 소나기처럼 금세 사라지고 기사들의 대소동은 벌써 한참이나 멀어져 버렸다.

한숨을 쉬며 고개를 절레절레 젓자 오른손이 문득 따스해졌다.

"잘될 것 같네."

뮤리가 멀어져 가는 기사들의 그림자를 보며 말했다.

내 오른손을 쥔 손은 평소보다 조금 더 힘이 들어가 있었다.

"왕께서도 거침없이 저들을 지원해 주시겠지."

하이랜드가 그렇게 말하며 나를 바라보았다.

"자, 그만 돌아가자. '황금 양치'에 자리를 잡아 두었어. 그대들의 문장 축하도 해야 하니."

"고기!"

뮤리가 외치며 잽싸게 마차로 돌아갔다.

가게로 가기 전 옷을 갈아입는 게 좋지 않을까 생각하며 나도 마차 안으로 돌아가려다 다시 한번 기사들을 바라보았다.

하늘을 향해 내걸린 기사단 문장이 늠름하게 바람에 나부꼈다.

342

신의 가호가 있기를.

마음속으로 기도를 올리며 재촉하는 뮤리의 옆에 앉아 성전을 무릎에 얹고 눈을 감았다.

겨울이 끝나고, 봄이 오고, 앞으로는 멋진 계절이 펼쳐질 일만이 남은 날의 한 장면이었다.

5권 끝

오랜만입니다. 하세쿠라 이스나입니다. 이래저래 하다 보니 또 1년 만에 뵙게 되었습니다.

사실은 작년 말에 낼 계획이었습니다만 집필 속도가 전혀 붙질 않아 질질 끌다가 이런 시기가 되어 버렸습니다. 결국 반년 가까이 쓰고 있었던 것 같네요…. 플롯상으로는 완벽했는데 쓰다 보니 미궁으로 빠지고 만 평소 패턴이었습니다. 이번에는 가능한 한 심각해지지 않게끔 주의하면서 뮤리가 마냥 귀엽기만 한 이야기를 쓰고 싶었는데, 자꾸만 금세 세계가 파멸하는 방향으로 붓이 나아가게 되네요. 하지만 고생한 보람이 있어 지금까지의 이야기 중에서 뮤리가 가장 귀엽게 완성된 게 아닌가 하는 생각이 듭니다. 이미 읽으신 여러분, 어떠셨나요?

제 나름대로는 만족스러운 이야기가 완성되어 다행이긴 하지만 컴퓨터 폴더에는 악전고투의 손톱자국이 뚜렷합니다. 크게 고쳐 쓸 때마다 분기 전의 파일을 남겨 두기 때문에 파일명이 '늑대와 양피지 5권 4고 copy copy(1) 12월 최신ver copy(3) copy.docx' 같은 꼴이. 아이고….

최종적으로는 문고로 200페이지 정도까지 갔다가, 구성이 틀려먹었어! 하고 생각한 게 이미 한 달 이상 미뤄 버린 마감의 2주일 전이었고 벌써 출간예정이 발표되는 바람에 돌이킬 수도 없는 상황이었습니다. 지난 네 권 역시 비슷한 상황이었지만 이번에는 그 어느 때보다도 심각했습니다. 어쩔 도리가 없었기에 처음부터 다시 썼습니다. 『막달라에서 잠들라』의 5권이었던가요, 그때도 열흘쯤 되는 시간 동안 제로부터 다시 썼는데 그건 젊었을 때니까 가능한 일이었다고 최근 생각했습니다만 아직도 가능한 모양입니다. 이젠 두 번 다시 하고 싶지 않달까, 데뷔하고 나서 십 년 이상 소설을 썼으니 한 번 정도는 플롯대로 쑥쑥 붓을 놀려 나가 보고 싶달까…! 『늑대와 향신료』의 단편은 비교적 스무드하게 진행되었습니다만 그래도 완성 원고와 비슷하거나 또는 그 두 배는 되는 매수를 파기했습니다. 단순히 단편이기 때문에 고통받는 시간이 장편에 비해 짧을 뿐이지 한 페이지당 겪어야 하는 고통은 똑같은 것 같은 기분입니다….

출간을 1년이나 기다리시게 해서 정말 죄송합니다. 다음에야말로 3개월 안에 원고를 척! 하고 내밀고 싶습니다! 꼭! 아마! 잘 부탁드립니다!

그리고 사생활 면에서는 크게 달라진 점이 없고… 라고 썼습니다만 원고가 완성될 무렵 주식시장에 난리가 나서 아침부터 아침까지 계속 장 앞에 붙어 앉아 '다우! 제발 일어서, 다우!' 하고 외치고 있습니다. 아주 즐거워요. 지금은 찔끔찔끔 조금씩 벌어서 쌓아 올렸다가 크게 걸어서 패배하는, 그야말로 철로 위에서 모이를 쪼아 먹는 닭 같은 전개가 이어지고 있습니다. 열심히 살을 찌웠나 싶었는데 최종적으로는 치여 죽는 거죠. 지금도 닛케이 곱버스 신용매수에 물려 있는데… 보니까 떨어졌네요! 살았다! 그런 느낌으로 하루하루를 살고 있습니다. 다음 권에서 또 만나요.

하세쿠라 이스나

늑대와 양피지

늑대와 향신료의 새로운 이야기
늑대와 양피지 [5]

————

2021년 11월 10일 초판 발행

저자 하세쿠라 이스나 | **일러스트** 아야쿠라 쥬우 | **옮긴이** 김예진
발행인 정동훈 | **편집인** 여영아
편집 팀장 황정아 | **편집** 노혜림
발행처 (주)학산문화사 | 서울특별시 동작구 상도로 282 학산빌딩
편집부 02.828.8838(전화), 02.816.6471(팩스) | **영업부** 02.828.8986(전화), 02.828.8890(팩스)
홈페이지 www.haksanpub.co.kr | **등록** 1995년 7월 1일 | **등록번호** 제3-632호

————

SHINSETSU OKAMI TO KOSHINRYO OKAMI TO YOHISHI Vol.5
©Isuna Hasekura 2020
Edited by 전격문고
First published in Japan in 2020 by KADOKAWA CORPORATION, Tokyo.
Korean translation rights arranged with KADOKAWA CORPORATION, Tokyo.
through Korea Copyright Center Inc.

————

ISBN 979-11-348-9233-3 04830
ISBN 979-11-256-9364-2 (세트)
값 7,000원